源氏物語

宇治の結び

上

荻原規子 訳

理論社

源氏物語　宇治の結び 上

原作／紫式部

装画・本文絵／君野可代子

装幀／中嶋香織

はじめに

「源氏物語」における光源氏の一生を、中途でリタイアせずに読み終えてほしいと願い、先ごろ、晩年に至るストーリーの主軸を抜粋した訳書『紫の結び（一〜三）』を刊行いたしました。

その二巻終わりから三巻初めにあたる「若菜上」「若菜下」の内容を知ってこそ、「源氏物語」の真におもしろい部分が理解できると感じたからでした。

この『宇治の結び』は、源氏の没後のお話です。

昔から宇治十帖と呼ばれて名高い「源氏物語」ラスト十帖を訳しました。源氏の晩年に起こった因果応報の事件が、主人公薫の性格に濃い影を落とした、新たな時代の恋物語が始まります。

主役となる若者は二人います。源氏の末子で真の父親は柏木だった、女三の宮の産んだ若君——通称は薫大将と、源氏の孫で明石の姫君が産んだ三の宮——通称は匂宮です。ラスト十帖が語るのは、世間からもてはやされる若者二人と、世間から忘れ去られた宮家の姫君二人、さらにその姫君たちにも忘れ去られた異母妹一人が、都から遠く離れた宇治の地で出会い、思わぬ展開をしていく恋のいきさつなのです。

「源氏物語」でありながら、宇治十帖は、光源氏の若き日を描く歌物語的なエピソードとはずいぶん異なる色合いをもっています。そして晩年「若菜上」「若菜下」あたりの筆致——始めのほうとは異質なほどの人物洞察の物語——とも、また少し違っているのです。

文体や目の置きどころが異なるのは、流行りの作品がすでに移っているからだと考えることもできます。

現存する五十四帖を書いた紫式部が、一人かそうでないかは別にして、私には宇治十帖の読者が、同じ「源氏物語」系の作品に飽和していたように見受けられます。外伝や類似の作品が、その時代にはたくさん出回ったに違いないのです。宇治十帖の物語も、典型をふまえて書かれてはいますが、人の情念の理不尽さをあきらめたように描写して、どきりとさせる新しさと鋭さをそなえています。

光源氏最晩年を描いた「幻」、そして題名のみ存在する「雲隠」の後、宇治十帖の前には「匂宮」「紅梅」「竹河」の三帖が並びます。このうち「匂宮」を新たな主人公たちの紹介として『宇治の結び』に残し、「紅梅」「竹河」を見送りました。

「紅梅」の帖は、柏木のすぐ下の弟、昔、かつての頭中将の二男として、まだ童なのに催馬楽「高砂」を上手に歌った（「賢木」の帖）按察使大納言の娘たちの話です。

「竹河」の帖は、玉蔓十条の玉蔓（夕顔の娘）の娘たちの話で、『紫の結び（一〜三）』に含めなかった女性の系列になります。

これらに匂宮、薫が脇役として登場しますが、あらすじめいた浅い書き方で、話も独立して後に続きません。「橋姫」の帖から宇治十帖に入り、物語が大きな枠組みをもって動き出すのです。

『紫の結び（一〜三）』に引き続き、原文は岩波書店『新日本古典文学大系 源氏物語』を基調とし、注釈を参考にしました。その他、いくつかの現代語訳の本も参考にさせていただきました。

訳文は逐語訳ではなく、わかりやすさを念頭に地の文の敬語をはぶいてあります。原文の文章があまりにくどく続く部分では、読みやすい程度に切ってもあります。語句の順番を入れ替え、意味が通りやすいようにしたところもあります。

けれども、付け加える方面は必要最小限にとどめ、できるだけテンポを速めました。原文は逐語訳より語数が少なく、流れの速いものだからです。和歌を訳文のみにしたのも、立ち止まらずに読み進めていただきたいと思ってのことです。

「源氏物語」の中の若い男女は、思考も慣習も、現代の人々には共感しづらい部分のある登場人物たちです。けれども、千年以上生き残っただけの値打ちを、たしかにそなえているのです。

『宇治の結び』は、下巻に入って浮舟(うきふね)をめぐるいきさつが始まると、物語がさらにヒートアップします。最後まで読み進めていただけたら、訳者のこの上ない幸せだと思っています。

荻原規子

目次

〈光源氏と『宇治の結び』の人々の関係図〉

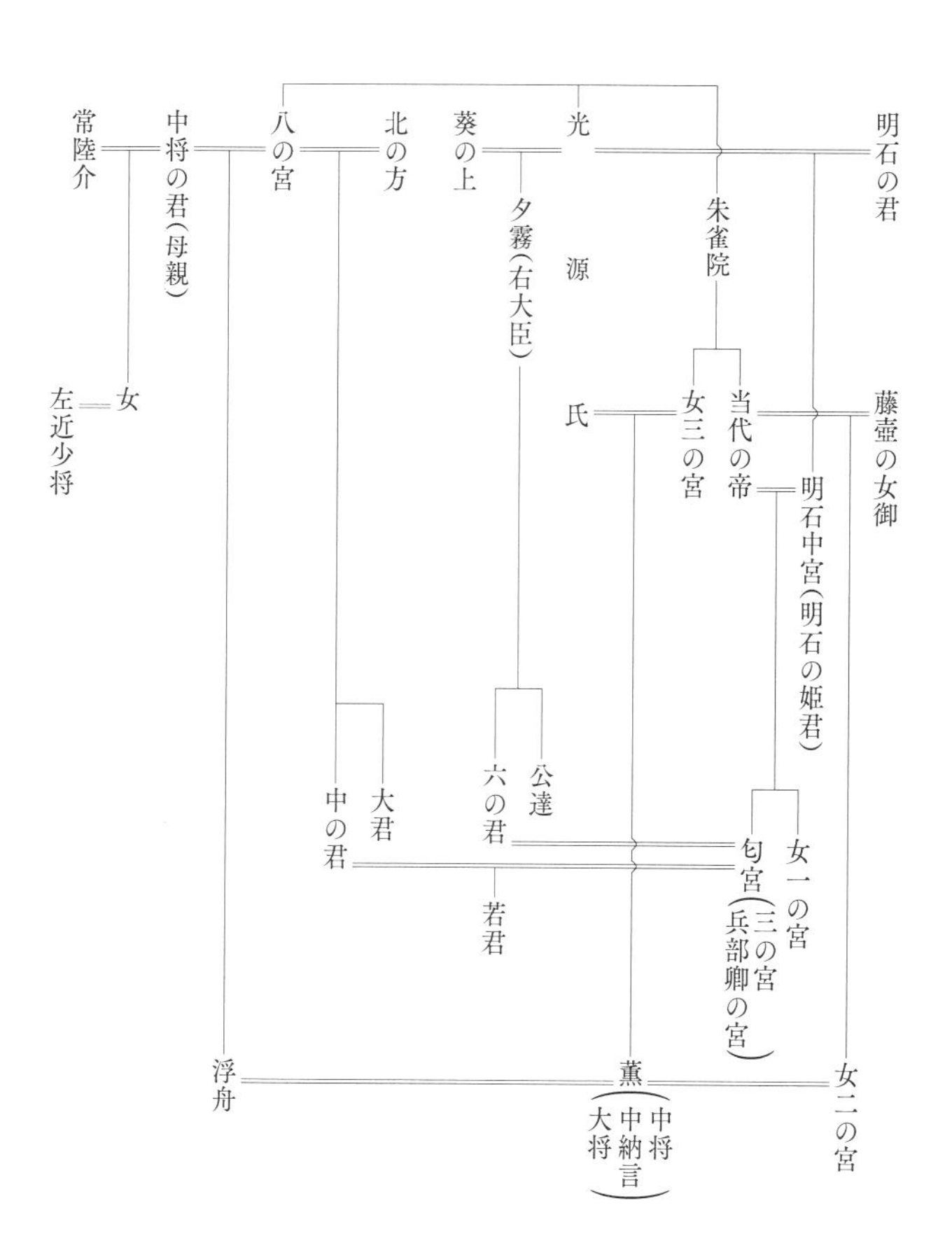

一　匂宮（におうみや）

光君（源氏の君）が世を去った後、かの人の抜きん出た容姿を受け継いだ者は、子孫や近縁にも見当たりませんでした。

退位した帝（冷泉院・実の父親は源氏の君）を数に含めるのは畏れ多いことです。当代の帝の三の宮（明石の姫君の子）と、六条院で生まれた女三の宮の若君（源氏の君の末子・実の父親は柏木）、この二人がそれぞれ美しい若者と評判でしたが、輝きに目がくらむほどの美男子とは言えないのでした。

それでも、世間は好ましく上品で優美と見る上、直系への敬意があるため、源氏の君が若かったころの評判や権威よりも、いくぶん立ちまさった名声を得ています。そのせいで、二人がたいそう立派に感じられるのでした。

三の宮は、亡き紫の上が特にかわいがって育てた縁から、紫の上の私的な屋敷、二条院を住まいとしています。父の帝と母の明石中宮（明石の姫君・源氏の君の娘）は、春宮（皇太子）を別格の存在として尊ぶものの、三の宮がいとしくてなりません。そばに置きたいので、内裏に住むよう仕向けたのですが、三の宮は気のおけない二条院で過ごすことを好んでいました。
元服（男子の成人式）を終えてからは、兵部卿になりました。
同じく紫の上が養育した女一の宮は、六条院東南の町（春の町）の東の対を、紫の上の生前の調度を変えないまま住んでいました。そして、朝に夕に亡くなった人を偲んでいました。兵部卿の宮の兄の二の宮も、そこの寝殿をときどき泊まる場所にしています。二の宮は、内裏で梅壺（凝華舎）を曹司として暮らし、右大臣（夕霧・源氏の君の長男）の中の姫と結婚していました。次の春宮候補として人々に敬われており、人柄も堅実な宮でした。

右大臣にはたくさんの娘がいました。大姫は春宮女御となり、競う人もないほど寵愛を受けています。世間の人々は、大姫と中の姫の例にならい、その下の姫君も弟宮と縁組みするだろうと予想しました。明石中宮も同じように言います。けれども、兵部卿の宮はその気になりません。みずから求めて得る女人でなければ、おもしろくないと思う気性のようでした。

右大臣のほうでも、そこまで型にはめて宮たちと娘を結婚させなくてもと考え、縁談を口に出しません。それでも、帝が意向を示したときには見逃せないので、用意を万全にして育てています。妹姫の中では六の君が評判高く、美男子を自負する親王や貴公子が心を寄せる人となっていました。

源氏の君のもとにさまざまに集っていた女人たちは、老後の住みかへ泣く泣く散っていきました。花散里の君と呼ばれたかたは、二条院の東院を形見分けとして相続し、そちらに移り住みました。女三の宮は、父の朱雀院に譲られた三条邸に住むことにしました。

明石中宮は内裏に居続けているため、六条院は閑散として人も少なくなっています。右大臣はこれをながめて言いました。

「他人事として、いにしえの例には知っていたが、父が生涯心を尽くして造り上げた家屋敷が、見る影もなく打ち捨てられ、当時と様変わりするのは悲しいことだ。世の無常が思いやられる。私が生きているあいだは、せめてこの院を荒らさず、周りの大路を通る人影が絶えないようにしよう」

そこで、六条院の東北の町（夏の町）に妻の落葉の宮（女二の宮・朱雀院の娘）を住まわせました。その後は、三条の屋敷に住む雲居雁の君（かつての頭中将の娘）と、六条院に住む落葉の宮、二人の妻に一日交代で十五日ずつ几帳面に通い分けて暮らしました。

二条院として造り磨いた屋敷も、六条院の春の御殿として世に名高い屋敷も、今は明石の君の子孫のために存在しているかと見えます。明石中宮の母、明石の君は、大勢の孫たちのめんどうを見ながら暮らしています。右大臣は、残されたどの女人に対しても父の遺志をたがえず、代理となって手厚くお世話しましたが、その中にも思うのでした。

（紫の上がここに生きておられたら、どれほど心をこめてお世話したことか。私が特別にお慕いしていることを、伝える機会もなく逝ってしまわれたのが悔しい。いつになっても悲しく思い出される）

天下の人々で、源氏の君を偲ばない者はなく、何かにつけて火が消えたように感じ、華のなさを嘆きました。まして屋敷に仕えた人々、女人たち、孫の宮たちは言うに及ばず、思いが尽きません。また、紫の上の面影が忘れられず、些細なことにつけても思い出されるのでした。春の花の盛りが短いことも、まずは紫の上によそえられ、さらに強く心に残りました。

女三の宮の若君は、源氏の君が言い置いたこともあり、とりわけ冷泉院が大切に世話していました。院の后（秋好中宮・六条の御息所の娘）も、御子が生まれなかったことを心細く思っていたので、若君が来ることを喜び、心から頼りにしています。元服の儀式も冷泉院の御所で行いました。

十四の歳に元服し、二月に侍従になりました。

同じ秋には右近中将に昇進し、院の提言によってさらに位階を加えます。いったい何を気がかりに思うのか、この若者を急いでひとかどの者にするのでした。

院の御所に近い対の屋に、中将の君の曹司をしつらえようと、冷泉院みずから準備します。仕える若い女房、童、下仕えまで優秀な人物を選び抜き、姫宮の格式よりも豪華に整えました。院も后も、自分に仕える女房で見目よく心得のある者は、みんなそちらの曹司に回します。中将の君が冷泉院の住まいを居心地よく思うよう、ことさら気を配って扱いました。

院には、亡き致仕の大臣（かつての頭中将）の娘である弘徽殿の女御とのあいだに、一人だけ姫宮がいました。限りなく大事に育てていますが、中将の君への心づかいはこれに劣りません。御子のいない后への愛情が年月とともに深いせいだとしても、どうしてそこまで優遇するかと思うほどでした。

中将の君の母、尼になった女三の宮は、今はただ静かに勤行を続けています。毎月の念仏会、年に二度の法華八講、折々の仏前供養ばかりで日々を送っていました。閑静な住まいなので、息子が来ると親が訪ねて来たように頼もしく思い、中将の君はその様子をいたわしく感じるのでした。

冷泉院も当代の帝も、中将の君を重用して身近に呼び寄せます。春宮やその弟宮たちも、親しい友としてあれこれと誘うので、この君にはゆっくりする暇もありません。体が二つあればと思っていました。

中将の君は、まだ幼かったころ、ある噂をほのかに漏れ聞きました。それからというもの、ときおり不審になり、気がかりに思いながら大きくなっています。けれども、問いただせる人はいません。母宮には、息子が知ったとわずかに気づかれても具合の悪い内容です。

「真相はどういうことなんだろう。何の因果で、こうも釈然としない思いを抱える身に生まれたのだろう。善巧太子がわが身に問うて得たさとりを私も得たいものだ」

　世の中を思い、ひとりつぶやくのでした。

「〝気がかりでもだれに問えばいいだろう。どうして生まれも行く末も知らないわが身なのか〟」

　しかし、答えてくれる人はいません。何かにつけて、この身に真っ当でない点があると思えてならず、深い嘆きとともに思いめぐらすのでした。

（母宮は、年若い女盛りに髪を下ろし、どれほど強い道心に目覚めたからと言って出家なさったのだろう。道心ではなく、予想外のできごとが起こり、世の中に嫌気がさしたからでは。それなら、事情を漏れ聞いた人がどこにもいないはずはない。けれども、よほど外聞をはばかることだから、この私に語る人がいないのだと思う。

　明け暮れ勤行をなさっているが、あのように他愛なくおっとりした女人では、蓮の露を光らせて玉と磨くこと――煩悩を断って極楽往生すること――も難しいだろう。女人の五障を思いやれば、さらに困難だと思える。息子の私が勤行をお助けして、同じこと

なら来世の安泰を確保してさしあげたい）
早くに亡くなったという人（柏木）も、つらい思いで心が屈し、成仏できずにいるのではと思うと、あの世へ行ってでも面会したいと願うのでした。

　こんな中将の君には、元服するのも憂鬱なことでしたが、拒むわけにもいきません。放っておいても世間からもてはやされる立場です。けれども、まばゆく身を飾る官職や位階も、自分にふさわしいと喜ぶことはできず、心は沈みがちでした。

　当代の帝は、異母妹になる女三の宮のつながりで中将の君をかわいがり、大事に思っています。明石中宮もまた、自分の子どもたちと同じ場所で生まれ育ち、遊び相手だった君を、当時と同じにもてなします。父の源氏の君が「この子は私の晩年に生まれ、かわいそうに成人するのを見届けてやることもできない」と嘆いたことを忘れず、くり返し語り、ことのほか気にかけていました。さらに右大臣も、自分の息子たち以上にこまごまと気をつかって尊重し、大事に世話してやります。

　かつて源氏の君は、父の帝にこよなく愛されながらも、後宮に憎み妬む人がいて、母方の後ろ盾もなかったため、思慮深く慎重な生き方になりました。現世を穏便に過ごすことに努め、並ぶ人もなき威光をことさら控えめに抑え、ついに天下の動乱となりそうな事件が起きたときにも、ことを荒立てずに都を去ったのです。そして、来世のための仏道修行も忘れずに早くから励みました。すべてのことをさりげなく行える人物であり、気長で穏やかな心根でした。

けれども中将の君は、まだ年端も行かないうちから、過剰なほど世間から重く見られ、よほど誇り高く生まれついています。思い上がって当然な前世の持ち主であり、現世の人間と同じには形作られず、仏の仮の宿りとしてこの世に生まれたのではと思わせる一面を持っていました。

その顔かたちを、どこが抜きん出て秀逸とは言えず、最上の美貌と評することはできませんが、たいそう鮮やかに優美で周囲の者をたじろがせます。心の奥が計り知れない気配をもつところも、ただの人には見えませんでした。

なにしろ、この君から自然にただよう香が、この世の匂いとも思えません。身じろぎとともに匂い立つ芳香は、追い風にのって不審なほど遠くまで届き、百歩先まで薫る調香を思わせるのです。

朝廷に位を持つほどの人は、だれだろうと粗末な衣装で人目につかないことはありません。他人にまさるおしゃれを競い、衣に高価な薫香を焚きしめるものです。しかし、中将の君の場合は、異常なほど独自の香が匂い立つせいで、忍んで立ち寄ろうとした物陰にいても見つかり、隠れ忍ぶこともできないのでした。

本人はこれを迷惑がり、衣にろくろく薫香を焚きしめませんが、多くの唐櫃に埋もれた香木も、この君が身につけるとえも言われぬ芳香となります。この君の袖がわずかに触れた梅の花は、春雨のしずくに濡れ、古歌〝匂う香の君思ほゆる〟と身にしみる人が多く、秋の野の〝主知らぬ香〟藤袴も、この君が手折ればもとの香は隠れ、慕わしい追い風が格段に匂いまさるのでした。

兵部卿の宮は、人々を不思議がらせる中将の君の独自の芳香に、他にもまして競争心を燃やしていました。ことさら優れた香木を集めて衣に焚きしめています。

朝に夕に調香の技に没頭し、御殿の庭の前栽も、春は梅の花園をながめます。秋は、世間の人が愛でる女郎花や萩の花には関心がなく、老いを忘れる菊の花や枯れゆく藤袴や目立たない吾木香であれば、荒涼とした霜枯れのころまで見捨てません。

こうして、香りをとりわけ愛好する趣味に身を入れて過ごすので、世間の人は兵部卿の宮を、少々軟弱で風流や色恋にふけりがちな性向と見なしています。かつての源氏の君は、すべてにおいて、このように偏って熱を上げることがなかったものでした。

中将の君は兵部卿の宮と仲がよく、日常的に訪ねています。管弦の遊びには笛の音を競い、その他でもさまざまに挑み合い、若者同士お互いを好敵手と思っていました。

例によって人々は、「匂兵部卿（匂宮）」「薫中将」と並べ、聞き苦しいほどもてはやしました。妙齢の娘をもつ貴族や皇族であれば、婿の期待をもって彼らにほのめかします。

匂宮は、これはと思う女人にはつぎつぎに言い寄って、相手の気質や容姿を知ろうとしました。けれども、妻にしたいと思うほどの人はいません。そして考えます。

（冷泉院の女一の宮であれば、私も妻にお迎えしたいものだ。あの姫宮なら、さぞかし逢瀬の甲斐のあるおかただろうに）

それは、母君の弘徽殿の女御がたいそう立派な女人で、教養深く上品だからです。一人娘の姫宮は、すばらしい美質の持ち主だという評判も聞いています。その上、女一の宮の近くに仕え慣れた女房の中に、もっとくわしい様子を語り聞かせる者がいたため、ますます忍びがたくなるようでした。

薫中将は、俗世のことは味気ないと見切った気がするので、へたに心を傾け、出家の妨げとなってはと考えます。めんどうが起こりそうなあたりに近づくのを避け、行動も起こしませんでした。今はまだ、深く心にしみる女人を知らないため、賢人ぶっているのかもしれません。誘いがあってもこうなので、親の許しを得ない結婚など、まして考えることもできませんでした。

十九になった年、三位の宰相に昇進し、右近中将もそのまま勤めました。帝や中宮に厚遇され、臣下の身ながら、だれ一人はばからない人気を集めていますが、心の内には出生の負い目があり、世の中を憂う気持ちになります。そのため、時の勢いで風流や色恋にかまけることはなく、どんな場合にも一歩離れて見ていました。薫中将にはこうした老成した気質があることが、周囲にも知られていきました。

そんな薫中将でも、匂宮が年々恋心を深めるらしい、冷泉院の女一の宮が暮らすあたりを見やると、さすがに思います。

（同じ場所で明け暮れ過ごしているから、ふとした折に姫宮のご様子が伝わってくるが、たしかに他では見ないほど、気品と風格のただよう最上のお暮らしぶりだ。同じ結婚を

するなら、このようなかたを妻にもてば、生き甲斐のある充実した毎日になるのだろうな)

ただし、薫中将をほとんどわが子同然に扱う冷泉院でも、昔から女一の宮の近くだけは慎重に遠ざけていました。当然の措置であり、院の意向に背くのもわずらわしく、むりに親交を試みはしません。出家の妨げとなっては、自分にも相手にも罪のあることだと考え、なれなれしくしたことがありませんでした。

これほど賛美される若者なので、軽い気持ちで女人に言葉をかければ、そ知らぬ態度をとる者はいません。だれでも簡単になびくので、かりそめに通った女人は何人かできました。しかし、だれとも深い関係にならず、無難にすませます。とはいえ、冷淡一方には扱わないので、かえって女人の気をそそるのでした。

思いを寄せる女たちは、薫中将に会いたさから、多くが三条邸の母宮に仕えています。つれなさを見守るのもつらい立場でしょうが、縁が切れるのは心細く、思いあまってのことでした。

こうして、仕えなくていい身分の女人まで、わずかな関わりをたのみに女房になっていました。どうあろうと、たいそう優しく魅力のある恋人なので、女人たちは自分自身の賛美にだまされるように、その行状を大目に見てしまうのでした。

　薫中将はしきりに言います。

「母宮がご存命の限りは、朝夕お目にかかってお仕えし、孝行したいと思っています」

　右大臣もこれを聞くので、姫君の一人をこの君にと考えても口にできません。一族内の結婚になるので、目先が変わらないかとも考えます。けれども、匂宮や薫中将といった当代随一の若者をさしおいて、他に匹敵する婿候補など見当たらないと悩むのでした。

　雲居雁の君が産んだ姫君よりも、典侍（源氏の君の乳兄弟惟光の娘）が産んだ六の君は、特に優れた容姿で才気も申し分なく生まれついています。世間の評価が低いのがもったいないような美しさです。

　父としても心苦しく、落葉の宮が子どももなく淋しく暮らしているので、こちらの養女に迎えることにしました。匂宮や薫中将が、さりげなくこの姫をかいま見るように仕向ければ、きっと心を射とめるだろうと考えます。女人の優劣を見分ける若者なら、なおさら見逃すはずがないのでした。

　六の君を、あまり深窓には引き籠もらせず、当世風に趣味よく気の利いた暮らしをさせます。多くの貴公子が心惹かれるよう、工夫をこらしました。

正月、賭弓行事の還饗（勝った側の大将が武官たちを自宅でもてなす宴）として、六条院に華やかな宴席をもうけます。これに、近衛の武官ばかりでなく親王たちも招きました。賭弓には、成人した親王がみな臨席したのでした。

明石中宮が産んだ御子たちは、だれと言わずにみな気高く見目よいのですが、兄弟の中にも匂宮は、たしかにひときわ優れて美しい容姿でした。常陸の宮と呼ばれる四の宮は、更衣の産んだ御子であるせいか、風采がだいぶ劣って見えます。

賭弓は左方が圧倒的に勝ち、例年より早く勝負がついたので、左大将を兼任する右大臣が退席しました。そのときに匂宮、常陸の宮、明石中宮の五の宮を誘い、自分の牛車に乗せました。薫中将は負けた側としてひっそり帰ろうとしましたが、これを押しとどめて言います。

「親王たちがいらっしゃるのに、そのお供をしてさしあげないのか」

そして、右大臣の子息の右衛門督、権中納言、右大弁と、子息以外の高官が彼らの牛車に乗り合わせ、大勢を引きつれて六条院へ向かいました。道をだいぶ行ったところで雪がちらつき出し、風情を感じるたそがれどきです。人々は趣味よく笛を吹き遊びながら門をくぐりました。

たしかに、六条院をおいてどのような仏の国であれば、これほど四季折々にふさわしく興趣の深い場所を求められるかと思うようでした。

寝殿の南廂に、還饗の通例として南向きに中将や少将が席につきます。北向きにお相伴の親王たち、高官たちの座席がありました。盃が回り、宴が興にのります。東遊びの「求子」を舞いました。

舞の中に、人々が袖を寄せてうち返す所作があり、袖があおる風に、御殿近くの満開の梅がさっと匂い立ちます。すると、薫中将の例の芳香がことさら優れて香り、言い知れぬ優美さでした。

そっとのぞき見する女房たちは、感動して言い合います。

「〝闇はあやなし〟と古歌にあるように人影が見えなくても、香りはだれにも似ないすばらしさだわ」

右大臣も薫中将にたいそう感心しました。容姿もふるまいもいつも以上に優れ、はめをはずすことなく端正なのを見て、声をかけます。

「右近中将も何か歌うといい。やけにお客様然としているではないか」

そこで、場をそこねない程度に風俗歌「八乙女」を歌いました。

二　橋姫（はしひめ）

そのころ、世間から忘れ去られた年配の親王がおりました。

母女御は高貴な生まれであり、春宮（皇太子）に立つ呼び声もあった親王ですが、時勢が移り、世間に見放される騒ぎがあったため、かえって名残もなく評判を失いました。後見していた人々も、恨めしい思いで引退や出家をしてつぎつぎに去り、公的にも私的にも寄りどころをなくします。孤立無援な有様でした。

かつての大臣の娘である北の方（正妻）も、悲しく心細く、両親に期待された将来を思えばつらいことが多くありました。それでも、親王が二心なく北の方を愛したので、それを現世の慰めとして、お互いをささえあって生きていました。

年月がたっても御子が生まれなかったため、親王は、淋しく所在のない日々の慰めにかわいらしい幼子がいたらと、ときどき口にしていました。すると、思わぬときにたいそう愛らしい女の子が生まれました。限りなくいとしく思って大事にする中、北の方は続けて懐妊します。

今度は男の子もいいと思っていましたが、生まれたのは同じく女の子でした。そして、安産で産み落としたのに産後を重く患い、北の方は亡くなってしまいます。残された親王は悲しみに取り乱しました。

(俗世に存在するのも耐えがたく見苦しい私が、いとしい妻の姿や心ばえを見捨てられないばかりに、出家もせずに暮らしてきたのに。私一人が生き残っては、さらに興ざめになるというものだ。あどけない娘たちも、私一人が育てたのでは、宮家の制約があるのに、愚行と思われて外聞が悪いだけだ)

そう思いやり、出家の志がつのりました。けれども、後を頼む人もなく姫君たちを残していくのは躊躇します。姉妹は成長するほど容姿に優れ、愛らしく理想的になっていくのです。明け暮れ見守ることを心の慰めとして、いつしか出家も見送っていました。

仕える女房たちは、後から生まれた姫君を見てつぶやきます。

「まったく、生まれてはいけないときにお生まれだったこと」

そして、身を入れてお世話をしようとしません。けれども、北の方はいまわの際、意識が薄れる中にも産んだ赤子が気がかりで、夫に言い残したのでした。

「私の形見と見なして、かわいがってやってください」

父の宮は、妻に先立たれる前世の宿縁がつらいながら、この娘はそうなるさだめだったのだろうと考えます。死のせとぎわまで赤子を哀れみ、心配した妻の言葉を思い返し、この中の君をたいそうかわいがりました。容姿は真実愛らしく生まれつき、神にも魅入られそうな子でした。

姉の大君は、もの静かな気性でしとやかに品のある姫君です。容姿にもふるまいにも、気高く奥ゆかしい風情があります。いたわしいほど高貴な血を感じさせるところは、中の君よりまさっていました。

父の宮は、姉妹それぞれに愛情をもって育てましたが、生計は思うようにいかず、年月につれて住まいが淋しくなっていきました。仕える人々は暮らしの不安に耐えかね、一人また一人と去っていきます。中の君の乳母は、北の方の死去で人選もままならなかったため、素養のない浅はかさで、幼い人を見捨てて行きました。そのため、父の宮がみずから育てました。

かつては権勢のあった親王であり、さすがに御殿や庭園は立派です。池も築山も昔と変わりませんが、ただ荒れすさむ一方なのをなすすべもなく眺めます。家司にも主だった人がいないので、草が青々と茂り、しのぶ草はわがもの顔に軒下を占領していました。

四季折々の花の香や紅葉の色も、同じ心で楽しむ北の方がいてこそ慰めがあったのです。今は以前にまして淋しく、頼みとする者もいません。ただ仏像の飾りだけを念入りに整えて、朝夕勤行にはげみました。

出家の志をはばむことにかまけているのも、不本意に思えて悔しく、思いどおりにならない宿命だと感じます。まして、今さら人並みに後妻を迎える気にはなりません。年月につれて現世に執着がなくなり、心の内は聖になりきっています。北の方が亡くなってからというもの、世間の男のような女人への関心は、たわむれにも思い浮かべませんでした。

周りの人々は、説得を試みます。

「どうしてそこまで。死別の悲しみをこの上なくお思いでも、時がたてばそればかりではなくなるでしょう。やはり世間の人にならうお気持ちになり、こうも見映え悪く手入れを怠った邸内が、整えられる方向へことを進めないと」

何かと再婚話をもってきて、語り聞かせることが多いのですが、当人は耳を貸しませんでした。

経を唱える合間に、姫君たちの相手をします。もののわかる年齢になると、琴を教えました。碁を打つこと、漢字の偏つぎなど、他愛ない遊び相手をしながら姉妹の気質をうかがうと、大君は聡明で思慮深く見えます。中の君はおっとりと可憐で、はにかんだ態度がとてもかわいらしく、それぞれでした。

春のうららかな日射しに、池の水鳥が羽ばたき合い、思い思いに鳴いています。いつもなら気にとめないのに、つがいが寄り添う姿をうらやましく眺めます。姫君たちに琴を教えると、二人が愛らしい小さな姿で掻き鳴らし、しみじみと興趣のある音色に聞こえるので、父の宮は涙を浮かべました。

「〝打ち捨ててつがい相手に去られた水鳥は、仮のこ（雁の卵）の世に取り残されている〟

嘆かわしいことだ」

目をぬぐう父の宮は、容姿も見目よい人でした。長年の仏道修行に痩せ細っていますが、そのためかえって気高く優美です。姫君たちの養育のため、萎えた直衣を着用し、くだけた着こなしをしていても、他人を気後れさせる風情でした。

大君はそっと硯を引き寄せて、手習いのように文字を書いています。

「これに書きなさい。硯は歌を書きつけるものではないよ」

父の宮が紙をさし出すと、恥じらいながら書きました。

「〝どうして母君もなく巣立ったかと思うと、つらい水鳥の宿命を思い知るようだ〟」

上手な歌ではありませんが、場にふさわしい情感がありました。筆跡(ひっせき)には将来性があるものの、まだ続け字もうまく書けない年頃です。

「中の君も書きなさい」

父に言われ、こちらはさらに幼い文字で時間をかけて書き上げました。

「〝鳴き(泣き)ながら羽を被(かぶ)せてくれる父君がいなければ、私は孵(かえ)らない卵になっていただろう〟」

姫君たちの着る衣も萎(な)え、近くに仕える女房もいません。淋しく退屈な暮らしの中、それぞれにいじらしいのを見て、どうして不憫(ふびん)に思わずにいられるでしょう。父の宮は経典を片手に持って読み、一方では琴を教えて唱歌します。大君には琵琶、中の君には箏の琴を、まだ幼いながらも絶えず合奏させて習わせました。聞き苦しい演奏にもならず、たいそう上手に聞こえました。

この親王は、父の帝にも母女御にも早く死に別れ、はかばかしい後見人もいなかったため、学問を深く修めることができませんでした。

まして、世わたりの知識を得る機会などありません。高貴な人々の中でも、驚くほど品よくおっとりして、まるで女人のようでした。宮家伝来の宝物や母方の祖父の大臣の遺産を、あれこれとふんだんに相続していたのですが、行方知れずに消え失せてしまいます。室内の調度品ばかり、ことさらりっぱな品をたくさん置いていました。

住まいを訪ねて慕い寄る人々もなく、退屈にまかせて、雅楽寮の楽師から優れた者を召し寄せ、他愛なく管弦に熱中して年を重ねます。そのため、音楽の造詣などはたいそう秀でていました。

源氏の君の弟宮にあたります。けれども、冷泉院（真の父は源氏の君）が春宮だったころ、朱雀院の大后（朱雀院の母・かつての弘徽殿の女御）がよこしまな策略を立て、春宮を廃してこの宮を春宮に据えようと、時の権勢にまかせてかつぎ上げました。この騒動のため、心ならずも源氏の君と疎遠になったのでした。

その後は、代々源氏の君の家系が君臨する世の中となり、世間と交わることができません。そして、北の方の死後は聖のようになりはて、これっきりでかまわないと俗世をかえりみなくなっていました。

そうするうちに、住んでいた屋敷を火事で失いました。

不幸な人生にたび重なる不運に打ちのめされます。移転にふさわしい住まいも見つからず、宇治の地に所有する山荘があったため、そちらに移りました。世の中を見放してはいても、住み慣れた都をこれ限りに離れるのは悲しいことでした。

地所は、宇治川に網代を立てた漁場も近く、耳にうるさいほど川音の高い岸辺でした。心静かに仏道に暮らす願いに反するところがありますが、しかたありません。花紅葉や水の流れを心を静めるよすがとしても、ますます憂愁がつのるばかりでした。こうして隠棲する野山の末にも、亡き北の方がいっしょであればと思わずにいられませんでした。

「〝妻も住まいも煙となってしまった。どうしてわが身は消え残っているのだろう〟」
生きている甲斐もないと思い焦がれるのでした。

山を隔てた住まいには、ますます訪れる人がいません。身分の低い、田舎じみた地元民だけが、顔見知りになってときどき奉仕に来ます。峰の朝霧の晴れ間もなく憂愁の日々を送っていましたが、宇治山には、聖のような阿闍梨（天台・真言宗で朝廷に任じられる僧の称号）が住んでいました。たいそう学識が深く、世間にも名のある僧でしたが、公の行事にはほとんど出ないで山に籠もっていました。

親王が宇治山の近くに住みつき、淋しい暮らしをしながらも、功徳を積む修行をして経典を習得していると知り、尊く思って山荘を訪問するようになりました。この年月に学んだ教えに、阿闍梨がさらに深い意味あいを説き、この世はかりそめで味気ないものといっそう諭します。

親王も、阿闍梨には隔てなく心の内を語りました。

「俗世にあっても、心だけは蓮の上にのぼり、濁りなき池に住むべきなのだが。これほど年若い娘たちを見捨てた後の心配があるばかりに、一途に出家を目指すことができない」

この阿闍梨は冷泉院に親しく仕え、院に経典の指導をする人物でした。都に出る用事があったので、ついでに院の御所（ごしょ）を訪ね、いつものように経典を開いて院の疑問に答えます。そのとき、話のついでにふれました。

「八の宮（はちのみや）はたいそう賢く、経典の知識もさとりも深いかたでいらっしゃいますな。この道に入る前世（ぜんせ）の宿縁（しゅくえん）がおありなのやら。心深く思い澄ませておられるところなど、真の聖の心境とお見受けいたします」

冷泉院は言います。

「今も出家しておられなかったのか。若い人々があのかたを、俗聖（ぞくひじり）と呼んでいたものだ。敬虔（けいけん）なおかただ」

院の御前（ごぜん）には、薫中将（かおるちゅうじょう）も控えていました。そして、自分は俗世を味気ないと思い知りながら、人の目につくほどの仏道修行もできず、残念な日々を送っていると考えます。俗世にいながら聖に匹敵（ひってき）する心がけとはどんなものかと、注意して耳を傾けました。

阿闍梨はさらに言いました。

「出家の志は以前から持っておいでですが、はかないことで決心がにぶり、今となっては気がかりな娘御（むすめご）たちの身の上を見捨てることができないと、嘆（なげ）いておられました」

　音楽の心得のある僧なので、古風な口ぶりで褒（ほ）め称（たた）えます。

「また、たしかに、姫君たちが琴（こと）を弾（ひ）き合わせて遊ぶ音色（ねいろ）が、宇治の川波（かわなみ）と競って聞こえるときなど、たいそう興趣（きょうしゅ）がまさって極楽（ごくらく）が思いやられましたぞ」

　院はほほえみました。

「そのような聖のもとに生まれ育っては、俗世の技法など身につかないだろうと思えるのに、興味深いな。八の宮は心残りで出家もできず、さぞ扱いに困っておられるだろう。もしも私のほうが長生きしたら、娘御たちをゆずり受けようか」

　冷泉院は、先々帝の十番目の御子（みこ）でした。朱雀院の女三（おんなさん）の宮（みや）が、院の出家後に源氏の君に託されたことを思い出し、自分も八の宮の姫君たちを得て、閑静（かんせい）な暮らしの慰（なぐさ）め相手にしたいと思ったようです。

　薫中将は、姫君よりも親王の思い澄ませた心に関心を寄せます。会いに行って話をしたいと強く思うようになり、阿闍梨が宇治へ帰るとき、この気持ちを打ち明けました。

「必ず出向いて、同じ心がまえを習いたいと思うので、内々にご意向をうかがってください」

冷泉院もまた、八の宮への挨拶を託しました。

「胸を打つお住まいの様子を、人づてに聞きこみました。

〝この私も、俗世を厭う心で山に誘われるが、八重に立つ雲であなたと隔てられている〟」

阿闍梨は、院の使者を先に立てて八の宮を訪ねました。

平凡な身分で、訪れて当然な人の使者でさえ、めったに来ない山陰の住まいです。めずらしい使者を喜んで迎え、場所柄にふさわしい酒肴を出してもてなしました。返歌を送ります。

「〝名残なく心が澄む（住む）とは言えないが、世を宇治（憂し）山に宿を借りている〟」

仏道修行を謙遜して伝えたため、冷泉院はこれを見て、やはり世間への恨みは残っているのだろうと、気の毒に感じました。

阿闍梨は、薫中将の仏に帰依（きえ）する志の深さを伝えました。

「仏法教義の心得をもちたいと、幼いころから強く願っていたそうです。やむを得ず俗世で過ごし、公私ともに暇なく暮らしながら、できるだけ閉じ籠もって経典を読むのだそうです。『たいして重い身分でもなく、この世に背（そむ）いた姿を見せることに遠慮はないのに、いつしか怠（なま）けて日々の俗事に心が紛（まぎ）れてしまう』とおっしゃり、宮様のめったになく尊いご様子をうかがって、心を寄せてお慕いすると熱心に語っておられました」

八の宮は、これを聞いて言いました。

「現世（げんせ）はかりそめとさとり、厭世（えんせい）の心が始まるのも、自分の身に不幸が起こり、世間のすべてが恨めしいと思い知るきっかけがあってこそだ。そこで道心が起きるものなのに、まだ年若く世の中は思いどおりで、何ごとも満足できる立場にいながら、それでも来世（らいせ）を思いやるとは奇特（きとく）なことだ。

私などは前世の因縁なのか、この世を厭（いと）い離れよと、仏がことさら勧めてくださったような人生だ。自然と隠遁（いんとん）の願いもかなったが、もう余命少なく思えるのに、仏道を極めずに終わりそうで、前世も来世も安泰を得られまいと思い知る。むしろ、こちらが気後れするような仏法の友でいらっしゃるな」

そして、薫中将と文を取り交わし、中将がみずから宇治へ出向いたのでした。

宇治の地は、話に聞く以上に胸を打たれるものでした。

山荘の様子からして、八の宮の人柄を慕うせいなのか、修行者の庵めいて質素なしつらえと見えます。同じ山里でも、風光を愛でる穏やかな場所があるだろうに、ここは荒々しい水音が響き、憂愁を忘れる暇もなさそうで、夜もゆっくり眠れないだろうと思う川風が吹きすさんでいました。

(聖の心境を得た人には、こうした環境こそ現世の執着を絶つのに好都合だろう。だが、若い姫君たちは、いったいどんな思いで暮らしているのだろう。世間一般の女らしく柔らかな気性などかけ離れてしまうのでは)

そんなことも思いやられる場所でした。

姫君たちは、母屋の仏間との境に襖障子を立てたくらいで、すぐ近くで寝起きしているようでした。色好みの男ならすかさず近づいて、相手の人柄を探ってみたくなるような、さすがに心をそそる気配があります。けれども、薫中将はそうした執着をなくすため、山深く訪ねてきたのです。その本意をとげず、色気づいて口先の言葉をかけ、たわむれるのは目的に反しました。

ただ、八の宮の心にしみる人柄にふれ、敬意を抱いて何度も訪問するようになります。薫中将の願いどおり、八の宮は優婆塞（仏に帰依しても俗世に暮らす者）ながら、仏道修行の深い心得や経典の教えを、無理に物知りぶらずに巧みに説き聞かせるのでした。

山岳修行者や博学な法師は大勢いるものですが、あまりにも堅苦しい人たちです。高徳の僧都や僧正など身分ある人は、多忙な上に厳格だから、こちらがごく簡単な質問をしても大ごとになりそうです。一方、身分のない仏の弟子であれば、戒律を守る尊さはあっても、人柄に品がなく言葉もなまり、無遠慮になれなれしくされては不快です。昼は公務で暇なく過ごすので、静かな宵の時間に、寝所の枕もと近くに呼び入れて仏の談義をしたいのに、このような人物では気が進みません。

それに比べて八の宮は、じつに気品高く、その身の不遇がいたわしく見えました。語る言葉も異なり、同じ仏の教えでも耳になじむたとえを混ぜて聞かせてくれます。深くさとりを極めているのではなくても、高貴に生まれついた人は、ものごとの理解のしかたが違うようでした。薫中将は訪問を重ねて親しさが増すにつれて、ますます頻繁に会いたくなり、公務が多忙で行けない期間が長くなると、この宮を恋しく思うのでした。

薫中将がしきりに八の宮を尊敬するので、冷泉院もしげしげと便りを送るようになりました。長年人の話題にものぼらなかった寂れた住まいに、ようやくぽつぽつと人影が見えはじめました。院の使者だけあり、折々の訪問にも立派な風格があります。薫中将も見舞い品を送る機会には、趣味の品も生活物資も心づかいして暮らしの援助に努めました。こうして、交流が始まってから三年が過ぎました。


晩秋のころです。

八の宮は季節ごとの念仏会を、山荘では川音がうるさくて心静かに営めないと、かの阿闍梨の住む山寺に移って行うことにしました。念仏会は七日間続きます。

姫君たちは、父の留守を心細く思い、いつにもまして退屈をもてあましていました。

そんなところへ薫中将が、しばらく宇治を訪れていないと思い立ち、まだ有明の月がさしのぼる深夜に家を出て、お供を減らしたお忍び姿でやってきました。

山荘は宇治川のこちら岸にあるので、舟の手配は必要なく、騎馬で向かいます。山に入るにつれて霧がたちこめ、道も見えないほど草木が茂る中を分けて進むと、荒々しい風が競って木の葉の露を振り落としました。散りかかる冷たいしずくに、みずから求めたとはいえ濡れそぼります。夜半の忍び歩きなど覚えのない薫中将であり、心細いながらもおもしろく思いました。

「〃山おろしの風に耐えぬ木の葉の露よりも、こらえ性なくこぼれるわが涙と見える〃」

里人を騒がせるのもめんどうなので、従者に先払いの声を禁じます。家々の柴垣の間を通り抜け、馬が水の流れを踏む足音まで気をつけて忍びますが、隠しきれない芳香が風に匂い立ち、主のわからぬ香ばしさに眠りを覚まされる家もありました。

八の宮の住まいが近づくにつれ、琴の種類も聞き分けられないかすかな音色が、寂寥感をもって聞こえてきます。

（姫君たちが、始終琴を奏でていると話には聞いても、実際に耳にする機会はなかった。名手と言われた八の宮の琴の琴もまだ拝聴していない。これはよいところへ来たようだ）

そう思いながら門を入ると、琵琶の音色とわかりました。黄鐘調に調律した、よくある試し弾きの小曲なのに、場所柄のせいか聞き慣れない気がします。掻き返す撥の音がきれいで興がありました。さらに箏の琴が、情感のある優美な音色でとぎれとぎれに聞こえます。

しばらくこっそり聞いていたかったのに、訪問者の気配に気づいた宿直らしき男が出てきました。融通のきかなそうな男でした。

「宮様はこれこれの事情で、山寺の御堂に籠もっていらっしゃいます。ご訪問があったとお伝えしましょう」

薫中将は男に言いました。

「いや、日取りの定まったお勤めを私がおじゃましてはいけない。ただ、このようにすっかり濡れて無益に帰るつらさを、姫君のほうにお伝えし、いたわりの言葉をいただけると心が慰められる」

男は不細工な顔でほほえみ、女房に伝えさせるために奥へ行きかけました。

「少し待て」

男を呼び寄せて、薫中将はさらに言います。

「何年も人の話にだけ聞き、知りたく思っていた琴の音色を拝聴するうれしい機会だ。しばらく身を隠して聞くことのできる物陰はあるか。無遠慮なまねをして、姫君たちがすっかり演奏をやめてしまうのは残念だ」

この君の姿や顔立ちは凡庸(ぼんよう)な男の目にもすばらしく、もったいなく感じるので答えました。

「よその人が聞いていないときは、明け暮れ合奏をなさっていますが、たとえ下仕(しもづか)えであろうと都の人が屋敷を訪れたときは、こそりとも音を立てません。おそらく宮様が、ここに姫君たちが住むことを世間の人から隠そうとなさって、そのように命じていらっしゃるのでしょう」

薫中将は笑顔になります。

「つまらない隠し立てをなさるようだ。めったにない事例として、だれもがすでに聞き知っているだろうに」

そして、熱意をこめてたのみました。

「いいから案内しておくれ。私は好色な男ではないのだから。このような場所にお住まいの姫君は、風変わりで世間並みではないだろうと思える」

「恐れ入ります。おことわりしては気が利かないと、後でみんなに言われるでしょう」

宿直人は、竹の透垣が周辺を取り囲み、こちらの庭と隔ててある場所へ案内しました。薫中将が率いたお供は西の廊に呼び入れ、この男がもてなしました。

透垣の戸を少し開けてのぞくと、月がおもしろく見え隠れするように霧がなびいていました。この景色をながめるため、簾を短く巻き上げて人々が座っています。外の簀子には、寒そうに細く萎えた衣を着た女童が一人と、同じような大人が座ります。

御簾の内に座った姫君の一人は、柱に少し隠れて琵琶を前に置き、撥をもてあそんでいました。雲に隠れた月が、にわかに明るく射し出したのを見て言います。

「扇ではなく、撥でも月を招けたようだわ」

空を見上げてのぞいた顔立ちは、たいそう可憐で華やかと見えました。そばにうつむいている姫君は、琴の上に身を傾けています。

「夕日を招き返す撥はあったはずだけど、ずいぶん突飛なことを思いつく人ね」

そう言って笑う様子に、今少し落ち着きとたしなみがあります。

「扇に及ばなくても、これも月と無縁のものではないはず」

琵琶の撥の収め場所に「隠月」と名がつくことの機知でしょうか。

他愛のないことを、くつろいで言い交わしている姫君たちは、薫中将が想像した性質とまるで異なり、慕わしく魅力的でした。

（ふだん、若い女房が昔物語を読み上げるのを聞くと、必ず辺鄙な場所に美しい姫君が住んでいるものだ。そんなことが現実にあるはずがなく、気に入らないと思っていたが、この世にはたしかに胸を打つ隠し場所があったのだ）

薫中将は考え、急に心変わりするようでした。

霧が深いので、姿をはっきり見て取れません。もう一度月が明るく照らすことを願いましたが、奥でだれかが客の来訪を告げたらしく、人々は簾を下ろして中に入ってしまいます。姫君たちはあわてる様子もなく、しとやかなしぐさで静かに隠れました。衣ずれの音もしない萎えた衣がいたわしいものの、じつに上品で洗練されたふるまいであり、心を惹かれます。

こっそり引き返し、牛車をよこすよう従者を都に走らせました。先ほどの男に言います。

「あいにくな訪問だったが、かえってうれしいこともあったので、残念な思いが少し慰められたよ。私が来ていることを姫君たちにお伝えしてくれ。すっかり濡れた恨み言などお聞かせしたい」

　伝言を聞いた姫君たちは、盗み見られたとは思いもせず、くつろいで弾いた琴や不用意な言葉を漏れ聞いたのではと、それだけで恥じ入りました。

「不思議によい匂いのする風が吹いていたのに、今ごろご訪問があるとは思わず、気づきもしなかったとは。なんと鈍感なのだろう」

　言い合ってうろたえています。取り次ぎの女房もまったくもの慣れず、気が利きませんでした。もどかしくなった薫中将は、遠慮も時と場合だと考え、霧のまぎれに姫君たちの御簾の前へ進み出ました。その場へ腰を下ろしますが、山里慣れした若い女房は応対も思いつかず、座の敷物を出す手つきがたどたどしいのでした。

「御簾の外の席は落ち着かないですね。おざなりな心がけでは、こうまでかよえない難儀な山道をやって来たのに、ずいぶんおかしな待遇です。露に濡れそぼる旅を重ねるには、苦労を思いやるお心があってこそ励みとなるものですが」

　真面目な口調で言います。しかし、若い女房たちはすんなり言葉を返せません。消え入りそうに恥ずかしがるばかりでした。

　姫君たちも、その様子をいたたまれなく見やるのですが、奥で眠る年配の女房を起こしてくるには時間がかかります。もったいぶると思われたくないので、大君(おおいきみ)が奥へ引き入りながら、かすかな声で言いました。

「何のわきまえもない身なので、わけ知り顔になど、どうお答えすればいいのか」

奥ゆかしく気品のある声です。薫中将は声の主に、熱心に語りかけました。

「本当はご存じでありながら、相手の憂(うれ)いを知らず顔なのも、世間の女人(にょにん)にはよくあることです。けれども、ここに住んでおられるおかたなら、あまりにはぐらかしたお答えなのは残念です。

万事思(おも)い澄(す)ませた八の宮のお暮らしに、同じく従うおかたであれば、何ごとも涼しく明察(めいさつ)なさるのでしょう。こうして忍びきれない私の心が、浅いか深いか、見分けてくださってこそお話しする甲斐(かい)があります。世間一般の好色めいた筋(すじ)とまちがえて、突き放さないでいただきたい。

そのような方面は、ことさら勧める人がいても揺らぐことのない私です。そのうちお聞き及びになることもあるでしょう。だから、所在なく過ごすこの世の感想を語る相手になってくださり、また、世間を離れておられる淋(さび)しさの慰めにも、親しく文通などしてくださったら、どんなに思いがかなうか」

慎み深い大君には答えにくく、起きてきた年配の女房に相手をゆずりました。

この女房はどこまでも出しゃばりでした。

「なんともったいない、見ていられないお席のしつらえですよ。御簾の内に作ってさしあげなくては。若い人たちは常識を知らないようですね」

大げさに言う声が老けすぎていて、姫君たちははらはらする思いでした。

「本当に、宮様は、不思議なほど現世に住まう人に似ないお暮らしをなさって。訪れて当然の人たちさえ、何度も訪問する者は絶えてなくなりました。中将どのの奇特なお志の深さには、しがない身の私さえも感嘆するばかりでございます。お若い姫様がたもよくわかっていらっしゃいながら、なかなか申し上げにくいのですよ」

薫中将は、無遠慮になれなれしいのがやや不快なものの、身分の高い家に仕え慣れた気配があり、素養ありげだと考えました。

「まるで同意を得られないと感じていたところへ、うれしいお言葉だ。何ごとも、共感してもらえたと知ることほど頼もしいものはないよ」

そう言って長押（簀子と廂の段差の横板）に寄りかかる中将を、几帳のこちら側から見やると、曙の光でようやくものの色が見分けられる中、忍び歩きにふさわしい狩衣姿がたいそう濡れて湿っています。そのため、この世の香とも思えないほどの芳香が、怪しくも満ちあふれるのでした。

老いた女房は泣き出しました。

「差し出がましいことをしてはと、こらえながら、どんな機会に悲しい昔話を一部でもお伝えできるかと、ひそかに案じておりました。ここ数年念誦して祈り続けた効験か、うれしい機会が来たというのに、早くも涙におぼれて話せそうにありません」

体を震わせて泣く様子は、真実悲しみに沈んで聞こえました。老人はたいてい涙もろくなると知っていますが、これほど嘆くには理由があると考えます。

「訪問の回数を重ねたのに、この身を哀れんでくれるかたもいないため、露の涙にくれる道を一人濡れそぼっていたよ。うれしい機会のようだから、言い残すことなくすべて話してほしい」

薫中将がうながすと、女房は語り出しました。

「このようなよい折は二度となく、あったとしても、明日をも知れない自分の寿命をあてにできません。それならば、こんな古い人間が世に残っているとお知らせすることにしましょう。母宮様（女三の宮）に仕えた小侍従（女三の宮の乳母子）は、すでに亡くなったと伝え聞いています。かつて私が親しんだ多くの女房が亡くなったこんな晩年に、遠い田舎から再び都に上り、ここ五、六年ほどこちらに仕えております。

ご存じないでしょうが、今は藤大納言と申されるおかたの兄君（柏木・かつての頭中将の長男）は、右衛門督にて亡くなりました。何かの拍子にこのかたの話をお聞きになっているのでは。私には、この世を去られたのがつい最近に感じられます。そのときの悲しさで、今も袖の涙が乾かないと思えるのに、あなた様が成人なさる年数がたったとは夢のようです。

亡きおかたの乳母は、私の母でした。私も権大納言（柏木が死の直前に得た地位）の君に朝夕仕えて親しんでおりました。数に入らない身ではありますが、この君がだれにも秘密にしながら胸の内に余ることを、ときおり私に漏らしておられたのです。病の床でいまわの際となったとき、私をそばに呼び寄せ、わずかばかりの遺言を残されました。

これこそ、あなた様にお伝えしたいことなのです。けれども、ずいぶん長々と語ってしまったので、残りを知りたいと思うお心があるならば、改めてゆっくりお伝えしましょう。若い人たちが、見苦しく出過ぎているとつつき合うのも当然なので」

そう言って、さすがに最後まで語らずに終わりました。

薫中将は、何とも不思議で、夢語りか巫女の託宣じみた話を聞いたと、めずらしく思います。長年気がかりに思い続けたことに符合するので、ひどく惹きつけられました。とはいえ、たしかに周囲の人々が気になります。いきなり過去の話に思い入れて夜を明かしては失礼です。そこで言いました。

「はっきり思い当たる節はないけれども、昔のこととして聞いても心にしみる話だね。それでは、必ず残りも聞かせてくれなくては。霧が晴れてしまえば、姫君たちに見苦しいやつし姿をごらんに入れて、不作法と思われるだろう。私の思いからすると、先を聞けないのが残念だが」

席を立つと、八の宮が勤行する山寺の鐘がかすかに聞こえました。霧はまだ深く立ちこめています。

峰の八重雲が八の宮を隔てる距離が悲しい上、姫君たちの心情を思いやりました。

（憂愁の思いを尽くして、残すものもなくなっているだろう。他に人づきあいもないのだから、引っ込み思案になるのは当然だ）

「〝夜明けにも家路は見えず、訪ね来た槇の尾山（宇治川右岸の山）には霧が立ちこめている〟

心細いことだな」

また引き返し、行くのをためらう薫中将の優美さは、この君を見慣れた都人さえ格別と思えるものでした。まして山里の人々の目には、どれほど抜きん出た魅力と映ったことでしょう。

女房たちがなかなか返歌を出せないので、再び大君が、たいそう遠慮がちな声で詠みました。

「〝雲のかかる峰のかよい路を、秋霧がますます遠くに隔ててしまう今の時節なのだ〟」

少しため息の気配が感じられ、深い情感がありました。

薫中将にとって、取り立てて風流とも言えない場所柄ですが、こうして心を捕らえるものが多いのでした。けれども、あたりが明るくなってしまえば、さすがに顔があらわになりすぎる気がします。

「かえってつらくなるほど、言わずに終わったことが山とありますが、あとはもう少し親しくなってから、恨み言として言うことにしましょう。しかし、世間一般の男と同じに扱われたのが心外で、見分けてくださらないと恨めしく思います」

御簾の前から立ち去り、宿直人が西面（にしおもて）にしつらえた御座所（ござしょ）で思いにふけりました。

お供の人々は、宇治川の漁場を見てきて言います。

「網代（あじろ）にたくさん人が来ています。けれども、氷魚（ひお）が寄ってこないのか、期待はずれの様子をしていますよ」

危なげな小舟に刈り取った柴（しば）を積み上げ、地元の人々がつましい日常の営みに行（ゆ）き交（か）っていました。水の上に浮かんだはかない姿を見れば、だれもが同じ無常の世の中にいると思えます。

（自分は水に浮かばず、玉の台（うてな）に安泰だと思ってはならない世の中なのだ）

薫中将はそんなふうに思い続けるのでした。

硯（すずり）を取り寄せて、大君のもとへ文（ふみ）を書きました。

「〝橋姫（はしひめ）の心を察すと、高瀬（たかせ）にさす棹（さお）のしずくに袖（そで）が濡（ぬ）れるように涙にくれてしまう〟

もの思いに沈んでおられるかと」

大君を、宇治橋を守る女神である橋姫になぞらえたのでした。

宿直人に持って行かせると、たいそう寒そうに鳥肌を立てて返事を持ってきました。

返しの歌は、紙に焚きしめる香が平凡なのを気にしつつ、こうした場合は早く返すのが長所と、美しい筆づかいで書きつけてありました。

「〝棹さして行き来する宇治の渡し守は、絶え間ないしずくに袖も朽ちてしまう。私の袖のように〟


〝身さえ浮きて〟思えます」

これを読んだ薫中将は、申し分なく感じのいい姫君だと感心します。けれども、牛車が到着したと供人が急かすので、宿直人の男だけ呼び寄せて告げました。

「八の宮がお帰りになったころ、必ずまた来よう」

そして、濡れた衣はすべてこの男に褒美に与え、都から取り寄せた直衣に着替えました。

都に着いても、老いた女房の物語を気がかりに思い出します。想像よりはるかに優れ、魅力的だった姫君たちの姿も目に浮かびます。そして、執着を捨てることの難しい現世(げんせ)と思い知らされ、気弱になりました。

宇治へ文を書きます。

恋文(こいぶみ)の書き方はせず、公文書のような厚手の白い色紙に、筆を丹念(たんねん)に見つくろい、美しさに気を配って書き上げました。

「ぶしつけを恐れてむやみに控えたため、お伝えし残したことが多いのが気がかりです。少し申し上げたように、今より気安く御簾の前をお許しくださることを願っています。父の宮の山籠(やまご)もりの終わる日取りを聞き置き、再び参上して、晴れやらぬ霧に閉ざされた私の思いを晴らしましょう」

左近(さこん)の将監(ぞう)を文の使者に立て、申しつけました。

「あの老いた女房を呼んで、わたすように」

宿直人の男が寒そうにうろうろしていたことを哀れに思い、食べものを詰めた大きな折り箱もたくさん持たせました。

次の日、八の宮が籠もる山寺へも品物を手配します。

山籠もりの僧たちは、最近の嵐に苦労しているだろうと、宮の滞在の礼となる奉納を思い立ちました。絹や綿をたくさん包みます。届いたのは念仏会が果てた翌朝だったので、八の宮は、修行者の綿衣、袈裟、衣など、そこにいるかぎりの僧侶に一揃いずつ配りました。

薫中将が脱ぎ与えたあでやかな狩衣、すばらしい白綾の下衣は、肌に柔らかで言い知れぬ芳香が匂い立ちます。宿直人は一式そのまま着込みましたが、別人になれるわけもありません。似合いもしない袖の香を、会う人ごとに咎められたり褒められたりで、かえって身の置きどころがなくなりました。

気ままにくつろぐことができず、気味が悪いほど人々を集める匂いです。消し去りたいと願っても、特別な移り香なので水ですすいでも消えやらず、困り果てました。

大君からの返事の文が、とても感じよく少女めいているので、薫中将は楽しく読みました。父の宮も、姫君あてに薫中将の文が届いたことを聞き知ります。そして、生真面目な文面を読んで言いました。

「いやいや、懸想だった扱いをしてはかえって無粋だろう。世間の若者には似つかないご気性の持ち主だ。この私が亡き後は世話をたのむと、私が一言漏らしたので、おそらくそれをふまえて気をつかったのだろう」

そして、みずからも薫中将に、たくさんのお布施が山の岩屋にはありあまったことを感謝する文を送りました。

宇治へ行くことにした薫中将は、匂宮が日ごろ語っていたことを思い出しました。

(こんなふうに、山奥の隠れ家に、場違いにすばらしい女人を発見することを夢想しておられたな。宇治の姫君たちの有様を教え、あのかたの胸を騒がせてみるのはどうだろう)

匂宮の御所を訪問して、世間話を交わすついでに八の宮との親交を語ります。そして、姫君たちをかいま見た暁の光景を、こと細かに話しました。

相手は心底この話に魅了されたようでした。薫中将は、思惑どおりの反応と見て取り、ますます気を引くように語り続けました。

恨めしげに匂宮が言います。

「そこまで言うなら、どうして姫君からもらった返事の文を見せてくれないんだ。私だったらそうはしないのに」

「そうでしょうね、ずいぶんたくさんの女人から文をもらっていらっしゃるくせに、その端くれも私には見せませんね。かの姫君たちは、私のような不甲斐ない身で独り占めするご器量ではないので、何としても会わせてあげたいところですが、どうやってあなたを宇治へおつれしたらいいのやら。

　気楽な臣下の身分なら、色恋がしたければいくらでも持ちかけられる世の中です。他の宮人も、きっと隠れての色恋沙汰は多いのでしょう。ふさわしく魅力的な女人が悩ましげに住む隠れ家が、山里めいた隅の土地にあったりするのでしょう。

　お話しした宇治の山荘は、すっかり浮き世離れして聖の住みかに似るので、姫君たちも堅苦しく洗練されないだろうと、あなどって長年気にとめなかったのです。けれども、ほのかな月の光で見た姿が見まちがいでないなら、申し分ない美しさでした。気立ても身のこなしも、これぞ理想的な女人だと思ったものです」

　聞かされる匂宮は、しまいには本気になって妬みました。女人にはたいてい見向きもしない薫中将が、これほど深く思い入れるとは、よほどの姫君にちがいないと考えます。

自分も会いたくてたまらなくなりました。

「これからも、何度もその様子を探ってほしい」

たのみながらも、帝(みかど)の御子(みこ)という身分の不自由さを、嫌悪したいほどいらだたしいと思っていました。薫中将はおかしくなります。

「いやいや、よくないことでした。しばしも俗世(ぞくせ)に執着(しゅうちゃく)するまいと思う理由のある私なのに、軽率な行動を控えなくては。自分でも抑えられない恋心を持ちはじめたら、大きく望みに反してしまいます」

匂宮は笑いました。

「何とまあ大仰(おおぎょう)な。いつもの口(くち)はばったい聖(ひじり)言葉が、しまいにはどうなるか見届けたいものだよ」

薫中将の心の内には、老いた女房(にょうぼう)が語り出した件がありました。ますます異常な出生が思いやられて切ないので、美しいと見ることも聞くことも、それほど思い入れないのでした。

十月になり、五、六日ごろ宇治へ出かけました。

「この時期なら、有名な宇治の網代(あじろ)をごらんになるといい」

人々が勧めますが、薫中将は聞き入れません。

「蜻蛉と競うはかなさで、氷魚のように網代に寄りついてどうする」

そう言って、いつもどおりお忍びの装いで出向きました。軽装の網代車に乗り、衣装もわざわざ縑（無地の平絹）の直衣、指貫を仕立て、無官の人のように着ています。

八の宮は、待ちわびた訪問を山里らしい料理で歓待し、趣味よくもてなしました。日が暮れると、灯台の明かりを近くに寄せ、山から呼んだ阿闍梨にこれまで読んだ経典の意味深いところを講義させます。まどろみもせず夜を過ごしますが、川風が荒々しく吹き、木の葉が散り交う音、水の響きが聞こえ、風情を通り越して恐ろしく感じる心細い土地でした。

明け方が近いと気づくと、薫中将は、この前の夜明けを思い出します。話題に琴の音の長所を持ち出し、つけ加えました。

「前回、霧に惑わされた明け方に、たいそう稀な琴の演奏を一節だけ耳にしました。かえって心残りで、残りを聞きたいと思っています」

「色も香も思い捨ててからというもの、昔に聞いたことはすっかり忘れてしまったよ」

八の宮はそう言いながら、人を呼んで琴の琴を取り寄せました。

「これも、私にはまったく似合わなくなったな。先に弾いてくれる人がいれば、弾き方を思い出すかもしれない」

琵琶を持ってこさせ、客人に勧めます。薫中将は手にとって調律しますが、気をゆるして掻き立てませんでした。

「いや、私がほのかに聞いた音色と同じ楽器とも思えません。あのときは、名器だからよく響くのかと思いましたが」

「おや、意地の悪い。あなたのお耳にとまるほどの妙技が、いったいどこからこの山里まで伝わっているのやら。あり得ないことだよ」

八の宮は琴を掻き鳴らしましたが、切なくもの悲しい音色でした。峰の松風がそのような風情を添えるのかもしれません。わざと不確かな様子でおぼつかなげに弾きますが、趣があります。一曲だけでやめ、薫中将に言いました。

「このあたりに、知らずと聞こえてくるかすかな箏の琴があり、たまに上手と思うこともある。けれども、注意して聞かなくなって久しいのだ。娘たちは、心まかせにそれぞれ掻き鳴らしているようだが、川波しか拍子をとってくれない毎日では、むろん、よそで通用する演奏など身につかないだろう」

そして、姫君たちを隔てる襖障子の向こうに声をかけます。

「弾いてごらん」

けれども姫君たちは、気ままに弾いた琴を、自分が知らないうちに客人が聞いていたことさえ恥ずかしいのです。いたたまれずに奥に引き入り、だれも応じませんでした。

父の宮は何度もうながしますが、姫君たちはあれこれ言い訳し、そのまま終わってしまいました。薫中将はがっかりしました。

八の宮は、世間から変わり者で浮き世離れしていると見なされることが、娘たちには不似合いで、親としても気後れすると感じます。薫中将に言いました。

「世間のだれにも知られないよう、気をつけて育ててきたが、今日明日も知れない余命の少なさを思えば、やはり、将来のある娘たちが私の死後に落ちぶれてさすらうのが心配だ。これだけが出家を妨げる執着だよ」

いたわしく見やって、薫中将は申し出ました。

「確かな後見人として、ものものしい形でなくとも、この私を疎遠でなくお考えくださっていると自負しています。私が少しでも長く生き残ったときには、一言申し出た今日の言葉をたがえはしません」

八の宮はこれに、たいそううれしいことだと答えました。

やがて、暁(あかつき)のころ、宮が定時の勤行(ごんぎょう)を行うあいだに、薫中将(かおるちゅうじょう)はあの老いた女房(にょうぼう)を呼び出しました。

姫君のお世話役として迎え入れた人で、弁(べん)の君(きみ)といいます。年齢は六十に少し足りないあたりですが、都風のたしなみをもつ話し手でした。権大納言(ごんだいなごん)の君(きみ)（柏木(かしわぎ)）が次第に憂(うれ)いに沈み、病気になり、息を引きとった有様(ありさま)を語り、泣き続けました。

（たしかに、よその人の身の上として聞いてさえ心打たれる昔話だ。まして私の長年の気がかりであり、何が原因だったのかと、仏に祈るときにも「真実をはっきり知らせたまえ」と念じてきたことなのだ。その祈りの効験(こうけん)だろうか。こうも夢のように、私が予想もしないところで悲しい過去を聞かせる人が現れるとは）

そう思うと薫中将も涙を抑えられません。弁に言います。

「当時の事情を知る人が、本当にまだ生き残っていたんだね。たぐいまれな内容とも、恐れはばかる内容とも思えるが、しかし、これを言い伝える人が他にもいるだろうか。

この年月まったく聞いたことがないが」

「小侍従（こじじゅう）と私の他に、知る者はおりません。そして、私たちは他の者に一言も明かしておりません。こうもはかない、数に入らぬ身のほどですが、昼も夜も君に付き従っていたので、自然にできごとをお察しする立場になったのです。

権大納言の君も、思いが胸にあふれるとき、私たち二人にだけは、ときたま文（ふみ）の取り次ぎを命じました。お気の毒でくわしくは申しませんが、いまわの際（きわ）になられたとき、少しばかり言い置かれたことがあります。

私の身ではどのようにすればいいかと、気の晴れない思いで長く過ごしておりました。どうすればあなた様にお伝えできるか、たどたどしい念誦（ねんず）のうちにも祈っていたのです。この世に仏はいらっしゃると、思い知った気がします。ご覧にいれたいものがあるのです。

今さら何になろう、焼き捨ててしまおう、朝夕いつ死んでもおかしくない身なのに、捨てずに持っていれば死後に漏れ出す（もれだす）だろうと、危ぶんでいました。けれども、ときおりあなた様が訪ねてこられるようになり、お待ち申し上げるようになりました。少し心強くなり、よい機会があるよう念じる力もわきました。さらにこうして語れるとは、この世のことではないようです」

　泣きながらもこと細かく、薫中将が生まれたときの様子なども、よく記憶していて語るのでした。

「権大納言の君が亡くなった騒ぎに、私の母は病を得て、ほどなく亡くなりました。私はますます悲嘆にくれ、喪服に喪服を重ねて嘆いていましたが、長年私に言い寄っていた身分の低い輩が、だまして西の海のはてまでつれ去ったのです。都の様子もわからなくなり、十年あまりも経て、夫が現地で亡くなった後に、別世界に来る思いで都に上りました。

　八の宮様には、父方の関係で女童のころから出入りしたつてがありました。今はもう、私も世間に顔を出せない年齢です。冷泉院の女御様（柏木と同母）こそ、昔になじんだ縁故としてお仕えするべきですが、気が引けて申し出ることはできず、深山隠れの朽ち木になりはてています。

　小侍従はいつ、この世を去ったのやら。当時は若い盛りだった女房たちも数少なくなった末の世に、多くの人に取り残された命と、さすがに悲しく思いながら生きております」

語り続けるうちに、今度もすっかり夜が明けました。

薫中将は言います。

「さて、この昔話を味わい尽くすことはできないが、また他人に聞かれず安心できる場所で聞こう。小侍従という人は、かすかに覚えているが、私が五つか六つだったころ急に胸を病んで亡くなったと聞くよ。あなたと対面できなければ、私は親不孝の罪深い身のまま過ごさなくてはいけないところだった」

弁は、反古を小さく巻き合わせてかび臭い袋に縫いこめたものを取り出し、さし出しました。

「あなた様がご処分ください。権大納言の君が『私はもう、生きられそうにないから』とおっしゃって、この文を手元から集めておわたしになったのです。今度小侍従に会ったら届けてもらおうと思ったのに、別れてそれきりになってしまったことが、私自身いつまでも悲しく思えてなりません」

薫中将は袋を受け取り、さりげなく衣に隠しながらも心配になります。

（こうした老人は、問わず語りに、めずらしいできごとの例に語り出すことがきっとあるだろう。いや、他言していないと何度も誓ったのだ、そのようなことはないか）

あれこれと、また思い乱れるのでした。

粥、強飯などの朝食が出されました。昨日は予定のない日でしたが、今日は内裏のもの忌みが明ける上、冷泉院の女一の宮が体調を悪くしているので、必ず見舞いに行かねばなりません。あれこれ暇がないので、これらを片づけてから、山の紅葉が散る前にまた訪問すると申し出ると、八の宮は喜びました。

「このようにしばしば立ち寄ってくれると、あなたの光で、山の陰も少し明るくはっきり見えるようだ」

都に到着すると、真っ先に弁にわたされた袋を見ました。

唐わたりの浮線綾（模様を浮き織にした綾織物）を縫って、「上」という文字を布に書きつけてあります。細い組紐で袋の口を結んであり、権大納言の個人の花押で封印していました。開けるのが恐ろしく思えます。

色とりどりの紙に書いた、女三の宮の文が五つ六つありました。他は亡き権大納言の筆跡です。自分の病は重く最期が近く、もう一度文を出すことも困難になったが、女三の宮への思いは絶えないと、今は尼姿に変わりはてたと聞いていると、さまざまに悲しいことを陸奥紙五、六枚に、こまごまと鳥の足跡のように綴ってありました。

「〝目の前で現世に背くあなたより、会えずに世を去るこの魂のほうが悲しい〟」

紙の端に、書きかけて力尽きたような乱れた文字があります。

「めでたくご誕生と聞く二葉（赤子）は、私が案じることもありませんが、

〝命があればわが子と見よう。人知れぬ岩根に残した小松が成長する姿を〟」

紙を巻いた上に「小侍従の君に」と書きつけてありました。紙魚の住みかとなり、古びてかび臭いながらも筆の跡は消えず、たった今書いたと同じに読める言葉です。細かなところまで明瞭なのを見ても、たしかに人目にふれたら大ごとだったと、親のために胸が痛くなりました。

（こんなことが、この世に二つとあるだろうか）

薫中将は一人でますます思い悩み、内裏へ出仕するはずだったのに、出かけることができませんでした。

母宮の御所へ行くと、女三の宮はひたすら無邪気に若々しい様子で、読んでいた経典を息子に見られて恥ずかしがり、隠してしまいます。

（この母に、私が知ってしまったなどと、どうしてお知らせすることができるだろう）

そう考え、おのれの心一つに秘めたまま、あれこれ思いにふけるのでした。

三　椎本（しいがもと）

如月（二月）の二十日ごろ、匂宮は初瀬の長谷寺に詣でました。
願を立てたのはずっと以前でしたが、お礼参りに腰を上げないまま何年も過ぎていました。けれども、宇治のあたりで宿泊したいばかりにその気になったというのが、大半の理由でしょう。恨めしい意味にかける人もいる宇治（憂し）の地名を、これほど好む理由も他愛ないと言えます。

匂宮の初瀬詣でには、多くの高官がお供しました。その下の四位、五位の宮人はもちろん、都に残る人のほうが少ないほどでした。

源氏の君から相続して右大臣（夕霧）が領する別荘は、宇治川の向こう岸にある広々とした邸宅です。ここに匂宮の宿を準備しました。右大臣自身も帰路の出迎えに行きたかったのですが、急なもの忌みがあり、外出を慎む身となったため、接待できないお詫びを申し送りました。

匂宮は、右大臣の出迎えをいくぶん興ざめに思っていたので、代行を薫中将が務めることになり、かえってほっとします。例の山荘の姫君の話も聞けると思い、願ったりかなったりでした。右大臣を、気安く話せない堅苦しい人物と見なしているのでした。別荘には、右大臣の子息の右大弁、侍従の宰相、権中将、頭少将、蔵人の兵衛佐らも出向いています。帝も明石中宮も特にかわいがっている匂宮なので、人々の信望も限りなく厚く、まして源氏の君一門の人々は、孫の代までだれもが私的に心を寄せていました。

場所柄にふさわしく趣向をこらした別荘で、碁や双六、石はじきの盤などを出し、それぞれで興じます。匂宮は慣れない遠出に疲れ、休憩したいと強く願っていました。少し眠った後に、夕方から琴などを弾いて遊びました。

都の喧噪から遠い里なので、宇治川の水音が効果音となり、楽器の音色がさらに澄みわたるようです。八の宮の聖めいた住みかは、川を渡ってすぐの場所にあったので、追い風に乗って管弦の音色が響いてきました。耳をとめた八の宮は、昔に思いをはせました。

「だれなのだろう、笛をじつに風情よく響かせている。かつて、源氏の君の笛を聞いたことがあるが、風情と愛敬のある音色に吹き鳴らしていたものだ。澄みきって上り、格調高い趣があるのは、致仕の大臣（かつての頭中将）一族の笛に似ているようだが」

さらに独り言を続けます。

「ああ、久しくなったものだ。こうした管弦の遊びも絶え、現世に住むともなく過ごす年月のほうが長いとは、さすがに甲斐もない」

それにつけても、姫君たちの境遇が惜しまれました。

(こんな山中に閉じこめて、そのままで終わらせたくないものだ。中将であれば、同じことなら婿になってもらいたいところだが、あのお人は娘との結婚を考えないだろう。しかし、当世風の軽薄な男など、どうして婿に迎えられるものか)

思い悩み、所在なく憂いにふけります。春の夜を長く明けないものとして過ごすのでした。一方、楽しく遊ぶ旅の宿では、酔いのまぎれにあっという間に明けたと感じます。匂宮は、まだまだ帰りたくないと思うのでした。

翌朝は、はるばると霞みわたった空に、散る桜あり今咲き出した桜あり、さまざまに見わたされます。川沿いの柳が起き伏しなびく水の影など、ありきたりでない風情がありました。都の外を見慣れない匂宮には、めったにない風景で捨てがたいと感じます。

薫中将は、宇治へ来た機会を逃さず八の宮を訪問したいと思っていました。けれども、人々の目を避けて一人で舟で渡るとなると、立場上簡単にはいきません。思い迷っているうちに、八の宮のほうから文（ふみ）が届きました。

「〃山風が霞（かすみ）を吹き分けて届く声があったが、遠い白波が私たちを隔（へだ）てているようだ〃」

草仮名（そうがな）の風流な書きぶりでした。匂宮は、話に聞いた山荘からの便りと知り、興味をそそられます。

「この返事は私が書こう。

〃あちらとこちらを岸辺の波が隔（へだ）てても、宇治（うじ）の川風よ、吹き通ってつないでほしい〃」

薫中将は、訪問を決意します。管弦好きな宮人たちを誘い、渡し舟が棹（さお）さすあいだ、「酣酔楽（かんすいらく）」を奏（かな）でました。

八の宮の山荘は、川岸をのぞく廊（ろう）から造り下ろした階段の趣向など、風雅（ふうが）に奥ゆかしく見えます。人々も感じ入って舟を降りました。右大臣の別荘とは趣（おもむき）が異なり、山里めいた網代屏風（あじろびょうぶ）など、ことさら民家風で見どころのある内部を、来客を見こんで掃（は）き清め、小ぎれいに整えています。そして、古くから伝わる二つとない音色の楽器を、わざわざ用意した様子もなく取り出すのでした。客人たちはつぎつぎに弾き、壱越調に調弦した催馬楽「桜人」を奏でました。

宮人たちは、この機会に八の宮が琴の琴を披露してくれないかと期待します。けれども八の宮は、箏の琴をときどきさりげなく掻き合わせただけでした。それでも聞き慣れない技法があるようで、若い人々は奥ゆかしく興味深いと感じました。

ふさわしい宴席も、趣味よく用意してあります。よそで想像していたよりは、孫王筋で品のいい人々、王族で四位を持つ年配の人などが、客人の来訪を聞いて何人も集まりました。人手が足りないだろうと気づかったのでしょう。お酌をして勧める人も見苦しくなく、宮家らしい古風な礼儀でもてなすのでした。

若い宮人は、姫君たちの暮らしぶりが気になりました。中には思いを寄せる人もいたようでした。

右大臣の別荘に残った匂宮は、まして山荘を気にしています。気軽に出歩けないわが身が恨めしく、これほどの好機を見逃すのは我慢ならなくなります。枝ぶりよく咲いた桜を折らせ、お供の殿上童で顔立ちのよい子に持たせて、八の宮の姫君のもとに送り届けました。

「〝山桜の咲きにおう里を求めて来て、同じ挿頭（冠や髪の飾り）を手折ったことだ〟野に親しみたくて」

文にはこうあったようです。姫君たちは返事を出しにくく、どうしようと思い悩みました。年配の女房たちはさとします。

「このようなとき、大げさに考えて返事に時間をかけてはいけません。かえって相手が気を悪くしますよ」

そこで、中の君に返事を書かせました。

「〝挿頭に折る花のついでに、山の住人の垣根を通りがかった春の旅人がいたようだ〟野を分けては目指さないのに」

風情よく巧みに書いてありました。

宇治の川風が心をつないで吹き通ってくれるよう、管弦の遊びが続きます。そのうち、都からのお迎えとして藤大納言が、帝の命を受けて到着しました。同行してきた人も多く、騒がしい大人数となった一行は競うように都へ向かいます。

若い宮人たちは名残惜しく、ふり返ってばかりいました。匂宮は、ふさわしい折に再び訪れようと考えています。

桜の花盛りであり、四方の霞も見とれるような景色でした。一行は漢詩も和歌もたくさん作りましたが、煩雑なので取り上げません。

匂宮は、周りが騒がしくなって思うぞんぶん文を送れなかったことが、後々まで残念でした。薫中将の手引きをたよらず、直接宇治へ文を届けました。

これを読んだ八の宮は、姫君たちに言います。

「返事を出しなさい。ただし、ことさら恋文めいた扱いにしなくていい。かえって気をつかわせてしまうだろう。たいそう色好みの親王だから、こんな場所に娘がいると聞いて見過ごせないのだろうが、単なるたわむれだ」

父の宮が勧めるときには、中の君が返事を書きました。大君は、たわむれでも色恋を遠ざける心根の持ち主でした。

八の宮には、この生活がいつも以上に心細く感じられました。春の日長をますます暮らしがたくなり、絶えず憂愁の思いにふけります。大人になればなるほど姫君たちの容姿が優れ、理想的に美しいので、かえって気の毒なのです。

（もっと不器量な子たちだったら、このままではもったいないと思う気持ちも少しは薄らぐだろうに）

などと、明け暮れ思い悩みました。

大君は二十五、中の君は二十三になっていました。

この年は、八の宮の厄年でした。いろいろ不安なので、勤行をいつも以上に熱心に行います。

仕える女房たちも心配していました。

（ふだんから、たゆみなく仏道修行をなさる宮様だから、死出の旅立ちにも俗世をかえりみず、極楽往生をなさるに違いない。けれども、姫君たちのことを不憫にお思いだから、道心はあくまで強固でも、見捨てていく臨終まぎわにお心が乱れるかもしれない）

八の宮は思案しています。
（親の希望どおりとはいかなくても、人並みに婿（むこ）として外聞（がいぶん）が悪くない程度で、誠実な心を持って暮らしを世話する男なら、知らないふりで許してもいい。どちらか一人に結婚が決まり、世の中に居場所を得るなら、もう一人を結婚した娘に託すことで、ひとまず安心できるだろう）

けれども、そこまで誠実に思い入れて訪れる男はいません。たまにどこかから聞きこみ、恋文（こいぶみ）を寄こす者がいても、若者の気まぐれな遊びごとであり、寺詣（てらもう）での途中の宿や往来のついでに気を引こうとするだけです。落ちぶれて憂（うれ）いに沈む身だろうと推量（すいりょう）し、あなどった態度の無礼な輩（やから）には、娘におざなりの返事さえ書かせません。

ただ、匂宮（におうみや）だけは、決して会わずに終わらせないという気持ちをつのらせていました。前世（ぜんせ）の因縁（いんねん）があったのでしょうか。

薫中将（かおるちゅうじょう）は、その秋に中納言（ちゅうなごん）に昇進しました。ますます輝かしくなります。

朝廷の重要な地位につくにつけても、出生への憂（うれ）いが増しました。真相を気がかりに思って過ごした年月以上に、気の毒な形で亡（な）くなった人が思いやられます。父の罪障（ざいしょう）が軽くなるよう仏道修行をしたいと考えるのでした。

老いた弁を哀れに思い、目立つことはしないながらも、それとなく気づかって品物を送っています。

宇治を訪ねないまましばらくたったので、思い出して出向きました。七月ごろのことでした。都ではまだ秋の気配もありませんが、音羽山の近くまで来ると、風の音が冷ややかで、槙の山辺もかすかに色づいています。いまだに訪れるたび目新しく感じられる地方でした。

八の宮はまして久々の訪問を喜び、いつも以上に歓待しました。そして、以前より心細げな話を多く語りました。遠回しながらも胸の思いを伝えます。

「私の亡き後は、何かの折には娘たちを訪ねて、見捨てない者のうちに数えてほしい」

「一言でも承ったからには、私がそれを怠けることはありません。現世に執着するまいと妻子を持たず、たよりなく将来のない身ではありますが、私がこの世に生きる限り、変わらぬ心をごらんにいれたいと思っています」

薫中納言がそう答えたので、八の宮はうれしく思いました。

夜更けの月が明るく照らし、山の端に沈むのも近いと思われます。念誦をしみじみと唱えた八の宮は、昔のことを語りました。

「このごろはどんな世の中なのやら。私が宮中にいたころは、こんな秋の月夜には、管弦の上手と言われる限りの奏者が帝の御前に集まったものだ。

しかしながら、彼らがそれぞれ打ち合わせる厳かな拍子よりも、琴の心得があると評判の女御、更衣が、後宮でうわべは他人と親しく暮らす中、夜更けの人も寝静まったころに、憂愁の思いで掻き鳴らす音色がほのかに漏れ聞こえるほうが、さらに聞きごたえがあったな。

何であれ女人は、慰みごとの端くれとも扱われ、たよりなかろうと、人の心を揺り動かす要因となるものだ。だからこそ、罪深いとされるのだろう。子を思う心の闇にしても、男児はそこまで親の心を乱すものではないだろう。女児は自分で生きるにも限りがあり、しかたないと思い捨てようとしても、なお心配してしまうようだ」

世間話のように語りますが、聞く者にはどうしてそう思えるでしょう。胸中がいたわしく、薫中納言は言いました。

「先に申し上げたように、まことに私はこの世を見切っているせいか、わが身にはどの方面にも極めたものを持っておりません。ただ、他愛ないながら、管弦を愛する心ばかりは捨てがたいようです。賢く聖めいた迦葉（釈迦十大弟子の一人）も、この愛好のせいで立って舞った逸話が残るのでは」

　そして、一節だけ聞いてもの足りない姫君の演奏を、何とかして聞きたいとせがみました。

　八の宮は、疎遠に終わらない関係のきっかけになると思ったのでしょう。みずから姫君たちのもとへ出向き、熱心に演奏を勧めました。

　すると、箏の琴をたいそうほのかに掻き鳴らしてやめます。人の気配もますます絶え、風情のある空の景色は、いつもの合奏の遊びにふさわしく思えても、どうして気をゆるして演奏などできるでしょう。

「みずから初めてこのように鳴らしたのだから、残りをどうするかは、老い先長い同士にまかせることにしよう」

　八の宮はそう言って戻り、仏壇に向かいました。歌を詠みます。

「〝私の亡き後、草の庵は荒れようとも、このひとこと（言・琴）は枯れないと思っている〟

あなたと顔を合わせるのも、これ限りになるのではと思うと、心細さをこらえかねて愚かな繰り言が多くなってしまったな」

少し泣く様子に、薫中納言も詠みます。

「〝どんな世になろうと枯れはしない。末長く誓いを結んだ草の庵なのだから〟

相撲の節会などの行事の煩雑さが過ぎたころ、また訪ねて来ます」

問わず語りの弁を呼び出し、残りの物語などを聞きました。沈みかけた月の光が隅まで射しこみ、御簾の透き影が優美に見えます。姫君たちも奥のほうに座っていました。色恋めいた態度をとらず、思慮深い話を穏やかに語って過ごしたので、大君もふさわしい答えを返します。薫中納言は、匂宮がたいそう会いたがっていたことを思い浮かべました。

（われながら、並の男とは異なる心境だな。あれほど八の宮が許してくださる姫君に、気の逸る思いも持たないとは。けれども、突き放して結婚などあり得ないとも思わない。こうして話を交わしたり、折々の花紅葉に寄せて心を通わせるには気持ちのいい相手だ。

私が何一つ縁を結べず、このまま他の男の妻になってしまったら、やはりずいぶん惜しいだろう）

このように、独占したい気持ちも持っているのでした。

まだ夜深いうちに帰りました。八の宮が余命少なく思う様子を思い返し、あわただしい時期が過ぎたらまた来ようと考えました。

匂宮も、この秋のうちに紅葉を見に訪れようと、会う機会を思いめぐらせていました。恋文をいまだに送り続けています。中の君は、真剣な内容とは少しも思わないので、かえってわずらわしいとも思わず、熱を入れない態度でときどき返事を書きました。

秋が深まるとともに、八の宮はひどく心細くなりました。阿闍梨の山寺で七日間の念仏会を行うことにして、姫君たちに告げます。

「この世は、死出の別れをだれもが逃れられないが、それでも慰める夫がいれば悲しみも軽くなるものだ。おまえたちを託せる人がいないまま、不安な暮らしに残していくのは何とつらいことだろう。けれども、そうした執着に妨げられ、成仏できずに無明の闇に迷いこむのも無益なことだ。
おまえたちを育てながらも、思い捨てていた俗世なのだから、去った後まで心配することではないが、私だけでなく亡くなった母のためにも、面目ないことをする浅はかな考えを起こしてくれるなよ。
しっかり頼りになる男以外の言葉になびき、この山里を出て行ってはいけない。ひたすら他人とは異なる宿命と心得て、ここで一生を終える覚悟でいなさい。一途にそう思っていれば、波乱もなく過ぎ去る年月だ。女は特に、世間と交じらずに家に籠もり、見苦しく目立って他人のそしりを受けないほうがよい」

姫君たちは、将来のことまで考えていません。父の宮に死に別れたら、その後わずかも生きていたくないと思っています。それなのに情けない訓戒を告げられ、何も言えずに困惑しました。

父の宮が、心中すでに現世の執着を捨てているのは承知しています。けれども、明け暮れ寄り添って暮らし慣れているのです。突然死後のことをさとされ、冷淡な心から出た言葉ではないにしても、恨めしくなるのは当然でした。

明日は寺に移るという日、八の宮はいつになく山荘を見回り、あちらこちらで足を止めて見入りました。ほんの一時の宿と思って移りながら、とうとう居続けてしまった住みかでした。自分が死んだ後、若い娘が人づきあいもせず籠もりきりで、どうやって暮らしていけるかと考えます。涙ぐみながら念誦する姿は、たいそう清く見えました。

年配の女房たちを前に呼び寄せ、言い置きます。

「私が安心できるよう、しっかり仕えてくれ。これが、人の噂に立たない程度の身分であれば、末代が落ちぶれようと目立たないかもしれない。けれども宮家とあっては、他人が思わなくても、子孫が情けなくさまようのは血筋に畏れ多く、見苦しいことが多い。淋しく慎ましい生活をするのは世間によくあることだ。それでも生まれた家の格式を守り、身分に沿って暮らすのが、世間の目にも自分の心にも誤りがないと思える。贅沢に人並みの暮らしがしたくても、かなわない世の中だ。決して浅はかに身分の低い男を寄せつけてくれるなよ」

暁に出発するときも、姫君たちの居間に立ち寄りました。

「私がいないあいだも、心配しなくていい。心を明るく保って、琴の合奏でもしなさい。何ごとも思いにまかせられない世の中なのだ、深刻に考えてはいけないよ」

そう言って、ふり返りがちに山荘を出ました。

姉妹はますます不安に思います。寝ても覚めても語り合いました。

「どちらか一人がいなかったら、どうして暮らしていけるかしら。行く先もわからないこの世だから、もしも別れ別れになるようなことがあったら」

泣いたり笑ったり、遊びごとも手仕事も心を合わせて行い、慰(なぐさ)めあって過ごしました。

父の宮の念仏会が、今日は終わるという日、待ちわびていた夕暮れに使者が伝言をもってきます。

「今朝から体調が悪くなり、帰れなくなった。風邪ではないかと手当てしている。いつになく、おまえたちの顔が見たくてならない」

姫君たちは息が止まるほど驚き、どうしたのかと嘆(なげ)きながら、まずは綿入(わたい)れの衣(ころも)などを急いで仕立てさせ、山寺に送り届けました。
二、三日たちましたが、回復した様子がありません。具合はどうかと使者をさし向けても伝言をもち帰るだけです。
「特にひどい病(やまい)ではなく、どことなく苦しいだけなのだ。もう少しよくなったら、帰ろうと念じている」

阿闍梨は八の宮につきっきりで看病していました。

「ちょっとした不調に見えますが、これが最期になることもあるでしょう。ですが、姫君たちの将来を嘆いてどうされます。人にはみな、それぞれの宿命があるのだから、あなた様がお心を悩ませるものではありません」

そう言い聞かせ、ますますこの世の執着を捨てることを説き、今さら寺を出てはいけないと諫めました。

八月二十日のころでした。空の景色がひときわうら悲しく見える時分です。姫君たちは、朝夕の霧の晴れ間もなくふさぎこんで過ごしていました。

有明の月が華やかに射しはじめ、川の水面が澄んできらめくので、そちらの方角の蔀戸を上げさせ、景色を眺めます。山寺の鐘の音がかすかに響き、夜が明けると思われたころ、使者たちがやって来ました。泣きながら告げます。

「宮様は、この夜中にお亡くなりになりました」

一心に案じ、今どうしているかと絶えず気にしていたというのに、訃報はあまりのことでした。茫然自失し、衝撃がこれほど大きいとすぐには涙も出ません。倒れるようにただ突っ伏しました。

どんなにつらい死別だろうと、枕もとで臨終を見届けるのが世の常でしょう。死に目に立ち会うこともできなかったと、嘆きがつのるのは当然でした。姉妹のどちらも、亡き後までこの世に残ることは考えられず、どうすれば後を追えるかと泣き沈みます。けれども、宿命として与えられた寿命があり、願いの甲斐もないのでした。

阿闍梨は、年来の約束を守って葬送や法要の手配をしました。

「父の宮のお体やお顔だけでも、もう一度お見せください」

姉妹が訴えても、阿闍梨は聞き入れません。

「今さら、そんなことをなさるものではありません。宮様にも、もう一度会わないほうがいいとお勧めしてきました。今はいっそう、お互いが執着の種とならない賢明さを学ぶべきですぞ」

父の宮の生前の様子を聞くにつけても、姫君たちには、阿闍梨のあまりにお節介な聖心が憎らしく、薄情に思えました。

出家の志を抱き続けた八の宮ですが、娘たちを見捨てることができず、生涯寄り添い、心細く質素な暮らしの慰めにして過ごしたのです。先立つ側の心残りも、後を慕う側の心残りも、思うようにいかない世の中でした。

薫中納言（かおるちゅうなごん）は、八の宮（はちのみや）の訃報（ふほう）を聞き、ひどく気を落としました。

（もう一度お会いして、心静かにお話ししたいことがたくさんあったのに）

この世の無常を思うと、たいそう泣けてきます。

（これ限りになるのではと、おっしゃっていたのに。以前から、朝夕の間に死ぬかもしれない世のはかなさを、他人より強く感じておられるかただったから、こちらもつい聞き慣れて、昨日今日のこととは思わなかったのだ）

かえすがえすも惜しまれました。

阿闍梨（あじゃり）のもとへも、姫君たちへの見舞いにも、こまごまと文（ふみ）や品物を送ります。このような弔問（ちょうもん）や見舞品など、他はだれも寄こさない屋敷なので、ものを考えられないほど悲しんでいる姉妹も、薫中納言の年来の思いやりに心打たれました。

薫中納言も思いをはせます。

（ふつうの親子の死別でさえ、死の直後はだれもがこれ以上の悲しみはないと思い乱れるようなのに。慰（なぐさ）めようもない境遇（きょうぐう）の姫君たちは、今、どれほど苦しいお気持ちでいる

だろう）

四十九日までの七日ごとの法要に、必要な経費や品を見積もり、阿闍梨に届けました。姫君たちへも、老いた弁を通して誦経のお布施の品などを届けました。

明けない夜が続く心地の姫君たちですが、月が変わって九月になりました。

野山の景色は、さらに袖を涙で濡らす時雨がちです。先を争って落ちる木の葉も水の響きも、尽きない涙の滝と一つのように嘆き暮らします。お付きの女房たちは、このままでは姫君たちの命も危ないと心配で、必死に慰めるのでした。

山寺だけでなく、ここにも念仏の僧がつめています。八の宮の生前の御座所に仏像を形見として据え、四十九日の忌み籠もりをする顔見知りの僧侶たちは、しんみりと勤行に励みました。

匂宮から、たびたび文が届きました。けれども姫君たちは、とうてい返事を出す気になれません。反応がないので、匂宮は恨めしく思います。

（中納言には、返事を書くようなのに。私のことは見放してしまったのだろうか）

紅葉の盛りになったら、詩文を作る口実で宇治へ出向こうともくろんだのに、訃報を聞いて取りやめたのを悔しく思うのでした。

やがて、もの忌みの期間（三十日間）が過ぎました。

（悲しみにも限りあるのだから、少しは涙の晴れ間もできただろうか）

匂宮はそう考え、長々と文を書いて時雨がちな夕方に届けました。


「〝牡鹿が妻を呼んで鳴く、秋の山里はどんな様子だろう。小萩の露（涙）のかかる夕暮れに思いやる〟


今の空の景色に知らん顔なのは、あまりにそっけない仕打ちです。〝枯れゆく野辺〟も特別に感じられる季節なのに」

大君はさすがに言います。

「たしかに、あまりに情け知らずに、たびたびのお手紙を見過ごすのもよくないことね。お返事を出しなさい」

中の君に書かせようとしますが、妹は思います。

（硯など、近くに寄せてみるものとも思わなかったのに。何とつらいのだろう、これほど日が過ぎても生き残っているとは）

すると、またも涙が浮かび、ものも見えなくなって硯を押しやりました。

「やっぱり、書くことなどできない。少しずつこうして起きて座りもするけれど、悲しみに限りがあると知るのも、つらくて情けなくて」

いじらしげな様子でしおれて泣くので、姉も心苦しいのでした。

夕暮れに都を出た使者が、宇治に着いたのは宵も少し過ぎたころでした。大君は、使者を気づかって女房に伝えさせます。

「戻るのは無理でしょう。今夜は泊まっていってください」

けれども、使者は折り返し帰ると言って急いでいます。気の毒なので、妹より気持ちが静まったわけではないけれども、見かねて返事を書くことにしました。

「〝涙ばかりの霧に閉ざされた山里では、垣根のそばの鹿もともに鳴（泣）いている〟」

黒い紙に、夜の暗さではっきり見えず、文字の体裁を整えることもできません。筆まかせに書き、包んで持たせました。

木幡山の山道は、雨の夜には恐ろしげなものですが、尻込みしない肝のすわった男を選んだのでしょう。気味悪く笹が茂り合う中を馬も止めずに進み、ほどなく都に到着しました。

匂宮の前にも濡れそぼった姿で参上したので、褒美を与えます。

返事の文を広げれば、これまで目にした筆跡とは違っていました。もう少し老成して端正で、風雅なたしなみのある書きぶりです。

（どちらが姉姫で、どちらが妹姫なんだろう）

匂宮が文を手から下ろしもせず、見入ったまま寝ようともしないので、そばに仕える女房たちはささやき合いました。

「返事をずっと待っていらしたと思えば、今度はいつまでも読んでいらっしゃる。いったいどなたをそれほどお気に召したのやら」

不機嫌なのは、眠いのに自分たちも起きていなければならないからでしょう。

匂宮は、まだ朝霧深い早朝に起き出し、再度の文を書きました。

「〝朝霧に友を見失い鳴（泣）く鹿を、一通りの気持ちで同情するのではない〟

ともに鳴（泣）く声は私も劣りません」

これを読んだ大君は、あまりに情を知る態度を見せては厄介だと考えます。

（守り隠してくださる父の宮がご存命だったからこそ、何ごとも安心して行うことができたのだ。望みもせずに生き続け、思わぬ男女のまちがいを少しでも起こせば、後を心配して諫められた父の宮の亡き御魂まで傷つけてしまう）

そう思い、すべてが慎ましく恐ろしく、さらに返事は出しませんでした。

とはいえ、大君も、匂宮を軽薄な世間並みの男だとは考えていません。何気なく走り書きにした筆づかいも言葉も、洗練されて優美です。多くの恋文を見知ったわけではなくとも、文の趣でそう思えます。

しかし、これほど風格も心得もある人と文通するには、ふさわしくない身の上だと思えてなりませんでした。自分たちはこのまま、山の行者のように暮らそうと考えます。

薫中納言の文だけは、文面も生真面目一方なので、そっけなくもできずに返事を書き続けました。

もの忌みが果てたころ、文だけでなく薫中納言本人が宇治を訪ねてきました。

姫君たちは、東の廂の一段低い場所に、喪服姿に身をやつして座っていました。薫中納言は御簾の近くへ立ち寄り、老いた弁を呼び出しました。

闇に惑う自分たちの居場所に、客人がまばゆいほど立派な姿で入って来たため、二人はきまりが悪く、ろくに返事もできずにいます。

「このように疎遠にもてなさず、生前の宮のご意向に従って親しみを見せてくださってこそ、やりとりの甲斐があるというものです。色好みの気取ったふるまいを知らない私ですから、女房を介しての対話ではうまく言葉も続けられません」

薫中納言の言葉に、大君はやっと答えます。

「あきれることに、いまだに生きている身ですが、悲しみを静めるすべもなく夢にさまようようで。外の光を見るのもはばかられて、端近くになど出ていけません」

「おっしゃることは、限りなく慎み深いですね。あなたが日や月の光を、気にせず浴びに行くなら罪ともされましょうが、この私はどうしようもなく心がくもるばかりです。胸に積もる思いの片端でもうかがって、お気持ちを晴らしてさしあげたいものです」

薫中納言の言葉を伝える女房も、言い添えました。

「たしかに、姫様がたの尋常でないお悲しみぶりを、慰めたいとおっしゃるお心は本物のようですよ」

大君も、少し心が落ち着きました。いろいろ思いやれば、父の宮の生前から、遠い野辺をかき分けて訪ねてくれた志はありがたいのです。少し膝をすべらせて客人に近寄りました。

薫中納言は、姫君たちの心中を察すること、八の宮が自分に言い置いて約束したことなどを、心をこめてこまごまと語ります。敬遠(けいえん)したい男くさい態度は見せない人物です。大君も、なじめず居心地悪いとは思いませんが、親しい人でもないのに声を聞かせ、文を交(か)わし、頼みにする態度を取っていたことが恥ずかしく、気が引けるのでした。

かすかに一言だけ答える大君の様子に、薫中納言は、すべてが悲しくぼんやりしているのだろうと考えます。黒い几帳(きちょう)の透影(すきかげ)がいたわしく見え、毎日をどう過ごしているのかと、盗み見た明け方の姿も思い返します。

「〃秋に色変わりする浅茅(あさじ)を見ても、墨染(すみぞ)めにやつした人々の袖(そで)の涙が思いやられる〃」

独り言(ひとりごと)のように詠(よ)むと、大君も歌を返しました。

「〝涙で色変わりした袖を露の宿りとするほかは、わが身の置きどころがないのだ〟

〝はつるる糸は〟」

喪服のほつれた糸を涙の玉の緒とする古歌を引いた言葉の末は、そのまま消え入ります。どうしてもこの場に耐えられなくなった様子で、奥に入ってしまいました。

引き止めることなどできませんが、名残惜しく胸にしみました。老いた弁が代役を買って出、昔話や今の話、悲しい物語などを聞かせます。

驚くべきことを見知っていた人なので、ひどく老い衰えていても見放せず、薫中納言も親しく語らいました。

「私は、まだ幼いうちに故院（源氏の君）に先立たれ、この世はたいそう悲しいものだと思い知ったため、大人になって官位や栄誉を得ても、何の関心も持てないのだよ。ただ、この静かな八の宮のお住まいを知り、私の心にかなうと思ったのだが、宮もはかなく世を去ってしまわれた。

ますますかりそめのこの世と感じて、出家したくなるが、おいたわしく残された姫君たちが気がかりと言えば、好色めいて聞こえるかもしれない。だが、それでも現世に生きて、私に残された八の宮のお言葉にむくいたいと思っている。
とはいえ、今まで知らずにいた昔の物語を聞いてからは、ますます世間に子孫を残す気もなくなったよ」

そう言って思わず泣くと、まして弁はひどく泣き、言葉も出なくなりました。

老いた弁には、薫中納言の容姿やふんいきが、権大納言の君（柏木）そっくりに思えます。長年のうちに忘れていた昔の思い出がよみがえり、話もできないほど涙にくれました。

弁は権大納言の乳母子であり、父親は、宇治の姫君たちの母北の方の母方のおじにあたる、左中弁で亡くなった人です。長年遠国に離れ、北の方も亡くなってから、かつて仕えた家とも疎遠となっていたところを、八の宮が招き寄せたのでした。

特に家柄がいいとは言えず、宮仕えずれしていても、一通りの心得がなくもないと見て取った八の宮は、姫君たちのお世話役につけました。今では、朝夕姫君たちに仕え慣れ、心を隔てるものもなく感じていますが、それでも昔の物語は一言も漏らさず、胸に秘めていたのでした。

けれども薫中納言は、老人の問わず語りはよくあることだから、簡単に言いふらすことがなくとも、高貴な姫君たちの耳には入れたのではと疑います。そして、いまいましくも困りものにも感じますが、これも、宇治の姫君を他人にわたしてはならないと思う機縁になったでしょう。

今は、山荘に泊まっていくのも気づまりなので、このまま都に帰ります。

（八の宮が「これ限りになるのでは」とおっしゃったのに、どうしてそんなことはないと思いこみ、もう一度お会いしなかったのだろう。同じ季節で日数もそれほどたっていないのに、どこにおられるかもわからなくなったとは。何とあっけない）

特別なしつらえが何もない、たいそう質素な暮らしぶりでしたが、いつも清潔に整え、風雅な態度で住んでいた屋敷でした。今は忌み籠もりの僧侶たちが出入りし、あちらこちらに小部屋の囲いを立てています。八の宮が使った勤行の道具はそのままですが、仏像はみな山寺に移そうと、姫君たちに語っている言葉を聞き、こうした僧たちも去った後に残る人々の心境が思いやられて胸が痛みます。

供人が「たいそう日が暮れました」と急かすので、もの思いをやめて立ち上がったとき、空を雁の群れが鳴きわたりました。

「〝秋霧の晴れぬ雲にいて、ますますこの世を仮（雁）と言い知らせているようだ〟」

匂宮と顔を合わせたときにも、まずこの姫君たちの境遇を話題にしました。

匂宮は、八の宮亡き今ならば、だれにも気がねせず姫君と交流できると考え、熱心に文を送ります。

姫君たちにとっては、ちょっとした返事も書きにくく、遠慮がまさる思いでした。

（世の中に色好みの名の広まるお人だから、この文通を色恋めいて興のあるものにお思いなのだろう。けれども、こうも忘れ去られた草むらからさし出す文の内容など、あちらにはどんなに不慣れで古くさく見えるだろう）

などと考えて、心が挫けるのでした。

姉妹で語り合います。

「まあ、何と過ぎ去る月日の早いこと。父の宮はこうもはかないお命だったのに、死別が身近にあると思わず、世間のよそごとに思って暮らしていたとは。自分も父の宮に遅れ先立つことはないと、ただ思いこんでいたとは。

父の宮がいらしたころでも、暮らしがしっかりしていたわけではないけれど、気持ちは何かと呑気（のんき）で、恐れたり用心深くなったりしないで過ごせた。今では、荒々しい風の音も、知らない男たちが案内を請（こ）う声も、真っ先に胸がつぶれてしまう。怯（おび）えて切ないことが増えるばかりで、何とつらいのだろう」

涙を乾かす暇もなく過ごすうちに、年も暮れました。

雪やあられが降りそそぐようになると、同じ風の音なのに、今初めて聞いたように、自分たちが山中に隠れ住むことを思い知らされます。

女房（にょうぼう）の中には、挫けずに言う者もいます。

「ああ、もうすぐ年も変わります。悲しみの年が改まる春が待ち遠しいですわ」

姫君たちには、改めるのも難しいと思えるのでした。

向かいの山も、八の宮がときどき念仏に籠（こ）もったからこそ、人の行き来がありました。阿闍梨（あじゃり）は今もときたま見舞いの文をくれますが、この人も、今では山荘を訪ねる用件がありません。ますます客人が途絶（とだ）えるのは当然と思いながらも、ひどく悲しくなります。

そのため、今まで何とも思わなかった地元民が、宮の亡き後もたまに顔を見せるのがありがたく感じました。季節の届け物として、薪や拾い集めた木の実を持ってくる人がいるのでした。

阿闍梨の庵室からも、木炭などが届きます。

「例年決まってご用立てしていたものを、今年から絶やしてしまうのが淋しいので」

文にはそうありました。八の宮がこの時期には必ず、冬籠もりの山風を防ぐ綿衣などを寺に送っていたことを思い出し、姫君たちも同じに送りました。雪深い中、使者の法師や童が山を登って行く姿が見え隠れします。姫君たちは御簾ぎわに立ち、泣きながら見送るのでした。そして、語り合いました。

「もしも父の宮が髪を下ろされ、出家姿で生きておられたら、こうして行き来する人々も自然と多かったでしょうに。そして、私たちがどれほど悲しく淋しくても、二度とお目にかかれないことはなかったでしょうに」

大君が詠みます。

「〝父君を亡くし、岩のかけ道を踏み（文）とだえてから、松（待つ）に積もる雪を何と見ればいいのだろう〟」

中の君も詠みました。

「〃奥山の松葉に積もる雪と同じに、消えた父の宮を思うことができたら〃」

雪であれば、消えても翌年また降るのだからと考えたのでした。

薫中納言は、年始の時期は多忙で宇治へ行けなくなると考え、暮れのうちに訪問しました。

道にも雪が深く降り積もり、平凡な身分の人間すら通る姿を見かけなくなった時分に、ひときわ立派な人物が苦労をいとわず訪れた志の高さは、姫君たちの心にもしみました。いつも以上に心をこめて席の用意をさせます。

喪中の黒塗りではない火桶を奥から取り出し、塵を払う女房たちは、生前の宮が薫中納言を喜んで迎えた様子を思い出話にしました。

大君は、今も対面して話すのは気が引けます。けれども、女房を介して相手をしては、思いやりのない仕打ちと考える相手なので、そうもできずに対面しました。

打ち解けた態度を見せないものの、以前よりは少し言葉も長く続けます。その様子は、たいそう感じよく奥ゆかしいものでした。

前に座る薫中納言は、考えていました。

（この女人を、世間話のつきあいで終わらせることはできないだろう。そう思うとは、私の心もずいぶん身勝手だな。やはり、男女が親しくすれば恋に変わっていくものなのか）

口調は真面目なまま続けました。

「兵部卿の宮（匂宮）が妙に私を恨んでおられるのです。亡き宮が私に、心打たれる一言を言い置かれたことを、何かのついでに漏らしてしまったかもしれません。または、たいそう気を回す性分のおかたなので、推量でおっしゃるのか。

私に姫君との仲介を頼んだのに、つれなく文のお返事がないので、私の不手際だとたびたび非難なさるのです。心外と思ってはいますが、立場上、仲介役をきっぱりはねつけることもできません。

どうして、兵部卿の宮のお便りに冷たくなさるのですか。世間の人は女好きと噂するようですが、めずらしいほど深い情けを持つおかたです。たわむれの恋に都合よさそうな、なびきやすく軽薄な女人など、ありふれてつまらないと思っておられると、一部では言われています。

何ごともあるにまかせ、我を張らない大らかな女人であれば、世間の良識に従って穏やかな対処ができるでしょう。夫婦仲に多少気に入らないことが起きようと、しかたない、これも宿縁だと見なすことができれば、かえって末長く続く例もあります。一度関係を壊してしまうと、竜田川が濁るように女人の名も汚れ、せっかくのご縁が虚しく消え果てるかもしれません。

兵部卿の宮は、深く思い入れるご気性ですから、そのお心にかなない、意向に背くことの多い女人でなければ、軽率に最初と最後で異なる態度を取ったりなさいません。私は、他の人が知らないところまでご気性を存じ上げていますから、お似合いのかたが縁を結ぶのであれば、その取り持ちには、全力を尽くしてお仕えするつもりです。お二人のあいだを奔走して、さぞかし足が痛くなるでしょうが」

大君は、自分の縁談は思い浮かべません。中の君の親代わりをしなくてはと気を張りますが、どう応じればいいか迷いました。

「どのようにお答えするものやら。私どもをお心にかけてくださるようにおっしゃっては、かえって何も言えなくなります」

少し笑った様子がおっとりして、好ましく聞こえました。

薫中納言はさらに言います。

「必ずしも、あなたご自身がお受けになるべきご縁だと思ってはいません。あなたは、雪を踏み分けて参上したこの私の思いの丈(たけ)を、思慮深く察する姉君としてお含みくださればいいのです。

兵部卿の宮が心を寄せておられるのは、もう一人のおかたでは。恋心をほのめかしたご様子でもありますが、他人の判断ではわからないことです。宮へのお返事はどちらのかたが書いていらしたのですか」

これを聞いた大君は、よくぞ自分はたわむれの返事を書かずにすませたと考えました。

(たとえ書いたとしても、何ごとも起きなかったかもしれないけれど、こうして面と向かって問われたとき、どれほど恥じ入って胸がつぶれたことか)

そう思うと、直接答えることができなくなりました。紙に書いてさし出します。

「〝雪深き山にかかる橋、君以外にはだれの踏み(文(ふみ))かよう足跡を見るだろう〟」

薫中納言は言います。

「言い訳をなさるとは、かえって疑わしくなりますね。

〝つらが閉じ、駒が踏みしだく山川を、人を案内する前にまず案内人が渡ろう〟

それでこそ、浅くはない私の思いも甲斐があります」

大君は、話題を思わぬ方向へもっていかれたのが気に入らず、返事をしません。取り澄ました態度で男をきっぱり遠ざけないものの、当世風の若い女のように色っぽくふるまいもしません。感じよく温和な人柄なのだろうと、薫中納言は考えるのでした。

（それでこそ、私の理想の女人となるお人だ）

思い描いたとおりだと考えます。機会をとらえて恋心をほのめかしても、大君は気づかないふりで通すのでした。薫中納言も少々気後れしてきて、あとは真面目に八の宮の思い出などを語りました。

供人たちが帰りを急かします。

「暮れてしまえば、降る雪でますます見通しもきかなくなります」

薫中納言は、引き上げようとして言いました。

「見回せば心配になるお住まいの様子ですね。私の屋敷は山里のように静かで、人もあまり往来しないあたりですから、来ていただけるとうれしいのですが」

これを小耳にはさんだ女房たちは、そうなればめでたいとほおをゆるめます。けれども、中の君は思っていました。

（なんて見苦しい。私たちが都の屋敷になど、どうして住めるだろう）

女房たちは、果物を品よく盛りつけ、客人をもてなしました。お供の人々にもふさわしい酒肴と盃を出します。

薫中納言の移り香で騒がれた宿直人が、見苦しい髭づらで無骨に控えていたので、あのうかつな番人だと気づき、呼び寄せました。

「どうしている。八の宮がいらっしゃらないので心細いだろう」

たずねられた男は顔をゆがめ、気弱に泣きます。

「世間に頼る身よりもなく、宮様ただお一人に仕えて三十年あまり過ごしました。今はまして、野山をさまようにも、どのような木の下を頼ればいいのか」

そう答えて、ますます不細工な顔つきになるのでした。

八の宮の生前の御座所を開けさせると、塵がひどく積もっていました。仏壇の花飾りを絶やさず、いつも勤行しておられた台座も、今は取り払って片づけてあります。薫中納言は、自分も出家したときにはと約束したあれこれを思い出しました。

「〝立ち寄る陰と頼みにしていた椎が本、今では虚しい床となってしまった〟」

柱にもたれて座っている姿を、若い女房たちはのぞき見して褒めそやしました。

日が暮れると、供人が馬の秣を取りにやらせた近隣のあちこちの荘園から、田舎人が仰々しく連れだって訪れます。薫中納言は知らされていなかったので、泊まりもしないのにときまり悪く思いますが、老いた弁の君を訪ねてきたようにつくろいました。そして、今後もこのように仕えるよう申しつけて、山荘を出ました。

年が変わりました。

空の景色もうららかに変わり、汀(みぎわ)の氷が溶けるのを見ても、宇治(うじ)の姫君たちはここまで生き残ったことに驚きます。

阿闍梨(あじゃり)の庵室(あんしつ)から「雪が消えたので摘(つ)みました」と届け物がありました。沢の芹(せり)や蕨(わらび)などでした。

仏前の精進(しょうじん)料理のお膳(ぜん)に添えて、女房(にょうぼう)たちが言います。

「山里のおもしろさは、こうして草木が移ろうのを見て月日の流れを感じ取るところですね」

けれども姫君たちは、何がおもしろいのだろうと思うのでした。

「〝父の宮が摘(つ)んでくださった蕨(わらび)と見るならば、春の訪れを知ることができるだろうに〟」

「〝雪深い汀(みぎわ)の小芹(こぜり)を、だれのために摘(つ)んで喜べばいい、親なしの身で〟」

はかないことを言い合って日々を過ごす二人でした。

薫中納言からも、匂宮からも、時を逃さず便りがありますが、取り上げるまでもない内容が多いので、例によって省略します。

桜の花盛りのころ、匂宮は、桜の挿頭の歌を送ったことを思い出しました。そのとき居合わせた貴公子たちも言います。

「奥ゆかしい宇治のお住まいだったのに、二度と見ることができないとは残念な」

世の無常を口々に語る中、匂宮は訪ねて行きたいと考えるのでした。恋心をそのまま宇治へ書き送ります。

「〝旅のついでに見た桜、今年の春は霞を隔てて見ることはせず、手折ってかざそう〟」

中の君はこれを見て、とんでもないことだと考えます。けれども、見事な書きぶりの文なので、無にすることはないと、暇をもてあます折に返事を書きました。

「〝どこを探して手折るのだろう。ここにあるのは墨染めの霞がこもる宿の桜なのに〟」

このように突き放し、つれない態度しか見てとれないので、匂宮は本気でつらいと思っていました。恋心をもてあますと、薫中納言をあれこれ責め立てて恨みます。

薫中納言はおかしさをこらえ、いかにも姫君たちの後見人の顔をして応じました。匂宮の気の多さを見抜いたときなど、「このような心がけでは、どうして仲介などできるでしょう」と言ったりします。

匂宮も気にするようで、「まだ、心にかなう女人を見つけていないからだ」と言い訳するのでした。

右大臣（夕霧）は、匂宮が一向に娘の六の君に関心を向けないので、気にくわないと思っていました。けれども、匂宮は取りあいません。

「新鮮味のない身内（右大臣は匂宮の母方の伯父）だし、大げさに口うるさいから、ちょっとした女遊びでも見とがめられるのが面倒だ」

陰でそう言って反抗しているのでした。

その年、三条邸が火災に遭い、女三の宮は六条院に移り住みました。あれこれと煩雑さにまぎれて、薫中納言はしばらく宇治へ出向くことができませんでした。

真面目一筋の気質のせいか、たいていの男とは異なり、大君を自分の妻にと望みながらも悠長にかまえています。相手が心を開かないうちは、ぶしつけに近寄って思いやりのない行為に及ぶまいと考え、自分が八の宮との約束を守ることをわからせたいと思っていました。

　例年より暑さの苦しい夏になり、宇治の川べりは涼しいだろうと思い立つと、急に出かけます。早朝の涼しい時間に出発したので、着いたときにはあいにく日射しがまぶしく、生前の宮の御座所だった寝殿の西廂へ入り、宿直人を召し寄せて休みました。

　姫君たちは、たまたま寝殿の仏間に来ていたところでした。客人の近くを遠慮して、東の居間へ戻る気配があります。音を立てないよう忍んでいても、身じろぎがこちらに伝わるほど近くでした。

　薫中納言はじっと座っていられません。廂に面した襖障子の端、掛け金の場所に小さな穴があるのを以前から知っていたので、屏風を取りのけてのぞきます。けれども、向こう側にも几帳が立ててありました。まったく残念だと思って引き返そうとしたとき、風が強くなって御簾を吹き上げました。

「中が見えてしまう。その几帳を押しやって」

　女房の声がしたので、愚かな配慮と思いながらもうれしく、小穴からのぞき続けます。

丈の高い几帳も低い几帳も二間の御簾に寄せて並べ、のぞく障子の向かい側にある開いた障子から、姫君たちが出て行くようでした。

まず姫君の一人が立って進み、几帳の隙間から御簾の外をのぞきました。供人たちが行き交い、涼む様子を見ています。濃い鈍色の単衣に萱草色（やや黒みのある黄色）の袴が引き立ちますが、喪服の色がかえって見映えするのは、着ている人の華やかさのせいでしょう。

誦経の掛け帯を軽くたらし、数珠を袖に引き入れて握っています。丈高くすらりとした体つきの美しい人で、髪は袿の丈に少し足りない長さですが、髪の末までわずかなもつれもなく、つやつやと量が多くて可憐でした。横顔はたいそう愛らしく映えています。明るく美しく、柔和でおっとりした雰囲気は、六条院の女一の宮もこのような人だったと、わずかにかいま見た容姿を思い比べました。ため息が漏れます。

もう一人の姫君が膝をすべらせて出てきました。

「あの障子は、見えるのではないかしら」

こちらを見やる用心深さは、よく気のつく慎み深い人と見えました。頭の形、髪のはえぎわなどは、先の姫よりさらに気品があって優雅です。

「向こう側にも屏風を立ててあります。急にのぞいたりなさらないでしょう」

若い女房が何も知らずに言っています。

「とんでもない、あってはならないことですよ」

そう言いながら、不安そうに膝をすべらせて進みます。気高く奥ゆかしい気性がそなわって見えました。

黒い袷(あわせ)の一襲(ひとかさね)を着て、二人とも同じような色合いですが、こちらはやさしく優美で、いじらしくいたわしい姫君でした。髪は、すっきりする程度にかさが落ちているようです。髪の末が少し細くなり、翡翠色(ひすいいろ)と表現する色味でつややかに美しく、糸をよりかけたようにそろっています。紫色の紙に書いた経文(きょうもん)を片手に持っていますが、その手は先の姫よりずっとか細く、だいぶ痩(や)せているようでした。

立っていた姫君は、襖の戸口で座り、何があったのかこちらをふり向いて笑います。たいそう愛敬(あいきょう)のあるかわいい笑顔でした。

四　総角（あげまき）

長年耳慣れているはずの宇治川の川風も、この秋は、身の置きどころもなく悲しく聞こえました。

八の宮の一周忌の法要を準備します。

おおかたの手配は、薫中納言と阿闍梨が行いました。大君と中の君は、僧侶の法服や経典の飾りつけなど、細かい部分を担当します。女房の言うとおりに用意しますが、この運びもたよりなげで悲しく、よそからの援助がなければどうなっていたかと思われました。

薫中納言は、みずからも出向き、喪服を脱いだ後の品々を手厚く届けました。阿闍梨も山荘に来ていました。

姫君たちが、仏前の名香の組糸をこしらえながら、〝かくても経ぬる世にこそありけれ〟と古歌を引いて話しているときでした。御簾の端、几帳の隙間から、糸を結び上げた糸繰り台が透いて見えたので、薫中納言も名香の糸づくりと察します。

「〝わが涙をば玉にぬかなん〟」

伊勢の歌を引いて口ずさみました。

御簾の中の姫君たちも、なるほど、伊勢が中宮温子の没後、法事に組糸を送ったときもこうだったのだろうと、興趣を感じます。けれども、いかにも知った顔で中納言に言葉を返すのは気が引けるのでした。

紀貫之は〝糸に縒るものならなくに〟と、旅の別れの心細さを糸になぞらえたものです。姫君たちも、たしかに古歌は人の心を表現するきっかけになると思いました。

薫中納言は、法要の願文を作ります。経や仏供養の趣旨を書くついでに、歌を書いて大君に送りました。

「〝名香の総角結びに、末長く契りを結びこめ、同じところに縒り（寄り）合いたいものだ〟」

大君は、例の恋心のほのめかしと厄介に思いながら、返事を書きます。

「〝貫くこともできない、もろい涙の玉の緒に、末長い契りなどどうして結べるだろう〟」

薫中納言は「〝あわずは何を玉の緒にせん〟」と、恨めしげに見入るのでした。

大君がこうして、求婚をさりげなくはぐらかして気後れさせるので、すんなりと言い寄ることができません。そこで、真面目な態度で匂宮のことばかり話しました。

「兵部卿の宮（匂宮）は、それほどご執心でない女人でも、恋の道にのめりこむご気性のせいか、申し出たからにはと負けん気になるところがおありです。私も、あれやこれやと宮のご真意をうかがってみました。そして、中の君へのお気持ちは本物でまちがいなしと思われます。

どうして、むやみに宮を突き放して扱われるのです。男女の情愛が見分けられないお人とは思いませんが、手ひどく遠ざけてもてなしてばかりでは、これほどまっすぐに信頼している私の心もむくわれず、恨めしいことです。とにかく、どうお考えなのかはっきりお聞かせください」

大君は答えます。

「あなたのお心に背くまいと思うからこそ、怪しまれて世間の噂にされそうでも、じかにお話ししているのです。そこも見分けていただけないのでは、私以上にお考えが浅いのではと思ってしまいます。

こんな山里に住んでは、心ある者なら、憂愁の思いを尽くしているでしょう。けれども、何ごとも分別がへたに育った私です。おっしゃるような縁結びは、亡き父の宮が今後こうせよと言い置かれた中にも、一つもありませんでした。このまま、世間並みの結婚をあきらめて暮らせと、私たちをお諫めになったはずです。

ですから、とにかく、お答えできることなどないのです。それでも、私より長く生きる妹は、深山隠れに埋もれさせるのが気の毒です。何とか朽ち木で終わらないよう、人知れず世話したいと思うのだけど、この先どうなってしまうのやら」

ため息をついて思い悩む様子は、いじらしく見えました。

薫中納言も、大君のように引き籠もって暮らした姫君が、鮮やかな決断をして利口ぶれないのは当然と考えます。いつもの老いた弁を呼び出して相談しました。

「ここ何年か、来世の心得を得たいがために、八の宮のもとへ通ってきた。けれども、八の宮がこの世を心細く思っておられた末期のころ、姫君たちの今後を私にまかせ、思うぞんぶんお世話するようおっしゃって、私も約束したのだ。それなのに、父の宮が心づもりなさった形とまったく異なり、姫君たちが、反対方向に強情におなりなのはどういうわけだろう。

八の宮の本当のお考えは、約束とは違ったものだったのかと疑いたくなる。あなたも聞き知っていると思うが、私は妙に世間とは異なる性分で、結婚には何の関心もなかったのだ。けれども前世(ぜんせ)の因縁(いんねん)なのか、こちらの大君とは、これほど親しくおつきあいできるようになった。

だんだん世間の人も噂にしているらしいのに、同じことなら亡き八の宮のお言葉をたがえず、私も大君もふつうの男女のように、心を許した夫婦になれたらいいと思っている。宮家と臣下(しんか)の不釣(ふつ)り合(あ)いがあるとしても、前例のないことではないのだから」

さらに、匂宮の件にも言及します。嘆(なげ)かわしそうに続けました。

「兵部卿の宮のことも、私がこれほど言ってきかせても、安心して受けてくださらない。内々に、別の人物を婿(むこ)候補に考えておられるのだろう。本当はだれが候補なんだい」

たちの悪い女房であれば、こうした相談には小賢(こざか)しく訳知りぶって、おべっかを使うものでしょう。弁はそうせず、心の内では薫中納言と大君との結婚を望みながらも、口に出してはこう言いました。

「もともと、世間の人とは違った考え方をなさる姫様です。普通に結婚することは、相手がどなたであろうと考えていらっしゃらないのです。

仕える女房たちでさえ、これまでの年月、頼もしい生活の場がありませんでした。わが身が大事と思う者は、ほどほどの居場所を見つけて去って行き、代々この家に仕えてきた者さえ見捨てていったのです。まして今は、この暮らしを嘆き、姫様に訴える女房もおります。

『ご存命のあいだ、宮様は格式を重んじ、姫様がたも不似合いなご結婚はお気の毒と、古風で律儀なお考えのもとに留めていらっしゃいました。けれども、亡くなった今、おすがりする人が他にだれもいないのに、どのような縁組みをなさろうと非難する人がいるでしょうか。そんな心ない人は、何の役にも立ちません。だれがこのまま一生を終えたりできるでしょう。松葉を食べて修行する山伏(やまぶし)でさえ、生きたわが身が捨てられず、教義の流派(りゅうは)が別れるではありませんか』

などと、よからぬ口をきいて、若いお心を乱すことも多いのです。

それでも、姫様は、ご自分の考えを曲げることのないおかたです。ただ、妹君には良縁を得て、ふさわしい暮らしをさせてやりたいと考えていらっしゃるようです。

あなた様が、山奥まで訪ねてくださるお志の深さには、何年もなじんで親しく思っていらっしゃいます。だからこそ、あれこれと立ち入った相談をなさるのでしょう。妹君を、あなた様と結ばせたいとお考えのようです。兵部卿の宮のお文については、誠意のある内容ではないと見ています」

　これを聞いて、薫中納言は言いました。

「心打たれる八の宮のお言葉を聞いてから、露のようにはかない現世に生き続ける限り、姫君たちとおつきあいしようと考えていた。それは、どちらのかたの婿になろうと同じことだから、婿にと見込んでくださったのなら、それだけでうれしく思っていいことだ。けれども、これまで執着を絶ってきた現世にあえて留まるのだから、みずから求める人との結婚を思い直すことはできない。これは、世間と同ような色恋沙汰ではないのだ。ものを隔てて言いたいことを言い残すのではなく、じかにお会いして、世の無常のあれこれをぞんぶんに語り合い、あのかたが内に秘めたお考えもすべて打ち明けてほしいのだ。

　私には、睦まじく語れる同母のきょうだいもおらず、ひどく淋しい生まれ育ちだ。世の中について思うことを、その時々でしんみりと胸に秘めて過ごしてきた。さすがに孤独を感じるので、大君にだけは遠い人と思われたくないのだ。

明石中宮(あかしのちゅうぐう)は、私がなれなれしく、他愛(たあい)ないことでお耳をわずらわせるおかたではないし、母宮は、親とは思えないほど若々しいおかたであろうと、帝(みかど)の妹君で尼僧(にそう)でもあり、たやすく打ち解ける相手ではない。その他の女人は、すべて見慣れず気づまりで恐ろしく、妻にと思い立つこともできない。その場のたわむれでも求婚じみたことはきまり悪く、性にあわず、見苦しい不器用者だ。

まして真剣に思うおかたの前では、言い寄ることも難しく、恨めしく胸の晴れない思いを伝えられずにいる。われながらどこまでも愚鈍(ぐどん)だ。だが、兵部卿の宮の求婚は悪いようにしないから、私にまかせてもらえないだろうか」

老いた弁は、八の宮亡き後の生活不安の中、どちらかの姫君と薫中納言の結婚ほど望ましいものはなく、ぜひにと願っています。けれども、匂宮もまた気後れするほど立派な婿候補なので、そのまま口にはしませんでした。


この日は宿泊し、大君(おおいきみ)とゆっくり語り合いたいと思い、山荘に居続けました。

大君は、薫中納言の恋心が、はっきり言わないながらもだんだん強まり、こちらの冷たさを恨めしく思っているとわかるので、厄介だと考えます。直接言葉を交わすのはますます居心地悪いのです。それでも、大半はめったになく情け深い人物なので、すげなくあしらうこともできず、やはり対面しました。

仏間の中襖を開け、灯火の芯を長く明るく照らして、御簾に屏風を添えて向かいます。薫中納言が座る廂にも明かりを出しますが、当人がことわりました。

「疲れて無礼な格好をしているのに、明るすぎる」

横向きに寝そべっています。さりげなく果物などを出しました。お供の人々にも品のある酒肴を出します。廊に似た建物のほうでもてなしたので、周囲からは供人が遠ざかり、ひっそりと話を交わしました。

大君は気を許す様子を見せませんが、優しく愛敬のある口ぶりで話します。薫中納言にはたいそう好ましく、もどかしく思えて虚しいのでした。

(簾や屏風程度の隔てを障壁に思い、じれったく過ごす私の優柔不断は、あまりにも愚かしいのだろうな)

そう思えてならないのに、うわべは平静に、無難な世間話を感動的にも愉快にも、聞き応えがあるように語るのでした。

御簾の内側では、大君が女房たちに近くに控えるよう言ってあります。けれども、そこまで薫中納言を遠ざけなくてもといいと考え、言いつけを守りません。だれもが下がって隅に寄り、寝てしまいました。仏間の灯火が暗くなっても、芯を起こす者もいません。

大君は不安になり、そっと女房を呼びますが、だれも起きて来ませんでした。

「気分が悪く、苦しいので、少し休んで暁のころにまたお話しします」

客人にことわって、奥に入ろうとします。

「山路を越えて参上した私は、まして苦しいというのに、こうして話を交わすことに慰めを見ているのですよ。置き去りにされては淋しくてなりません」

薫中納言は言い、そっと屏風を押し開けて中に入りこみました。

怖くなった大君が、半ば奥の間に入りかけたところで中納言に引き止められます。悔しく情けないので、なじりました。

「隔てなく話すとは、こういうことを言うのですか。私の知らない仕打ちです」

その様子もますます愛らしいので、言い返しました。

「隔てなくと言った心をわかっていただけないので、よくお聞かせしたいと思ってのことです。知らない仕打ちとは、どういうしわざを念頭におっしゃるのですか。無茶なことはしないと、仏に誓いを立てましょう。

いやだな、怯えないでください。あなたのお心に反することはするまいと、最初から決めています。他の人は想像つかないでしょうが、私は、世間一般の男とは異なる間抜けときています」

ほの暗い火影に映え、顔にこぼれかかる大君の黒髪を、そっとかきやって見入ります。望んだとおりに、気品高く美しい女人でした。

（こんなに手薄で隙間だらけの住まいでは、好色な男が侵入するには何の障害もなさそうだ。私以外の男が訪れたら、何もしないで済むはずがない。そうなったらどれほど悔しかったか）

今までの自分の呑気さも危うく思えました。しかし、心底つらいと思って泣いている大君が気の毒なので、これほど嫌わず、みずから心を開くときが来るだろうと考えます。無理強いはかわいそうで、体裁よくなだめました。

大君は言います。

「こんなことをなさるおかたとは思いもせず、おかしなほど親しくしてしまって。不吉な袖（そで）の色をあらわにする思いやりのなさに、自分のうかつさを思い知ります。何としても気が晴れません」

何の心づもりもない墨染（すみぞ）めの姿を見られ、恥ずかしいと思い乱れています。薫中納言は言いました。

「これほど私をお嫌いになるのは、何か事情があるからかと、気後れして話もできませんね。袖の色を理由になさるのはもっともですが、長くおつきあいした私たちなのに、喪中（もちゅう）だからと遠ざけ、初対面の人物のように扱えるでしょうか。分別があるとは言えないお考えですよ」

そして、琴（こと）の音（ね）を聞いた有明（ありあけ）の月夜をはじめに、次第に大君への思いがつのってきた一部始終を、多くの言葉で語り聞かせました。

大君には気づまりな一方です。こんな下心を持ちながら顔に出さず、真面目（まじめ）ぶっていたのかと、疎（うと）ましく聞こえる内容が多いのでした。

薫中納言は、かたわらにあった丈（たけ）の短い几帳（きちょう）を仏壇との隔てに置き、大君に寄り添って横になります。

仏前の名香が芳ばしい香りを漂わせ、供えた樒の葉が冴えた匂いを放っていました。

仏に思いを寄せる薫中納言の性分としては、やはり気がとがめます。

（時もあろうに喪中の今、焦った男のように軽率にふるまっては、当初の心がけとも異なってしまう。服喪の期間が明け、この人のお心がもう少し和らいだころにでも）

無理にも心を静め、それ以上のことに及びませんでした。

秋の夜の気配は、山奥でなくともしんみりしてしまうものです。ましてここでは、峰の山風も垣根で鳴く虫も、何もかも淋しげに聞こえました。この世の無常について語り続けると、大君もときどき言葉をはさみます。聡明で感じのよい応対でした。

先に寝ていた女房たちは、二人の様子に気づくと、気を回して全員が奥に入ります。大君は、父の宮が言い置いたことを思い浮かべました。

（おっしゃったとおり、この世に生きながらえば、自分が意図しないとんでもないことがこの身に起こるものなのだ）

何ごとも悲しくなり、川の水音とともに涙も流れる心地でした。

はかなく明け方になりました。供人たちが起き出し、主人を起こす咳払いをし、馬のいななきが聞こえます。薫中納言は、他人の話に聞いた旅の宿りの情景を思い、興趣を感じました。

夜明けの光が射す、東の襖障子を押し開け、空の景色を大君といっしょに眺めます。

大君も、膝をすべらせて少し端に出ました。軒が間近なところなので、軒下のしのぶ草に置いた露がきらめき、あたりがだんだん見えてきます。

男女どちらも、たいそう優美な容姿と目鼻立ちでした。薫中納言は、やさしく語りかけます。

「何もしなくていいから、ただこうして月も花も同じ心で楽しみ、はかない現世の有様を語り合って過ごしたいのです」

大君も、ようやく恐ろしさが薄らぎます。

「こうまで面と向かわず、何かを隔ててお話しすれば、私の心の隔てを真実なくすことができると思うのです」

明るくなってきて、目覚めた鳥の群れが飛び立つ音が近くに聞こえます。山寺の夜明けの鐘もかすかに響きます。見苦しい喪服姿がはっきりすると感じ、大君はむやみに恥じらいました。しかし相手は、すぐに出て行く様子もなく言います。

「わけあり顔で、朝露を踏み分けて帰ることはできませんよ。他の人々も、不始末があったと思いこむでしょう。あなたはいつもどおり穏やかにふるまい、世間の男女とは違う関係として、これからも私とこのようにつきあってください。

私の下心を心配することはありません。これほど一途にあなたを思う心を、哀れと思ってくださらないのでは甲斐もないのだから」

困った大君は、体裁の悪さから言います。

「これからのちは、お気持ちもわかったのでそのようにいたしましょう。けれども今は、私の言うようにしていただきたいのです」

「ああ、つらい。暁の別れなどまだ知らない私は、帰り道に迷いそうだ」

留まることもできず、薫中納言はため息ばかりつきました。

どこに鶏がいるのか、朝を告げる鳴き声がかすかに聞こえ、都を思いました。

「〝山里の情趣を知らせるさまざまな音を、取り（鳥）集めたような朝ぼらけだ〟」

大君も詠みました。

「〝鳥の声も聞こえない山奥だと思ったのに、この世のつらさは訪ねて来るのか〟」

奥との境の襖障子まで大君を送り、薫中納言はゆうべ入った母屋の西から出ました。

客間の西廂に横になりますが、まどろむことはできません。大君の名残が恋しく、こうまで恋い慕うのに、今までの月日、悠長にかまえていたのはなぜだろうと考えます。都に帰ることも気が滅入りました。

大君は、女房たちがどう思ったか気づまりで、すぐには横にもなれません。

（頼みにする人もないまま世を過ごす身は、なんとつらいのだろう。ここにいる女房たちも、よからぬ縁談を何やかやと、聞きこんではつぎつぎ言い出してくるに違いない。望みもしないなりゆきが、急に起こる世の中なのだ）

そんなふうに思いめぐらせます。

（中納言どののご容姿やご気性が、だれかに嫌われることなどあり得ない。亡き父の宮も、あのかたに縁組みするお気持ちがあるならばと、ときおりおっしゃっていたはず。私自身は独身で通すとしても、私より器量よしで今が美しい盛りの妹には、独身はもったいない。人並みに結婚させることができたら、どんなにうれしいだろう。妹の身の上としてなら、心の限り縁組みに加勢することができる。
私の身の上など、だれがかまうと言うのだろう。中納言どののお姿やお生まれが、世間一般に紛(まぎ)れる平凡さなら、今まで親しんだ年月のせいで、私も結婚を考えたかもしれない。けれども、気づまりなほど美しくご立派で、かえってどうにも尻込(しりご)みしてしまう。私はこのまま、ひとりで一生を終えるほうがいい）

思いつめ、すすり泣きながら座っていたため、その後は気分が悪くなります。奥のほうに寝ている中の君(なかのきみ)のそばに横になりました。

中の君は、女房たちがいつになくひそひそ言い合っていたのが不審で、あれこれと姉を案じていました。大君がもどってきて隣に寝たので、うれしく思って上掛(うわが)けをかけてやります。すると、まぎれもない薫中納言の移(うつ)り香(が)が、顔に吹きかかるように匂い立ちました。

宿直人(とのいびと)がもてあました香りを思い合わせれば、女房の話は真実だったと胸が痛みます。しかし、寝入ったふりをして何も言いませんでした。

客人は、弁(べん)を呼び出してこまごま言い置き、大君への挨拶(あいさつ)を真面目(まじめ)くさって伝えて出て行きました。

大君は、中の君の手前もひどく恥ずかしく感じます。

（総角の歌をはぐらかしておきながら、私がみずから隔てを捨て、中納言どのと触れあったと思われただろう）

そして、体調が悪いと言って一日寝こんでいました。

「法事までもう日がありません。些細なことさえうまくできない人ばかりで、しかも人数が足りないのに、こんなときにご病気では」

女房たちが言うので、中の君が名香の組糸を仕上げましたが、そこまでです。

「飾りの心葉など、私一人ではどうすればいいか」

せがまれて、大君も暗くなるころには起き出し、いっしょに組糸を結びました。

薫中納言から文が届いても、今朝から体調が悪いと言って、女房に代筆の返事を書かせます。女房たちはひそひそ言いました。

「これでは格好がつかない。姫様ときたら、何と子どもっぽいことをなさるのだろう」


喪の期間が終わりました。

墨染(すみぞ)めの衣を着替える日が来ても、姫君たちは、生きる気もないのに月日が過ぎたと感じます。思いどおりにならないわが身がつらいと泣き沈み、痛々しいのでした。

ここ数か月は黒々としていた衣装を、薄鈍色(うすにびいろ)に替えます。新鮮に見え、特に中(なか)の君(きみ)は盛りとあって、愛らしい顔立ちが一段と魅力を増しました。大君(おおいきみ)は、髪を洗って整えた妹の姿をながめ、ふだんの憂愁(ゆうしゅう)も忘れるほど美しいと感動しました。

（これなら婿君(むこぎみ)も、近くで見て見劣(みおと)りするなどと考えられないに違いない）

こっそりそう考え、うれしくたのもしく、今後はだれにもまかせず自分がお世話しようと、親の気持ちで思うのでした。

薫中納言(かおるちゅうなごん)は、自重(じちょう)した喪(も)の期間が過ぎる九月が来ると思うと、呑気(のんき)にしていられず、再び宇治(うじ)を訪れました。

「この前のように、じかにお話ししましょう」

挨拶(あいさつ)を送りますが、大君は迷惑に思い、言い訳して対面しませんでした。

「予想外に薄情なお心ですね。周りの人はどう思うでしょう」

文(ふみ)に書いて届けると、大君も書きます。

「とうとう喪服(もふく)を脱ぎますが、かえって悲しみに心がふさぎ、お話もできません」

恨み言も続かなくなり、例の老いた弁を呼び出してあれこれ言い立てました。

女房たちは、あまりに心細い生計の支援を、薫中納言一人にたよっています。この人物が大君と結婚し、姫君たちが都に移り住むことになればいいと、語り合っていたところでした。

「このまま、姫様の寝所に入れてさしあげよう」

女房同士で示し合わせました。

大君はこれを見知ったわけではありませんが、そっと推察します。

（あのかたは、弁にとりわけ目をかけて親しげにしていらっしゃるから、弁も心を許して、不届きな手引きを企むのでは。昔物語の中でも、女主人公がみずから男に会いはしない。あれこれ事件が起きるのは、油断ならない女房の悪知恵からだ。

中納言どのが、どうしても私を妻にとお考えなら、そのときは妹をお勧めしよう。じかに会っては見劣りする女人でも、一度関係したら捨てないご気性のようだもの。まして妹の美しさなら、わずかでも目にすれば妻として満足なさるだろう。

でも、お勧めして承諾なさるおかたではないだろう。妹との縁組みは不本意とおっしゃると聞いたけれど、それは、あっさり受け入れては私から軽薄に思われると考え、

遠慮なさったのだ）

　この思惑（おもわく）を、中の君にわずかも知らせないのは罪になると感じます。自分も身につまされたことであり、かわいそうで、あれこれと語りかけました。

「父の宮はご遺言に、世の中を心細く過ごし果てようと、世間のもの笑いになる浅はかな行動をするなと言い置かれたでしょう。父の宮の出家（しゅっけ）の妨（さまた）げとなり、修行の心を乱した罪も大きいのに、最後に残したお言葉にまで反してはならないと思うから、私は今の暮らしを淋（さび）しいとも思わないの。それなのに女房たちが、おかしなほど強情だと言って憎むようなので、本当につらい。

　でも、あなたが同じ境遇で終わるのは、日々が過ぎる中、これ一つがもったいないと思えてならないのよ。あなただけでも世間並みの結婚をして、姉の私が誇らしく満足できるよう、お世話してあげたい」

　中の君には姉の言葉が心外であり、気が滅入（めい）ります。

「父の宮は姉上だけに、死ぬまでこの場所で過ごせとおっしゃったかしら。できの悪い私のほうが、さらに心配ごとが多いと思っていらしたというのに。姉上の心細さをお慰（なぐさ）めするには、この私が朝晩いっしょに過ごすこと以外、他に何があると言うの」

不服（ふふく）な様子に、大君も、当然だろうといとしくなります。

「そうね。女房たちが私をいやなひねくれ者と言っているせいで、気持ちが乱れているみたい」

そう言ってやめました。

日が暮れましたが、客人は帰ろうとしません。厄介（やっかい）なことだと大君は考えます。

弁がやってきて、薫中納言の言葉を伝え、相手が恨むのがもっともな理由をこまごまと言い聞かせました。大君は返事もしません。ため息をついて考えます。

（私はどうすればいいのだろう。父の宮か母上のお一人でもご存命ならば、お言葉に従って世間並みの縁も結べるだろう。前世（ぜんせ）の宿縁（しゅくえん）があり、心のままに処（しょ）せないこの世なのだから、結婚が失敗するのはよくあること、軽蔑（けいべつ）や非難も受けずに終わるだろうに。

ここの女房たちはみな年を取り、それぞれ自分に分別があると思って、似合いの縁組みだと熱心に勧めるけれど、信頼などできない。目先のことだけを考えて、一方的に思いこんでいるのだから）

体をゆさぶって言い立てられても不快なばかりで、心も動きません。それなのに、心を分け合う中の君は、男女関係を何一つ知らず、純真で理解してもらえません。どうしてこんな立場なのかと情けなく、ただ奥を向いて座り続けていました。

「姫様、薄墨ではなく、明るい色のお召し物にお着替えください」

別の女房が持ってきます。だれもかれも薫中納言と会わせようとしているのがわかり、あきれました。

男が本気で会おうとすれば、たしかに障害になるものなどない家です。広くもなく、身を隠す場所もありません。〝いずこにか身をば隠さん山梨の花〟の古歌のように、逃れるすべもないのでした。

しかし、薫中納言本人は、これほどあからさまなお節介をたのんだわけではありませんでした。最初から、いつ関係を結んだか他人にわからない形で、ひっそり会いたいと考えています。

「姫君のお心が許すまで、いつまでもこのまま待つつもりだ」

そう告げたのに、老いた女房たちが内輪で示し合わせて行っているのでした。当人が思うほどのわきまえもなく、老人の偏屈さも手伝うので、大君には気の毒でした。

困りぬいた大君は、弁に薫中納言への伝言をたのみました。

「長いあいだ父の宮から、世間一般の人には似ないご気性のかたとうかがっておりました。亡き後は何ごとも頼りにして、兄弟でもないのに親密にさせていただいたけれど、私が思っていたのとは異なるお考えが交じり、恨んでおられるのはおかしなことです。人並みに縁組みして暮らしたいと思う身なら、お申し出をどうして遠ざけたりするでしょう。以前から結婚を捨てている私には、苦しいばかりなのです。

けれども、中の君が美しい盛りを過ぎるのは惜しいことです。この住まいでは婿君をお世話する場所もありませんが、亡き父の宮を慕ってくださるならば、私と中の君を同じにお考えください。姉妹に身を分けていようと、心はすべて中の君に譲り、妹の身でお会いする心地がします。そんなふうにうまく伝えて」

恥じらいながらも、自分の望みを雄弁に語った大君に、弁も心を打たれました。

「姫様のそうしたお気持ちは、前々から承っているので、中納言どのにもよく申し上げました。それでも、妹君に考え直すことはできないとおっしゃいます。そして、兵部卿の宮(匂宮)のお恨みが深まるので、そちらの縁組みを万全にお世話しようとおっしゃるのです。

それもけっこうなご縁です。八の宮と北の方がご存命で、ことさら熱心に婿君をお探しになったとしても、これほど卓越した殿方が二人そろって求婚なさることはございませんでしょう。

畏れながら、こうも生計のたたないお暮らしを拝見しては、この先どうなってしまうかと悲しく思っております。婿君がたの将来のお心まで知れませんが、何はともあれ、姫様がたは幸運ですばらしい宿命と思われます。

亡き宮のご遺言を守ろうとするお心はもっともですが、それは、宮家にふさわしい婿君がおらず、不似合いな結婚をするくらいならとお考えになり、諫められたのでしょう。中納言どのに求婚のおつもりがあれば、どちらかお一人を安心して後に残すことができ、どんなにうれしいかと、折にふれておっしゃっていました。

大事な保護者に死に別れた人は、身分が高くても低くても、落ちぶれてさまようことが多いものです。それもこの世の常ですから、非難する人もおりません。まして、別格に生まれたように美しいご容姿とお血筋で、心も情け深い殿方が、めったにない熱心さで求婚なさるのであれば。

これをむやみにお断りして、以前のお考えのままに出家を遂げられても、雲や霞を糧に生きていくことはできないのですよ」

長々と説得を続けるので、大君は憎らしく思い、不快で突っ伏してしまいました。

中の君は、つらそうな姉を心配して、いつものように寄り添って眠ります。大君は、女房たちが何をするか気がかりですが、警戒して立て籠もる場所などない住まいです。妹に柔らかで美しい上衣を掛けてやり、まだ暑さの残る時期なので、自分は少し外側に寝返りをうって休んでいました。

弁は、大君の言葉を薫中納言に伝えました。

(どういうわけで、そこまで結婚を嫌うのだろう。聖のような父の宮とともに暮らしたせいで、世の中の無常を思い知るのだろうか)

そう考えるものの、ますます自分の考え方に似ているので、賢明ぶって憎いとも感じませんでした。弁に言います。

「それなら、もの越しの対面ですら、今はとんでもないと思っておられるのだろう。今夜だけでもご寝所のあたりに忍びこめるよう、うまく取り計らってほしい」

女房たちは打ち合わせ、他の女房を早く寝かせて準備しました。

宵を少し過ぎたころ、風が荒く吹きすさびます。粗末な蔀戸もぎしぎしと鳴るので、音にまぎれて気配に気づかれないと考え、弁はそっと薫中納言を案内しました。

(中の君が同じ場所でお休みなのが気になるけれど、いつもそうしているのに、今夜に

限って別々にどうぞとは言えなかった。それでも中納言どのは、すでに姫様のお姿や気配をご存じなのだから、問題はないだろう）

しかし、大君はまんじりともしなかったため、人の来る物音にたちまち気づきました。そっと起き上がり、すばやく這い隠れます。

中の君は何も知らずに眠っています。かわいそうでならず、いったい何をされるかと胸もつぶれて、自分といっしょに隠したいと思うのですが、引き返すわけにもいきません。震えながら見守っていると、かすかな明かりとともに、袿姿の薫中納言が、もの慣れた様子で几帳の帷子を引き上げて入って来ました。

妹が気の毒です。どんな思いをするだろうと考えながら、粗末な壁に沿って立てた屏風の後ろに、窮屈に座っていました。

（私が、結婚させたいと言っただけで恨めしく思った妹なのに。それにもまして、どれほど驚き、姉の仕打ちをひどいと思うだろう）

大君もつらいのですが、すべてはしっかりした後見人もなく生き続ける身の悲しさだと考えます。父の宮が山寺へ向かった夜の姿が、たった今のように思い出され、恋しく悲しく思うのでした。

薫中納言は、姫君がただ一人で寝ているのを知り、心づもりしていたのだと胸がときめきます。けれども、次第に大君ではないことがわかってきました。かの人よりも、かわいらしく可憐な気配がまさって感じられます。驚きのあまり茫然とした様子は、何一つ知らなかったことが明らかで、気の毒にもなります。

その一方で、隠れてしまった大君の薄情さが、あまりにも情けなく恨めしいのでした。

（中の君も、知らない男にやって見捨てるつもりはないが、自分の本来の望みと異なる結婚はやはり悔しい。簡単に変更できる底の浅い恋とは、あの人に思われたくない。この場はことを荒立てずにやり過ごそう。中の君と私に宿縁があり、最後にはこの人を妻にすることになろうと、今このとき、身代わりの縁など結べるだろうか）

そう考えて心を静め、大君との一夜と同じに、やさしく気の利いた話をして夜を明かしました。

老いた女房たちは、うまく大君が結ばれたと思いこんでいます。

「中の君はどこにいらっしゃるのだろう、おかしなこと」

捜し回っていますが、こんなときだから、中の君もそれなりに考えたのだろうと言う者もいます。歯の抜けた口で愛想もなく言う女房もいました。

「だいたい、拝見するだけでいつも若返る心地のする、美しく立派なご容姿の君なのに、姫様はどうして拒(こば)んでいらしたのだろう。世に言う恐ろしい神が取り憑(つ)いているのでは」

「何を不吉に。どんなものが姫様に憑くと言うんです。人づきあいもなくお育ちで、縁組みのようなことも、ふさわしくお世話するかたがいないものだから、ためらっていらしただけですよ。これからは、自然に婿君になじんでお慕いするでしょう」

「早くなじんで、不自由のないお暮らしをしてほしいこと」

語り合いながら寝入ります。いびきをかく困った女房もいました。

〝会う人からにもあらぬ〟と古歌にある、会いたい人と過ごした秋の夜でもないのに、薫中納言はたちまち明けてしまった気がします。大君と優劣がつかないほど優美な中の君でした。

みずから制したくせに、このまま別れるのがもの足りなくなり、また会うことを約束します。

「私と恋しく思い合ってください。情けなく冷たい人の態度を見習ってはいけないよ」

そう言って寝所を出ましたが、われながら奇妙な夢の中のできごとのようです。それでもなお、薄情な大君ともう一度朝まで過ごし、相手の気持ちを最後まで確かめたいと思うのでした。そして、いつものように西廂で横になりました。

姫君の寝所に弁がやってきて、寝床にいるのは大君と思いこんで声をかけます。

「本当におかしなこと。中の君はどこにいらっしゃいますか」

中の君は、気まずく予想外な目に遭い、どういうことかと悩みながら横になっていました。弁の勘ちがいを聞き、昨日の姉の言葉を思い起こすと、あまりにひどいと恨みます。

朝の光が届くころ、壁の中のきりぎりす（こおろぎの古名）のように屏風から大君が這い出してきました。けれども、妹の心境が気の毒でならず、お互いに何も言えません。

（姉妹の両方が、中納言どのに残りもなくあらわに見られたとは情けない。これからも、女房たちに気を許してはならない世の中なのだ）

そう考え、思い乱れていました。

西廂へ出向いた弁は、驚くほど我を通した大君のふるまいをようやく聞き知ります。あまりに強情で人好きがしないと考え、客人に同情しました。

薫中納言は言います。

「これまでのあのかたの冷淡（れいたん）さは、まだ望みが残ると思えて、あれこれ自分を慰（なぐさ）めていた。けれども今夜は、本当に恥ずかしく、身投げしたい気持ちだ。亡き八の宮が、見捨てられないまま姫君たちを残されたお気持ちを思うから、私もむやみに命を捨てることができないだけだ。

好色な欲望など、どちらの姫君にもかける気はない。あのかたの情けなさも冷たさも、すべて忘れられそうにない。

兵部卿の宮が、挫（くじ）けずに恋文（こいぶみ）を送っておられるようだから、大君は、同じ結婚をするなら高貴な婿君をと望んでおられるのだろう。そうと心得てしまえばもっともなことで、臣下（しんか）の身を恥じ、再び宇治を訪れておつきあいするのもつらい。だから、こんな愚（おろ）かなことをしでかした私を、他人に漏（も）らしてくれるなよ」

恨んだ後は、いつもより早い時間に帰りました。

「どなたのためにもお気の毒なことに」

女房たちはささやき合いました。

大君も、薫中納言はどうしたのか、中の君をおざなりに扱う心があってはと、胸がつぶれます。すべては女房たちのちぐはぐなお節介のせいだと憎みました。

あれこれ思いにふけっているうちに、薫中納言から文が届きます。いつもよりうれしい気持ちで受け取りますが、これもおかしなことでした。

文は、秋景色を知らないように青々とした楓（かえで）の枝が、片枝だけ赤く色づいたものに添えてありました。

「〝同じ枝を、色を分けて染める山姫（やまひめ）に、どの色が深いのかと問いただしてみたいものだ〟」

あれほど恨んだ心情を表には出さず、言葉少なくつつみ隠しています。

(妹との一夜を、うやむやにして終わるおつもりなのだ)

見て取った大君は、胸が騒ぎました。女房たちは「返事を」と、周りでうるさく責め立てます。中の君に譲るのでは具合が悪く、自分もまた書きにくいので思い悩みました。

「〝山姫（やまひめ）が染める心は見分けないが、紅葉にうつろう色のほうが深いだろうと思う〟」

返事を読んだ薫中納言は、何ごともなかったような書きぶりが巧みで、やはり恨みきれない人だと思うのでした。

（「姉妹に身を分けていようと」などと、中の君に譲る望みをたびたび見せていたのに、私が承諾しないから、あのような方策に出たのだろう。その成果が何もなく、私がつれなく変化も見せないのはお気の毒で、冷淡な男に思われるだろうか。

大君と結ばれたい私の当初からの願いは、ますます実現が難しいのか。取り次いだ弁も軽薄な人物と見るだろうし、とにかく、あのかたに恋したことさえ悔しい。現世の暮らしは見限るつもりだったのに、さとりもかなわず終わるのだと、人聞き悪く思い知るようだ。

まして、好色な男によくある態度で、あきらめきれずに同じ女人のもとをうろつくのでは、どれほどもの笑いな〝棚無し小舟〟だろう）

夜もすがら思い悩みます。まだ有明の空が美しいころ、匂宮のもとを訪ねました。

三条邸が焼けてからは、薫中納言も母宮とともに六条院に住まいを移しています。

匂宮の御所に近いので、始終会いに行っていました。匂宮のほうも、薫中納言の訪問をいつも望んでいました。

親王らしく雑事に追われることもない、理想的な暮らしぶりです。御殿の前栽もよそには似ず、同じ花の姿や草木のそよぎが格別な趣となり、遣水に映る澄んだ月影が絵に描いたようでした。そして、薫中納言が予想したとおり、匂宮はまだ起きていました。

風とともに運ばれてきた匂いに、独自の芳香だとすぐに気づいた匂宮は、直衣を持ってこさせ、身なりを整えて出てきます。薫中納言は階段を上りきらずに膝を突きますが、「もっと上に」とも言わず、高欄に寄りかかって世間話を交わしました。

匂宮は、話のついでに宇治の姫君のつれなさを思い出し、薫中納言をあれこれ恨みます。薫中納言は、自分自身の恋もかなわないのにと思いますが、中の君が匂宮と結ばれたら大君も断念するだろうと希望がわきます。いつもより真剣に宇治へ行く手立てなどを語り合いました。

夜明けの暗さの中、あいにくと霧が立ちこめ、空の景色は冷ややかです。月の光は霧に隔てられ、暗い木の下は艶っぽく見えました。匂宮は山里の情趣を思いやります。

「近いうちに宇治行きを決行しよう。しくじるなよ」

薫中納言が危ぶむ顔を見せると、からかって言いました。

「〝女郎花の咲く広野に他の男を入れまいと、狭い心で囲いこんでいるらしい〟」

薫中納言が返します。

「〝霧深いあしたの原の女郎花は、まごころを寄せる者だけが見るものだ〟」

その他大勢の女人と同じ程度の思いでは」
じらされて、最後は「ああ、うるさい」と腹を立てる匂宮でした。
（ここ数年、ずっと中の君にご執心だが、実際に会ったらどの程度の姫君かと、私もいっしょに案じていた。けれども、容姿や目鼻立ちはだれにも見劣りしない美しさだし、そばで知ればがっかりする性格かと危ぶんだのに、すべてに不足のない人に思える。
大君が心に描いた縁組みと異なるのが、お気の毒で薄情な男のようだが、それでも大君への恋心を改めることはできない。中の君はこの宮にお譲りし、だれの恨みも負わな

いようにしよう）

　薫中納言がこっそり決心したとも知らず、「狭い心で囲いこむ」と見なす匂宮がおかしくなります。けれども、宇治の後見人(こうけんにん)ぶって言い返しました。

「いつもの軽い浮気心で相手につらい思いをさせるのでは、私も気がかりですね」

　匂宮は意気ごんで言います。

「よし、それなら証明してやろう。これほど夢中になる女人はまだいなかったのだから」

「あちらの姫君がたは、なびく様子を少しも見せないのですよ。仲介する身にとっては、まったく骨の折れるご奉仕ですからね」

　くさしながらも、宇治へ出向いたときの心得を詳しく話しました。

　二十八日は、秋の彼岸の終わった日で吉日でした。薫中納言は人知れず手配をすませ、たいそう人目を忍んで匂宮を宇治へとつれ出しました。

　もし、これが明石中宮(あかしのちゅうぐう)に知れたら、匂宮の女遊びを厳しく禁じている中、厄介(やっかい)なことになります。本人が切に望むとはいえ、極秘の案内に苦労するのはしかたないことでした。

渡し舟を用意するのは目立ちすぎるので、立派な宿も借りません。近くの荘園(しょうえん)の民家にこっそりと匂宮を下ろし、まずは薫中納言が一人で山荘へ出向きました。最初から同行しても気づかれる住まいではありませんが、わずかな宿直人(とのいびと)が見回る中にも計略に気づかれないよう、用心を重ねたのでした。

山荘の人々はいつもどおり、薫中納言の訪問を熱心に迎えます。姫君たちは姉妹とも気づまりですが、大君は考えました。

（中の君にお心を移すよう、私があれほど切に本心をお聞かせしたのだから、今夜はそのおつもりでいらしたのだろう）

中の君は考えました。

（あのおかたが思いを寄せておられるのは、この私ではないようだから、今夜は何も起こらないだろう）

情けない一夜があってからというもの、中の君は以前のように姉に慕(した)い寄(よ)らず、心から打ち解けられずにいます。そのため、薫中納言と姉妹には女房(にょうぼう)を通した挨拶(あいさつ)が行(ゆ)き交(か)うだけで、周りの者はどうしたことかと気をもみました。

夜になって闇(やみ)に紛(まぎ)れ、馬に乗った匂宮が山荘に到着します。薫中納言は老いた弁(べん)を呼び出し、手引きをたのみました。

「大君に一言だけ申し上げたいことがある。私をお嫌いになるのは見てとれたので気後れするが、このまま引き下がって終わりにもできないのだ。そして、もう少し夜が更けてから、この前のように中の君のもとへ案内してくれないか」

弁は、姉妹どちらとの縁組みでも結果は望ましいと考え、大君に告げました。

大君は、やはり中の君に心が移ったのだとうれしく思います。寝所に入る一か所以外の廂の襖に注意深く錠をさし、襖越しに対面するよう手配しました。

薫中納言は大君に言います。

「一言申し上げたいのですが、他人に聞こえるほど大声で言うのは具合の悪いことです。少しだけ襖を開けてください。これでは周りが気がかりなので」

「お声はよく聞こえますから」

大君はそう答えて開けようとしません。けれども考えました。

（今は妹に心を移したことを、私にことわろうとしておっしゃる一言なのでは。危ない対面ではないのに、愛想の悪い返事をして時間を費やしても意味がないだろう）

そこで、襖障子のすぐそばまで出て行きました。

薫中納言は、襖のわずかな隙間から大君の袖を捕らえます。そのまま自分に引き寄せ、恨み言をつらねました。

(なんといやなまねを。どうして応じてしまったのだろう)

悔しく迷惑に思いますが、うまくなだめて中の君のもとへ送り出そうとします。妹を自分と別人とは思わないでほしいと、ほのめかしながら語り聞かせる、その心情も哀れでした。

匂宮は、教わったとおりに戸口に寄り、扇を鳴らして合図を送ります。弁がやってきて案内を務めました。手引きに慣れた様子に、薫中納言の案内で慣れたかと思うと、匂宮はおかしくなります。そのまま寝所に入りました。

大君は何も知らず、なだめて中の君のところへ行かせようとしています。薫中納言は、おかしくもかわいそうになってきました。裏ではこんな計略を抱えていたのかと、事実を知った後で恨まれるのも罪になると思い、みずから打ち明けました。

「兵部卿の宮が追っていらしたので、私も拒みきれず、おつれしているのです。どうやら音も立てずに忍びこんだご様子です。利口ぶった女房が、うまく言いくるめられたのでしょう。中途半端なこの私はいい笑いものですね」

大君は、さらに予想しなかった事態を知り、目がくらんで気分が悪くなりました。

「こんなとんでもないお考えとも知らず、みっともない幼稚さを見せた私の不覚を、軽蔑なさっているのでしょう」

言いようもなく衝撃を受けています。薫中納言はさとしました。

「今となってはしかたありません。この謝罪は、どう述べてもありあまるほどですが、腹が立つなら私をつねりでもしてください。

あなたは、ご自分に高貴なお相手を望んでおられるようだが、宿縁というものがあるので、だれもが思うように行かない世の中です。兵部卿の宮のお心は妹君にあり、お気の毒ではありますが、恋の実らぬ私こそ身の置きどころもなく情けないものです。

もう、打つ手はないとあきらめてください。この襖障子ばかり固めても、私とあなたが真実清い仲だと考える人はどこにもいないでしょう。私に案内をたのんだ兵部卿の宮も、私が胸を痛めるだけで夜を明かしたなどと、考えてはおられませんよ」

今にも襖を引き破りそうな気配なので、大君はどうしようもなく不快ながら、相手をなだめようと心を抑えました。

「今おっしゃった宿縁は、目に見えないものなので、どんなふうにも思い描いたことはありません。将来は〝知らぬ涙〟の霧で見えない心地です。これはいったいどういうおつもりでしょう。夢のように意外で、このの ち世間の噂話になるとしたら、私は物語に出てくる間抜けな人物の典型にされそうです。

こうまで企んだあなたのご真意を、兵部卿の宮様はどうお思いなのでしょう。

これ以上、恐ろしく不快な仕打ちをお続けになって、私を苦しめないでください。心ならずも生きていたら、少し気持ちを静めてお話しします。今は気分もすっかり悪く、死にそうにつらいので、そろそろ休みます。手をお放しください」

たいそう嘆くので、薫中納言も、理の通ったことを言われてさすがに気が引け、大君をいじらしく思いました。

「私のあなた。そのお心に従うことを大事と感じるからこそ、私はこうして愚か者にもなるのです。どこまでも憎く疎ましいと思われては、お話しもできません。ますますこの世に跡を残さず消えたくなります。

それなら、ものを隔てたままで話をしてください。このまま完全に私を見捨てないでください」

そう言って、つかんだ袖を放しました。大君は奥へ這い入りますが、さすがに奥の間に入ってしまいはせず、手前に留まるのでした。薫中納言も心を打たれます。

「この距離で、あなたの気配だけを慰めに夜を明かすとしましょう。けっして中に入りはしません」

そのまま、まどろむこともできません。荒々しい水音にさらに目も冴え、夜半の嵐に山鳥の独り寝の心地がして、夜の長さをもてあまします。こうして時が過ぎました。

いつもと同じに、明け方の気配とともに鐘の音が聞こえます。匂宮は朝寝をして寝所を出てくる様子もないので、腹立たしくなり、うながす咳払いをしました。自分で仕向けておいておかしなことでした。

「〝案内役の私が、かえって恋の道に迷うのか。満ち足りない明け方の帰り道だ〟

こんな男がこの世にいるだろうか」

薫中納言が嘆くと、大君もほのかな声で詠みました。

「〝私と妹の惑う心を思いやってほしい。みずから選んだ道で迷うというならば〟」

薫中納言は名残惜しく思えてなりません。

「どう思いやれと。たいそう隔てをもっておられるので、つらくてたまらないのに」

何かと恨めしく言ううちに、ほのぼのと明るくなってきました。匂宮がゆうべの戸口から出てきます。色香のある男のしぐさであり、恋の訪問のため念入りに薫香を選び、衣に深く焚きしめていました。老いた女房たちは合点がいかず、二人もいる訪問者にあっけにとられます。けれども、薫中納言が悪いようにするはずはないと考え、心を慰めました。


まだ暗いうちに急いで帰りました。匂宮は、帰り道がたいそう遙かに感じます。簡単に行き来できないことが今はいよいよ苦しく、一夜も離れていたくないと思い悩むようでした。


まだ人々が起き出さない早朝に御所に着き、廊に牛車を寄せて降りました。変わった女車のように、二人とも身を隠しながら建物の中に入り、いっしょに笑い出します。

「よほどの宮仕えを決心なさったようですね」

薫中納言はからかって言います。案内役の自分の愚行は、いまいましいので匂宮には言いませんでした。

匂宮はさっそく後朝の文を届けました。しかし、宇治の山里では、だれもが現実のことも思えず、気が動転していました。

(姉上は、こんなことをあれこれと企みながら、顔色にも出さずに私に隠していたなんて)

中の君は考え、姉が疎ましくなって目を見合わせようともしません。大君もまた、自分の知らない事態になったことを、弁解してわかってもらおうとしませんでした。妹に恨まれるのは当然と痛々しく感じています。

女房たちも、どうしたことかと姫君たちの様子をうかがうのですが、いつもなら頼りになる大君がぼんやりしているので、奇怪なことだと思っていました。

匂宮からの文を広げた大君は、妹に見せますが、起き上がる様子もありません。文の使者は「もうずいぶん待ちました」とじれています。

「〃私の恋心を世の常に見なせるだろうか。露深き道の笹原を分けて来たというのに〃」

恋文を書き慣れた筆づかいであり、ことさら色っぽく優雅です。しかし、気楽な文通相手と見ていたころには興趣を感じても、今となっては将来を憂慮します。

大君はさかしらに代筆するのも気が引け、中の君に後朝の作法を真剣に説いて、無理にも返事を書かせました。

使者への褒美には、紫苑色（表は薄紫・裏は青）の細長一かさねに三重襲の袴を添えて出します。しかし、極秘の任務のため迷惑がったので、包んで供人に持たせました。

文の使いは仰々しい人選ではなく、以前桜の枝を届けた殿上童でした。匂宮は、ことさら他人に事情を知られまいと気を配ったのに、目立つ褒美が届いたのを知り、昨夜の利口ぶった老い女房のしわざだろうと気を悪くしました。

その日の夜も、宇治へ行こうと薫中納言を誘いますが、冷泉院にどうしても参上する用事があると言って断られます。

（またいつものこと、何かと俗世はつまらないというやつか）

匂宮はそう考えて、憎らしく思いました。

大君は、望んだなりゆきではなかったとはいえ、こうなってはしかたない、おろそかにはできないと折れる気持ちになります。婿君（むこぎみ）を迎える調度にも不足した住みかですが、それなりにきれいに整えて待ちました。そして、遙（はる）かな道のりを急いで匂宮が訪れたことを、うれしく感じるのも不思議なことでした。

当の中の君は、現実とも思えないまま姉に美しく身づくろいされています。けれども、濃い紅（くれない）の袖（そで）は、こぼれる涙でたいそう濡（ぬ）れるのでした。世話を焼く大君も泣けました。

「私は、自分が長生きするとは思えないの。明け暮れ思うのは、あなたの将来が心配だということだけ。女房たちはよい縁談だと、聞きにくいほど言ってくるけれど、年寄りのさして道理も知らない意見ばかりでしょう。だから、私のたよりない心一つで、あなたを独身で終わらせるまいと、中納言どのとの縁組みを思い立ったのよ。

けれども、こうして、この上なく自分を恥じて動転する結果になろうとは、思ってもみなかった。これこそが世間の言う、逃れられない宿縁（しゅくえん）なのかしら、つらくてならない。あなたが少し心をなだめたら、私が知らなかったわけもお話しします。憎いとばかり思わないでね、罪深いことだから」

そう言いながら、中の君の髪を撫（な）でつくろいました。返事もせず、中の君はあれこれ考えています。

（たしかに、姉上がおっしゃるとおり、私のことが心配で不幸にするまいとお考えだったのだろう。でも、この縁組みが世間のもの笑いになるみっともないことになり、姉上にさらに苦労をおかけするようでは、私もどんなに苦しいか）

　匂宮は、何の心がまえもなかった昨夜の中の君が、ただ驚いている様子もふつう以上に愛らしかったのに、今夜、少し世間の若妻らしくなって応じる愛らしさには、いっそう夢中になります。簡単に通って来られない山道の遙かさが、胸が痛むほどつらくなり、心をこめて将来を約束しました。

　けれども中の君は、感動も思慮（しりょ）もわく余地がありません。この上なく大事にされた深窓（しんそう）の姫君でも、もう少し他人を知っています。親兄弟などで男の立ち居ふるまいを見慣れ、恥じらいも恐ろしさもほどほどでしょう。しかし、御殿（ごてん）の奥にあがめたてまつる人々がいないとはいえ、山深い住まいのため、人づきあいもなく籠（こ）もった生活に慣れています。これは思ってもみないふれあいであり、慎（つつ）ましく恥ずかしいのでした。

（こんな私が何をしても、世間の人には似てもつかず、奇妙で田舎（いなか）じみていると思われるだろう）

そう思うと気楽に返事もできず、ためらっています。とはいえ、実際のところは大君以上に利発な性質で、機知（きち）をそなえた美点があるのでした。

女房たちが、大君に提言します。

「三日目の夜には、お餅（もち）をさしあげなくては」

結婚が正式に成立する三日目は、三日夜（みかよ）の餅で祝うものです。大君も、特別な祝日と知って用意させますが、大人ぶって世話をしながら常識にうとい自分に、女房たちの目が気になって顔を赤らめています。その様子もかわいらしいのでした。これが姉心なのか、おっとりと上品な性質ながら、人のためには思いやり深い大君でした。

薫中納言からの使者が訪れます。文は、陸奥紙（みちのくがみ）に行をそろえて生真面目（きまじめ）に書かれていました。

「昨夜、参上しようと思っていましたが、そちらに宮仕（みやづか）えする苦労が報われない世の中で、お心を恨んでいます。今宵（こよい）は祝いの下働きをするべきですが、そちらの宿直所（とのいどころ）での外聞（がいぶん）の悪さを思うと平静でいられず、迷っています」

他にも、祝儀の品をこまごまと届けました。縫う前の反物（たんもの）をさまざまに巻き、木箱に入れたものを詰めた懸籠（かけご）を「女房たちの衣料に」と、老いた弁（べん）に送りました。母宮の御（ご）

所にあった品を取り集めたと思われます。また、染めていない絹や綾を下に入れ、姫君たちに二揃いの美麗な衣装がありました。単衣の袖には、古風に歌がつけてあります。

「〝小夜衣を着慣れた間柄と言えなくとも、言いがかりくらいはつけてもいいのでは〟」

そんなふうに脅す内容でした。

大君は、姉妹のどちらも薫中納言にあらわに見られたことが、ますます気づまりになります。返事をどう書くか悩んでいるうち、使者のほとんどは散っていなくなってしまいました。そのため、使者の従者を引き止めて文をわたしました。

「〝隔てのない心は通わせても、着慣れた袖をかける仲とは言うはずがない〟」

まだ気持ちも落ち着かないまま、思い悩んで書いたことがよくわかる、ずいぶん平凡な詠みぶりです。それでも、待ちこがれて読む薫中納言は、思ったままの言葉なのだろうと、ただ心にしみるのでした。

その夜、匂宮は宮中におり、なかなか退出できない状況でした。人知れず上の空になり、帰りたくてやきもきしていますが、明石中宮は息子に言い聞かせます。

「いつまでも独身で通し、世間に浮気者の評判ばかり高くなるのは、まったく困ったことです。何ごとも趣味に走るご気性を、そんなに優先してはなりません。帝もご心配なさって、そのようにおっしゃっています」

内裏に居つかず、里住まいばかりしていることにも苦情を言います。居心地悪くてならず、宿直所に下がり、中の君に送る文を書いた名残でぼんやりしていました。そこへ、薫中納言が顔を出します。

宇治のお世話役と思うせいで、いつも以上にうれしくなり、ため息をついて打ち明けました。

「どうすればいいのだろう。もうこんなに空が暗くなったというのに、気が焦るばかりだ」

薫中納言は、匂宮の思いの深さを見極めたいと思い、わざと言います。

「しばらくぶりで内裏にいらしているのに、今夜も泊まらず急いで退出しては、后の宮（明石中宮）のご機嫌をますますそこねるでしょう。台盤所（女房の詰所）で様子を聞きましたが、内密に厄介な案内役を務めたせいで、この私も不本意なお叱りを受けるのではと、顔も青ざめました」

「まったく、母宮は聞きにくいことをおっしゃるものだ。その多くはだれかの告げ口だろう。世間に非難される浮気心など、私がどこに持っているというのだ。窮屈な身の上に生まれたことが、本当に悔しくなる」

匂宮はそう言い、親王の身を真剣にうとんじているのでした。薫中納言も、これには気の毒になります。

「宇治へ行こうが行くまいが、后の宮のご不興は同じでしょうが、今宵の罪は私が引き受け、身を滅ぼしてもあなたの思いをかなえましょう。木幡山へ馬で向かうのはいかがですか。そのほうが、車を出すより人の噂に立たないでしょう」

匂宮は、ますます暮れていく夜に気が気でなく、馬に乗って出発しました。

「お供はしないでおきます。宮中で後のことをつくろいますから」

薫中納言は内裏に残りました。

明石中宮の御前に参上すると、さっそく言われてしまいます。

「三の宮（匂宮）はお出かけだとか。あきれたご性分だこと。人々にどう見られているでしょう。帝がお耳になさって、私がきちんと叱らないから悪いとおっしゃるのが、いつも情けなくなる」

多くの御子が成人して立派になっているのに、ますます若く美しく、魅力をただよわせる明石中宮でした。

（六条院の女一の宮も、このようなおかただろうな。どんな機会があれば、このくらい近くに座り、姫宮のお声だけでも聞くことがかなうだろう）

薫中納言はそう考え、切なくなりました。

（好色な男が、許されない高嶺の女人と過ちを犯すのも、完全に遠ざけられはせずに出入りを許されながら、恋心がかなわないときなのだろう。私のように偏屈な心の持ち主が、他にいるだろうか。それでもなお、最初に心惹かれた大君のことが、どうしても思い切れない）

明石中宮の御前に仕える女房は、みな容姿もたしなみも欠けるところがなく、とりどりに美しい女人たちです。気品あるふるまいで卓越して、目にとまる人もいるのですが、これ以上女人に心を乱すまいと思っているので、生真面目な態度を取り続けました。

ことさら薫中納言の気を引こうとする女房もいます。中宮の周辺は、全体に気高い慎み深(ぶか)さを主流としていますが、うわべは主流に合わせてしとやかでも、人の性質はさまざまな世の中です。下の気性はあだっぽく恋多きことが、透(す)けて見える女房もいます。おもしろくも悲哀もあると、薫中納言は、何をしていても世の中の無常を思うのでした。


宇治(うじ)では、夜が更(ふ)けても匂宮(におうみや)の訪問がありません。

薫中納言(かおるちゅうなごん)が仰々(ぎょうぎょう)しく言って寄こしたのに、匂宮の文(ふみ)だけが届いたため、大君(おおいきみ)は、やはり一時のたわむれかと胸がつぶれます。

けれども、夜半も過ぎた時刻になって、荒々しい風が吹きつのる中、あでやかで清らかな姿の匂宮が現れました。どうして平凡なことに思えるでしょう。

中(なか)の君(きみ)も、少し匂宮に心が傾いて思うことがあったようです。美しく愛らしい盛りの容姿の上、衣装も華(はな)やかに整えているので、似るもののない魅力をたたえていました。良家の姫君を多く目にした匂宮でも見劣(みおと)りせず、顔立ちをはじめとして、近くで知ってますます心奪われる美質ばかりです。

老いた女房(にょうぼう)たちはまして、見苦しい口元でほくそ笑んでいました。

「これほどもったいないご器量で、平凡な身分の男を婿にしたらどんなに惜しかったか。なんと満ち足りたご縁だろう」

お互いに言い合い、大君が奇妙なほど頑固に薫中納言を拒んでいるのを、口をゆがめて非難しました。

盛りの過ぎた女房たちが、似合わない派手な彩りの衣を縫い、着慣れないまま身につけて気取っています。大君はその姿を見回し、無難な者すら一人もいないのを知って考えました。

(私も、そろそろ盛りを過ぎた身だろう。鏡を見ればどんどん痩せていくようだ。この女房たちも当人は、器量が悪いなどとは思っていないだろう。髪の少なくなった後ろ姿にかまわず、額髪を梳かしつけ、化粧で彩って自信をもっているのだろう。私はまだあれほど醜くならず、目も鼻もまともだと思うけれど、これもうぬぼれかもしれない)

気に病みながら、外をながめて横になっていました。

(気後れするおかたとの結婚は、ますますみっともないことだ。あと一、二年もすれば容姿はさらに衰えるだろう。長生きできそうにないのに)

か弱くほっそりした、痛々しげな自分の手を袖から出し、見入りながら薫中納言との仲を思いやるのでした。

匂宮は、なかなか宮中（きゅうちゅう）を出られなかったことを思い、やはり気軽に宇治の行き来はできないと胸がふさぎます。中の君に、明石中宮（あかしのちゅうぐう）の言葉を語り聞かせました。

「あなたを思いながら来られないことがあっても、どうしたのかと思わないでほしい。少しでも軽薄な心があったら、こうまでして宇治へ来ないのだから。あなたが私のまごころを疑って悩むのがつらいばかりに、立場をなげうって駆けつけたんだよ。いつもこうしてさまよい歩くわけにはいかないから、もっと楽に会えるよう、私のそばに移り住んでほしい」

心をこめて語りますが、これを聞く中の君は、しばらく会いに来ないつもりだとわかると、人々が噂（うわさ）する浮気な性質を思いやります。自分のたよりない身の上も思いやられて、さまざまに嘆（なげ）かわしいのでした。

空が明けゆくころ、匂宮は妻戸（つまど）を押し開け、中の君を誘い出していっしょに眺（なが）めます。霧（きり）が立ちこめる様子に、場所柄にふさわしい情感がそなわっていました。例の柴積舟（しばつむふね）が行（ゆ）き交（か）う跡の白波も、めずらしいものを見る住まいだと、匂宮は多感な心のまま感じ入ります。

そして、山の端(は)にようやく光が射(さ)し、目にする女人(にょにん)の目鼻立ちは、申し分なく美しく可憐(かれん)でした。

(限りなく大事に守り育てられた姫宮も、これ以上ではあるまい。思いなしか私の姉、女一(おんないち)の宮(みや)のほうが威厳(いげん)があるが)

中の君の繊細な美しさを見れば、さらに親密に知りたくなり、かえって心が焦(あせ)るようでした。

霧が晴れゆけば、水の響きはよそよそしく、宇治橋がひどく古びているのがはっきりします。荒々しく殺風景な岸辺と見えました。

匂宮が涙ぐむので、中の君は恥ずかしい気がしました。

「こんな場所で、どうして長年暮らせたんだ」

夫君(おっとぎみ)の容姿は、限りなく優美で清らかです。この世だけでなく来世(らいせ)までいっしょにと誓う匂宮の言葉を、中の君は思いもよらなかったと聞きますが、数年見知った薫中納言の気づまりな態度より、むしろなじめる気がします。

(あのおかたは、私を恋してはくださらなかったし、現世(げんせ)の虚(むな)しさをさとりきったご様子が、お会いしても気後れさせられた。このかたも、文通だけのころは、中納言(ちゅうなごん)どのにもまして雲の上のおかたで、ただ一行のお返事を書くのも慎ましく思ったのに。
けれども今、このかたとしばらく会えないのが淋しいと思ってしまうとは、われながらいやになる）

などと、心変わりした自分を思い知るのでした。

お供の人々がしきりに咳払いして急かし、匂宮は、遅くなって人々に見られてはと落ち着かなくなります。会えない夜が続いたとしても心は離れないと、中の君にくり返し言い聞かせました。

「〝仲が絶えるものではないのに、宇治の橋姫は独り寝の袖を夜半に濡らすのだろう〟」

出ようとして何度も引き返し、ためらっています。中の君も詠みました。

「〝絶やさないとの言葉をたのみにして、宇治橋の遙かな中を待ち続けるのだろうか〟」

はっきり口に出さなくても、嘆く気配が伝わってきます。匂宮は、どこまでもいとしいと思うのでした。

中の君は、若い女人ならだれだろうと胸を打たれる、たぐいまれな美しさで立ち去る匂宮の後ろ姿を見送ります。名残(なごり)として留まる移(うつ)り香(が)を人知れず大事にするのも、恋を知る心からでした。

この朝は、ものの見分けがつくほど明るくなっていたので、女房たちも婿君(むこぎみ)の姿をのぞき見しました。

「中納言どのも優美で、気後れする風格(ふうかく)がおありだけど、ひときわ高貴なお生まれのせいか、格別にすばらしいお姿だこと」

賞賛(しょうさん)して言い合いました。

匂宮は、道中も中の君のいじらしい姿を思い返し、山荘へ引き返したいと見苦しいほど恋(こ)い焦(こ)がれます。それでも外聞(がいぶん)があるため都に帰りましたが、再び抜け出して宇治へ出向くことは、そうそうかないませんでした。

文は毎日毎日、日に何度も届けています。これを知る大君も、いい加減な恋心ではないと察するのですが、待ちわびる日々が積み重なると悲しくもなります。

(妹を、憂愁(ゆうしゅう)を尽(つ)くす身にはするまいと思っていたのに。こんなことになって、自分の

こと以上につらくてならない）
けれども、姉が嘆き悲しんではますます中の君が気を滅入らせるだろうと、うわべは平静を装いました。そして、自分までも結婚の憂いを加えまいと、ますます深く決意するのでした。

薫中納言も、さぞ婿君が待ち遠しいだろうと宇治を思いやります。仕向けた自分のせいだと思うと心苦しく、匂宮をうながしながらいつも顔色をうかがっていました。そして、恋い焦がれて忘れそうにないのを知り、訪問がないとはいえ安心できると考えました。

九月十日のころで、野山の景色も思いやられました。

時雨模様であたりが薄暗く、空のむら雲も怖いような夕暮れに、匂宮はますます落ち着かず、中の君への思いにふけっています。

どうすればと、抜け出すきっかけがつかめずにためらっているところへ、察したかのように薫中納言が現れました。

「〝ふるの山里いかならん〟」

古歌になぞらえ、宇治行きをほのめかします。匂宮はたいそう喜び、誘って一つの車に乗り合わせて出かけました。

山に分け入るにつれ、匂宮は、自分以上に悲しみ暮らす中の君の心細さが、ますます想像できます。道の途中も、ただそのことが気の毒だと語り続けました。

たそがれ時はひどく淋しく、雨は冷ややかに降りそそいでいます。秋の終わりの風景が荒涼とする中、しっとりと衣を濡らした二人が、この世のものとも思えない優艶な薫香をただよわせながら、つれだって山荘を訪れます。山里の人々が驚きあわてるのも無理はありませんでした。

女房たちは日ごろ愚痴をこぼしていたのを忘れ、満面の笑みで御座所を整えます。都のそれなりの勤め口に散っていた、女房の娘や姪など二、三人を呼び戻して使っていましたが、長年この家をあなどっていた浅はかな娘たちは、目を見はるばかりに美しい客人を迎えてあっけにとられるのでした。

大君も、淋しい夜の訪問をうれしく思いました。

薫中納言がいっしょに来たのは、気まずいことがありそうで少し面倒ですが、この人物が気長に考え、賢明に行動したことを思えば、匂宮とは異なると見比べることができます。めったにいない人だとわかります。

女房たちは、山里にできる最上のもてなしで匂宮を迎え入れました。一方、薫中納言は身内として、気安くもてなします。それなのに、大君が客人扱いして外の簀子に席を作らせたので、ひどい仕打ちだと考えました。

大君もさすがに気の毒になり、もの越しにみずから応じます。薫中納言は、たいそう恨んで言いました。

「冗談にもなりませんね。このままですませるおつもりですか」

少しは男女のことを理解するようになった大君ですが、妹の境遇に心が沈むので、結婚をますます嫌悪する思いでした。

(妹のように心変わりしないで、私は初志を貫こう。中納言どのが私をいとしく思うお気持ちも、ゆくゆくは必ず苦しみをもたらすのだろう。私とこのかたがお互いに幻滅し合ったり、裏切ったりしないうちに終わらせよう)

そんなふうに、先のことまで気を回しているのでした。

薫中納言が近況をたずねると、言葉をぼかしながらも、婿の来訪のなさに悩むことを訴えます。いたわしく思い、匂宮の真摯（しんし）な愛情や、自分がいつも宮の本心を確かめていることを語りました。

いつもより愛らしい受け答えをしながらも、大君は言います。

「こうして憂（うれ）いのまさる日々を過ごしたものですから、もっと心が落ち着いてからお話しします」

冷たく突き放した態度をとらないにしても、襖障子（ふすましょうじ）の錠（じょう）はしっかり固めてありました。無理やり固めを破っては、憎まれるのがわかります。

（何か思うところがおありなのだろう。この人が軽薄に他の男になびくことは、まずないだろうと思えるし）

気の長い薫中納言なので、衝動をうまく沈めました。

「ただ、こんなに不確かに、ものを隔（へだ）ててお話しするのがすっきりしません。以前のようにじかにお伝えしたい」

さらにせがむと、大君は言います。

「いつも以上に、鏡に映る顔を恥じているこのごろなので、あなたに不器量（ぶきりょう）と見られるのが苦しくて。どうしてなのかしら」

かすかに笑う気配が、むやみに慕(した)わしく感じられました。

「このように、あなたのお気持ちに説得されてばかりでは、最後にこの身はどうなることやら」

ため息ばかりつき、以前と同じに、離ればなれに寝る山鳥で夜を明かしました。

匂宮は、薫中納言が今も旅の独(ひと)り寝(ね)とは思いもしません。

「中納言がこの家の主人顔で、のんびりくつろぐ様子がうらやましいな」

そう言うので、中の君は奇妙に思いました。

難儀(なんぎ)な思いをして訪問しても、すぐまた帰らねばならず、匂宮はもの足りずに思い悩んでいます。中の君には、そうした夫君(おっとぎみ)の内心はわかりません。これからどうなるのだろう、世間のもの笑いになるのだろうかと悲しみます。気苦労ばかりでつらいものでした。

匂宮は思案をこらしますが、都にも、内密に中の君を移せる場所はそうそうありません。六条院は、夏の町に右大臣(うだいじん)（夕霧(ゆうぎり)）と落葉(おちば)の宮(みや)が住んでいます。

あれほど熱心に六(ろく)の君(きみ)との縁組みを望んでいるのに、匂宮が関心をもたないせいで、右大臣は少し恨んでいるのでしょう。匂宮を浮気な人柄と決めつけて非難し、帝(みかど)にも嘆(なげ)

かわしく語っているらしいので、世間で無名の中の君を北の方（正妻）に迎えるのも、具合が悪いのでした。

並の愛人であれば、宮仕えの女房にする手があり、悩む必要もありません。けれども、中の君を並とは思わないのでした。今後春宮（皇太子）に帝の譲位があったとき、帝と中宮の思惑どおり、匂宮が次の春宮になるならば、中の君をだれよりも高い位につけてあげたいと考えています。今はまだ、いとしい人をぞんぶんに華やかに迎える手立てがないので、悩ましいのでした。

薫中納言は、昨年焼失した三条邸を新築し終えたら、正式な妻の形で大君を迎えようと考えています。たしかに臣下の身分は匂宮よりずっと気楽なものでした。

（兵部卿の宮はいろいろ苦しい思いをされ、ひどく人目を忍んでお通いだというのに、中の君は中の君で苦しんでいるからお気の毒だ。こうして宇治に通っている事情を、私から明石中宮のお耳に入れてはどうだろう。しばらくは騒ぎになっておかわいそうでも、中の君のためには罪にならないだろう。こうして夜も明けないうちに帰るのは、どちらもおつらいだろうに。うまく取り持ってさしあげたいものだ）

などと考え、お忍びを真剣に隠そうとはしませんでした。

山荘では、冬の衣替えも機敏に用意する者はいないと思いやるので、几帳(きちょう)の帷子(かたびら)、壁(かべ)代(しろ)など、三条邸が完成したとき大君を迎えるために用意したものを、母の女三(おんなさん)の宮(みや)には事情があると言い訳し、宇治へ送っています。さまざまな女房の装束(しょうぞく)も、自分の乳母(めのと)に相談しながら特別に仕立てさせました。

十月一日ごろ、薫中納言(かおるちゅうなごん)は、宇治(うじ)の網代(あじろ)が見ごろだと匂宮(におうみや)をそそのかし、紅葉(もみじ)見物を進言しました。

同行するのは気のおけない宮人(みやびと)、四位五位(しいごい)で仲のよい者だけと、内輪(うちわ)の行楽のつもりでしたが、匂宮の人気の高さから自然に話が広がり、右大臣(うだいじん)の息子の宰相中将(さいしょうのちゅうじょう)も同行することになりました。その他は、薫中納言だけが三位(さんみ)の身分であり、下位の者が多く付き添いました。

宇治の山荘には、事前に詳細(しょうさい)を伝えておきました。

「もちろん、兵部卿(ひょうぶきょう)の宮(みや)は宇治にお泊まりになるので、その心づもりをしてください。

先年の春も花見にうかがった顔ぶれが、こうした機会をいいことに、時雨(しぐれ)に紛(まぎ)れてのぞき見しては困るでしょう」
郎党(ろうどう)を遣(つか)わし、山荘の御簾(みす)を掛け替え、ここかしこを掃き清め、庭石の間に積もった紅葉の朽(く)ち葉(ば)を少し取りのけて、遣水(やりみず)の水草も取らせました。名品の果物(くだもの)、酒肴(しゅこう)、手伝いの人々も送ります。

(私たちの貧しい生計を、すべて見透(みす)かされているけれどしかたない。これも前世(ぜんせ)の縁なのだろう)

姫君たちはそう考えてあきらめ、迎える準備を整えるのでした。

匂宮の一行が宇治川を舟で上り下りし、興趣(きょうしゅ)のある楽の音が聞こえてきます。かすかに様子も見えるので、若い女房(にょうぼう)たちはそちらの廊(ろう)に出て見物します。どの人が匂宮かまで見分けられませんが、紅葉をしきつめた舟の屋根が錦(にしき)のようで、それぞれに吹く笛の音が風に乗り、怖いほどに華麗(かれい)でした。

世間の人々がいかに匂宮を敬(うやま)い慕(した)うか、お忍びの行楽さえこれほど華美なことに見て取れます。七夕(たなばた)の一年一度の逢瀬(おうせ)であろうと、このような彦星なら待ちたいと思わせました。

漢詩の詩作をする予定で、文章博士(もんじょうはかせ)も従っています。たそがれ時に舟を岸辺に寄せ、楽を奏でながら詩作をしました。紅葉を薄く濃くかざして「海仙楽」という曲を吹きます。だれもが心ゆくまで楽しむ中、匂宮は中の君を思い、対岸でかの人がどれほど恨んでいるかを思って上の空です。人々はこの場にふさわしい漢詩の題のもと、小声で吟唱し合いました。

薫中納言は、他の人々の騒ぎが少し静まってから案内しようと考え、匂宮にもそう伝えてありました。けれども内裏から、明石中宮の命を受けた宰相中将の兄の衛門督が、仰々しく従者を引きつれた正装姿で現れます。

「こうした親王のご旅行は、お忍びのおつもりでもいつのまにか噂が広まり、後世の事例になるものです。身分の高い者がほとんど同行しないまま、急なお出かけがあったことに中宮が驚かれたので、宮人を率いてまいりました」

迷惑な話でした。匂宮も薫中納言も苦い思いで迎え、旅の感興もなくなります。他の人々は二人の心中も知らず、酔いしれて遊び明かしました。

翌日、今日こそはと思っていると、内裏からさらに宮の大夫、その他の宮人が大勢派遣されてきます。匂宮は気が気でなく、あまりに心残りで帰ることもできない思いでした。山荘には文を出しますが、しゃれた趣向をこらす余裕がなく、ただ真剣にこちらの思いを書きつづります。けれども、人目に立って騒がれるだろうと遠慮して、返事の文はありませんでした。

(取るに足りない身の上で、華やかなかたがたとお近づきになろうとしても、何の甲斐もないことなのだ)

姫君たちは思い知った気がします。都と宇治とに隔てられて過ごした月日は、訪れがないのもしかたなく、そのうちにと自分を慰めることもできました。けれども、間近まで来て華美な様子を見せつけながら、薄情に通り過ぎて行く有様は、あまりに悔しく思い乱れるのでした。

それ以上に匂宮は、不本意だと思いつめていました。網代の氷魚も心を寄せたのか、大漁で、色さまざまな紅葉をしいて賞美する様子に下々の者は感じ入っています。匂宮も調子を合わせ、行楽を堪能するふりをしますが、内心はすっかりふさぎ、空を眺めてばかりでした。

向こう岸の山荘の梢は、特に見どころがあります。常磐木に這いつたう蔦の紅が深く、遠目にもの悲しく見えました。薫中納言は、自分が来訪を期待させて、かえって嘆きを深めたことを思うのでした。

去年の春、初瀬詣でにお供した貴公子たちは、桜の色を思い出して「八の宮に先立たれた姫君たちは、さぞ心細くお暮らしだろう」と口にします。匂宮が隠れて通っていることを、ほのかに聞いている者もあり、まったく知らない者も交じっています。総じて宇治の姫君の身の上は、こんな山陰に住んでいようと、いつのまにか何かと噂になっているのでした。

「たいそう美しい姫君だそうですね」

「箏の琴の名手で、亡き八の宮が明け暮れ指導なさっていたとか」

口々に言う中、宰相中将が、薫中納言を山荘の後見人と見なして詠みかけます。

「〝いつぞやの桜の盛りにひと目見た、木のもとであっても秋は淋しいだろうか〟」

薫中納言も詠みました。

「〝桜こそ思い知らせてくれる。咲きにおう花も紅葉も無常の世にあるということを〟」

衛門督が詠みます。

「〃秋はどこから来てどこへ行くのだろう。紅葉（もみじ）の陰は立ち去りにくいものなのに〃」

宮の大夫が詠みました。

「〃お会いした人も亡（な）くなった山里の岩垣（いわがき）に、気長に這（は）いまわっている葛（くず）の葉だ〃」

一行の中ではひときわ老齢の大夫は、詠みながら泣き出します。八の宮が存命のころを思い出す様子でした。

匂宮が詠みます。

「〃秋が終わり、淋（さび）しさを増す木のもとを、ひどく吹き荒れてくれるなよ、峰の松風〃」

隠しきれず涙ぐむ様子に、事情をほのかに知る人は、なるほど真剣に恋するお相手なのだと考えます。今日の機会を逃すつらさに同情しますが、仰々しい車の列を引きつれては、匂宮も立ち寄るわけにいきませんでした。

山荘の姫君たちは、匂宮の一行が素通りしていく気配を、遠くなるまで聞こえている先払いの声で察し、平静ではいられませんでした。待ちかまえていた女房たちも、たいそう落胆しました。

まして失望した大君は考えます。

（やはり、かの宮は世間の噂どおり、すぐに色変わりする露草のお心の持ち主だったのだ。女房たちの内輪話を漏れ聞けば、男というものは心にもない嘘が上手で、好きでもない相手に恋しているように語る言葉が多いらしい。しがない女房たちが昔語りにそう言うのは、平凡な身分の男だから不届き者がいるのだろうと思っていた。何ごとも高貴なおかたとなれば、人聞きの悪いことは自重すると。けれども、そうではなかったのだ。

亡き父の宮も、あのおかたはたいそう色好みとご承知で、婿にしようとお考えにならなかったものを。たいそう熱意のある御文をいただいたにしろ、私の望みに反して妹の婿になり、わが身のつらさにさらに嘆きを加えるとは、何と情けない。

こうも期待はずれな兵部卿の宮を、結婚に導いた中納言どのはどう思っておられるのだろう。この家に、知られて気後れするほどの女房は仕えていないけれど、女房たちがそれぞれ心に思うことさえ、もの笑いでみっともない）

思い乱れる大君は、悩ましさを超えて体の具合まで悪くなりました。

中の君当人は、匂宮と過ごしたわずかな日々に、深い愛情をどこまでも信じると約束したので、何があろうといきなり変節（へんせつ）はするまいと思っています。訪問がなかったのはやむを得ない事情があるからだと、傷心（しょうしん）を慰める手立てもありました。

それでも、久しく来訪がないことに気がもめるのは事実で、わざわざ近くまで来て素通りしたのはつらく悔しいと感じます。憂愁（ゆうしゅう）がますますつのりました。

忍びきれない中の君をうかがって、大君は、妹が世間並みに保護者のいる姫君で、ふさわしい暮らしをしていたなら、匂宮もこんな仕打ちをしなかっただろうと考えます。かわいそうでなりませんでした。

（この私も、生きていれば同じ目を見ることになるだろう。中納言どのが私にあれこれ持ちかけるのは、気を引いて反応を見るからだろう。私一人結婚するまいと思っていても、言葉で拒（こば）むには限度があるのでは。女房たちが懲（こ）りもせず、どうにかしてあの人と縁組みさせたいと思っているのだから、私の意志に関係なく、最後は結婚させられるかもしれない。

　これこそ、父の宮がくり返しおっしゃったことなのだ。用心して過ごしなさいと注意なさったのは、このようなことが起こるからなのだ。

　こんな不幸な姉妹に生まれ、頼みにする両親に死に別れたのだから、姉妹が同じに世間のもの笑いになる結婚をして、亡き人の御魂まで悩ませてはいけない。私だけでも、色恋の憂愁に沈まず、愛執の罪深い身とならないうちに、どうにかして死んでしまいたい）

　暗澹として、ひどく気分が悪くなり、食事をまったく受けつけなくなりました。

　ただ、自分の死後のあれこれを、明け暮れ考え続けています。心細く思って中の君を見やっても、心配になるばかりでした。


（私にまで先立たれては、慰めようもなく悲しむのだろう。もったいないほどの美しい姿を見るのが日々の楽しみで、幸せな結婚を取り持つことが、人知れない私の生きがいだったのに。この上なく高貴な婿君をもとうと、こうしてもの笑いになる目を見た人は、世間に出てふつうに暮らす例も少ないだろう。本人もつらいだろう）

何の甲斐もなく、この世にわずかな慰めもなく終わる姉妹だと、心が沈むのでした。

匂宮は、帰ってすぐに宇治に引き返そうと、お忍びのしたくで出かけようとしたのですが、父の帝が衛門督の口から真相を聞き知ってしまいました。

「こうした密会のため、宇治の行楽を急に思い立たれたのです。軽率なおふるまいだと、世間の人も陰で非難しています」

明石中宮もこれを聞いて嘆き、帝はついに見過ごせないと考えました。

「だいたい、気ままな里住まいをしているから素行が悪くなるのだ」

厳しい処置を取り、匂宮をずっと内裏に住まわせることにします。右大臣の六の君との縁組みを承知しなかった匂宮ですが、今は無理にでも婚礼を行うよう、すべて取り決めてしまいました。

薫中納言もこれを知り、虚しく思い沈んで歩きました。

(私が愚かだったんだろうか。兵部卿の宮が仲立ちを熱心にたのまれるし、私が思いを寄せる大君は、中の君に譲るとおっしゃるのが興ざめだから、このように取り計らった。

けれども、今となっては悔やまれるばかりだ。姫君二人とも私が手に入れても、非難する人などいなかったのに）

今さら取り返せるものではなく、役にも立たない後悔でした。

匂宮はまして、宇治を思いやらないときはなく、恋しく気がかりに思っています。明石中宮はそんな匂宮に、朝に夕に言い聞かせました。

「そんなに意中の女人がいるのなら、私のもとに女房として参内させ、よくある形で無難に収めなさい。帝はあなたを次の春宮にと考えておられるのに、人々に軽薄な人柄と言われるようでは、あまりに残念ですよ」

時雨が降りしきり、暇なある日、匂宮は姉の女一の宮の御所を訪ねました。御前に仕える女房が少ないときであり、姫宮はひっそりと物語絵などを見ていました。

几帳一つを隔て、姉弟で話を交わします。限りなく上品で気高いながら、優しく柔らかな人柄を、匂宮は長年他では見ないすばらしさだと考えていました。

（姉上の美しさに匹敵する女人がこの世にいるだろうか。冷泉院の姫宮だけは、父の院が大事になさるご様子も趣味のよいお暮らしぶりも、ひどく心惹かれるけれど、求婚できないまま憧れていた。でも、宇治に住むあの人だって、可憐で上品な美しさでは劣ら

ないだろうに）

　まずは、中の君が恋しくてたまらなくなります。慰めにその場に散っている絵巻を眺めると、美しく描かれた女絵でした。恋する男の住まいの他、山里の風雅な家の様子など、さまざまな趣向で男女の恋を描いています。身につまされることが多く、やけに目を引いたので、少しねだって宇治への贈り物にしようと考えました。

　それは「在五中将の物語（伊勢物語）」でした。男が妹に琴の琴を教える場面で、「〝人の結ばんことをしぞ思う〟」と歌を詠みかけるのを見て、何を思ったか几帳の近くに寄り、そっとささやきます。

「昔の人も、きょうだいは隔てなく過ごすのが習慣のようですよ。あまりよそよそしい扱いをしないでください」

　女一の宮が、どの絵を見ているのか知りたがったので、手もとに巻き寄せて几帳の下から差し入れました。うつ伏して見入る女一の宮の黒髪がなびき、几帳の下からこぼれ出ています。その髪の合間にわずかに横顔が見てとれました。やはりすばらしく美しく、あと少し血縁の遠い人だったらと思うと我慢できなくなり、詠みかけました。

「〝若草の根（寝）を見ようとは思わないが、悩ましくて胸が晴れない心地がする〟」

御前の女房たちは、匂宮の来訪を恥じらい、隠れて座っています。女一の宮は、弟がずいぶん不快で奇妙なことを言うと考え、返事もしませんでした。

匂宮も、当然だと感じています。物語の妹が兄の歌に応じたのは、気が利きすぎてかわいげがないと思いました。

亡き紫の上がとりわけこの姉弟をかわいがったので、きょうだいが多い中でも、お互いに特に親しみを感じています。父の帝も明石中宮も、この二人をこの上なく大事に育てています。側仕えの女房には、器量に少しでも欠点があれば居づらいほどの美人をそろえており、家柄の高い娘も多く仕えていました。

多情な匂宮であり、新参で美しい女房にはたわむれに言い寄っています。中の君を忘れることはないものの、訪問できないまま日が過ぎました。

待ちわびる宇治の山里では、あまりに途絶えていると感じ、やはりこの程度かとわびしく思い悩んでいました。そこへ、薫中納言がやって来ました。大君が病気と聞いて見舞いに訪れたのです。

大君は、ひどく苦しむ容態ではなかったのですが、病気を理由にして対面しませんでした。

「気が気でない思いで遥かな道をやって来たのだから、やはり休んでおられる場所近くに入れてほしい」

真剣に病状を知りたがったので、女房たちは、大君が伏せっている病室の御簾の前に通します。大君はいたたまれず迷惑に思いますが、それでもそっけなくはせず、頭をもたげて客人に答えました。

薫中納言は、行楽に訪れた匂宮が、予定に反して素通りしなければならなかった理由を語りました。

「どうか気長に考えてください。ご訪問のなさにいらだって、恨んだりなさらず」

「妹は、あれこれこぼしていないようです。ただ、亡き父の宮がお諫めになった言葉は、こういうことを指すのかと思えて、ひどくかわいそうなのです」

大君は答え、泣いている様子でした。ひどく心苦しく、薫中納言は自分の行為まで恥じる気持ちになります。

「夫婦仲にはいろいろあって、だれもが同じに過ごすものではないようです。何ごとも経験のないあなたがたには、ひたすら恨めしいと思えるでしょうが、そこを強いてこらえてください。宮の情愛の深さはけっして心配いらないと思っています」

そう言いながらも、他人の恋の弁明をしている自分を、おかしな立場だと思いました。

夜になると、いつも容態が悪化して苦しみ出す大君でした。中の君は、よその人が間近にいては姉が気の毒だと考えます。

「やはり、西廂のいつもの御座所へ」

女房に言わせますが、薫中納言は応じません。

「いつにもまして、ご病気の様子が気がかりだから出向いたものを、遠ざけられてしまっては困る。平癒のためにするべきことも、だれがふさわしく行えるというのだ」

弁に相談して、僧の加持祈禱の手配を命じました。

(なんて見苦しい。できるなら捨ててしまいたいこの身なのに)

大君はそう思いながら聞いています。けれども、相手に思いやりのないことを言うのもいやでした。治ってほしい薫中納言の心情が、さすがに胸を打つのでした。

翌朝になって、薫中納言が客間から挨拶を送ります。

「少しはご気分がよくなりましたか。昨日のように近くでお話ししたいのですが」

「病(やまい)も長くなったせいか、今日はたいそう苦しいのです。でも、そうおっしゃるならここへ」

大君がみずから招いたので、薫中納言は胸が高鳴りました。

（いったいどうなさったのだろう、今までより優しいお言葉を）

不安にかられもして、近寄ってあれこれ語りました。

「苦しくて、お返事できません。少し待ってください」

声もかすかで哀れげです。痛々しくてならず、嘆(なげ)きながら座っていました。けれども、一日こうしていることはできず、どんなに気がかりでも都に帰らねばなりません。女房たちに告げました。

「このようなお住まいでは、なおさら病気もよくならないだろう。転地療養をかねて、都の屋敷に移してさしあげようと思う」

阿闍梨(あじゃり)にも、祈禱に力を入れることを言い含めて出ました。

薫中納言のお供(とも)の一人に、いつのまにか山荘の若い女房と恋仲になった者がいました。二人だけの語らいの中、恋人に言います。

「兵部卿の宮（匂宮）は、お忍び歩きを禁じられて内裏に籠(こ)もっておられる。右大臣どのの姫君と縁談がおありで、姫君側では長年お望みだったから支障なく進み、年内にも婚礼があるらしいよ。ご本人はしぶしぶに思っておられて、宮中でも女官との色恋ばかりに熱心なご様子だ。帝や中宮のお叱りを受けても直らないとか。

そこへいくと、わが主人は不思議なほど違い、真面目すぎるほど真面目でいらっしゃる。そのせいで他人に敬遠されるほどだ。ここに通っておられることだけが、目を見はるほど稀なご執心だと、だれもが言っているよ」

若い女房が、供人がこう言っていたと女房仲間に話すのを、大君は漏れ聞いてしまいます。ますます胸がふさがりました。

（兵部卿の宮と妹のご縁は、もうこれ限りだろう。高貴なおかたが、正妻をお決めになるまでの遊び気分で妹に手をつけたのであり、中納言どのの手前を気になさって、言葉ばかりは深い愛情を語っているのだ）

そう思いこむと、匂宮の薄情さを恨む余裕もなく、妹の縁組みに失敗した自分の居場所がない気がします。しおれかえって突っ伏していました。

気力の弱った大君は、ますますこの世に留まることはできないと考えます。遠慮が必要な女房たちではないものの、どう思われたかとつらいので、知らないように寝たふりをしていました。

　中の君は、かわいらしい姿で、もの思いする人がするというたた寝をしていました。腕を枕に眠っており、黒髪が枕もとにふっさりたまった様子など、めったにない美しさです。見やりながら、父の宮の訓戒（くんかい）を何度も思い返して悲しみました。そして、思い続けます。

（父の宮が来世（らいせ）に、罪深い人の墜（お）ちる場所に沈んでおられるはずがない。どんなところでもいい、どうぞ父の宮のもとにお迎えください。こうも憂愁（ゆうしゅう）にふける私たちを置き去りにして、夢に現れることさえしてくださらないとは）

　夕暮れの時雨が降りしきり、木の下を吹き払う風の音はたとえようもありません。前世来世（ぜんせらいせ）を思い続け、ものに添い伏している大君の姿は、どこまでも上品でした。病中の白い小袿（こうちぎ）を身にまとい、髪はしばらく梳（と）かしていませんが、もつれもなく枕もとに寄せてあります。最近少し青白さをました顔色は、かえって優美さが際立ち、外を見やる目もとや額ぎわの形など、美を見分ける人に見せてやりたいようでした。

　昼寝をしていた中の君は、風の荒さに目が覚め、起き上がりました。山吹襲（やまぶきがさね）（表は赤みがかった黄、裏は黄色）、薄紫（うすむらさき）の袿（うちぎ）など、華（はな）やかな色合いをまとい、顔は、念入りに色づかせたように美しく染まってあでやかです。そして、少しも悩んでいなかったような口ぶりで言いました。

「父の宮の夢を見ました。たいそう心配なご様子で、このあたりにかすかに姿をお見せになったの」

これを聞いた大君は、さらに悲しみが増しました。

「世を去られてから、せめて夢にだけでもお姿が見たいと思っているのに、私には少しも見せてくださらない」

二人ともひどく泣いてしまいます。大君は考えました。

（このところ、明け暮れ思い出しているので、わずかに来てくださったのかしら。どうすれば、父の宮のおられる場所を訪ねて行けるだろう。女に生まれただけで罪深そうな私たちだけれど）

居場所を知りたく、異国にあるという反魂香（はんごんこう）の煙があればと願うのでした。

たいそう暗くなったころ、匂宮の使者が訪れました。悲しみに沈む最中だったので、少しは慰めになったでしょう。

しかし、中の君はすぐに文（ふみ）を見ようとしません。大君は言い聞かせました。

「今は心を素直にして、温和にお返事をさしあげなさい。私がこのまま世を去ったら、あなたをこれよりもひどい境遇に陥れる人が出てくるかもしれない。それが心配なの。このおかたが、ときおりでも思い出して通ってくださるなら、そういう不届きな求婚をする者も現れないでしょう。恨めしくても頼りにするしかないのよ」

中の君は、さらに袖に顔を引き入れてしまいます。

「私を残して世を去ろうなんて、そのお考えがひどい」

「寿命のさだめがあってこそ、父の宮に遅れては片時も生きていたくないと思っても、こうして生きているのよ。明日をも知れぬこの世でも、去るのはさすがに悲しいけれど、いったいだれのために惜しむ命だと思うの」

大君は言い、女房に火を点させて匂宮の文に目を通しました。いつもながら、こまごまと書きつらねてありました。

「〝恋しいとながめるのは同じ空なのに、どうしてこれほど会いたさを誘う時雨なのだ〟」

古歌を引いたようで、耳慣れた内容にすぎません。捨てる気はない程度のお義理の恋文と見え、大君は恨めしさが増すのでした。

けれども、若い中の君であれば、匂宮に心を寄せるのは当然でした。世にも稀な美貌の持ち主で、その上さらに女人の心を引こうと、色っぽく風流なふるまいを身につけているのです。月日が流れても恋しく、あれほど大仰に約束して帰ったのだから、訪れのないまま終わりはしないだろうと、信じる心は消えないのでした。

使者が今夜中に戻ると急かすので、ただ一行書きました。

「〝あられの降る深山の里では、朝夕にながめる空もかきくもり、涙で見えもしない〟」

これは神無月（十月）の末日のことでした。

宇治の紅葉狩りから月も替わってしまうと、匂宮は落ち着かない思いです。今夜こそ今夜こそと思いながら、支障が多く抜け出せませんでした。五節の行事が早く巡ってくる年なので、内裏の目新しい華やぎに気を紛らせ、意図せず日々が過ぎて行きます。その間にあきれるほど待たせてしまいました。

宮中に、かりそめの関係を持つ女人もいますが、匂宮のまごころが中の君を離れることはありませんでした。明石中宮は、右大臣の六の君と結婚するよう言い聞かせます。

「やはり、後ろ盾の磐石な妻を迎え、その他に会いたい女人がいるなら、仕える女房として呼び寄せ、あなた自身は威厳のあるふるまいをなさるべきです」

「少しお待ちを。考えがあってのことです」

匂宮は拒み、中の君を真実つらい目に遭わせることなどできないと思うのでした。

その心を知らない中の君は、月日とともに憂いばかりがつのりました。


薫中納言も、匂宮の行状は自分が推量したより不誠実だったと考えました。

こうなるはずではなかったのに、中の君に申し訳なく、匂宮の宿直所へもめったに行かなくなります。宇治の山里へは、大君の病状をたずねる文を送り続けました。

十一月になり、少しよくなったと聞きました。けれども、公私ともに目が回るほど忙しい時期で、五、六日ほど使者を送ることもできなくなります。その後の様子が気になり、はずせない仕事がまだ多いのを振り捨てて宇治へ出向きました。

僧の加持祈禱は、病気が治りきるまで続けるよう指示してありましたが、大君は、自分はだいぶよくなったからと、阿闍梨までも山寺へ帰らせていました。山荘には人も少なくなっており、例の老いた弁が出てきて、情況を薫中納言に伝えます。

「姫様はどこがお痛みというのでもなく、ご病気というはっきりした症状も出ないのですが、少しもお食事をなさいません。もとから普通の人よりか弱いおかただったのに、宮様が妹君の夫になられてからというもの、いっそうお悩みのご様子で、ちょっとした果物さえ見向きもしなくなられました。

食べずにいたことが重なったせいか、驚くほどお弱りになって、もう回復なさいそうにありません。情けないほど長生きした私の寿命のせいで、このような悲しみを見ることになり、どうやって先立とうかと考えているところです」

言い終えもせずに泣き出すのも、当然でした。

「どうしてこの様子を伝えてくれなかったんだ、情けない。冷泉院も内裏もやたらに催事の多いときで、何日も見舞いをよこせず気がかりだったのに」

以前に通された廂に入ります。大君の枕に近い場所で御簾越しに語りかけますが、声も出ない様子で、返事がありませんでした。

「これほど重くなるまで、何一つ知らせてくださらなかったとは。心配した甲斐もないではありませんか」

例の阿闍梨とその他、効験があると評判の僧の限りを招請します。祈禱や読経を明くる日から始める用意に、薫中納言の屋敷の従者も大勢つどいました。位の高い者も低い者も騒ぎ立て、これまでの閑散とした様子は名残もなく、じつにたのもしげでした。

日が暮れたので、あちらへと薫中納言をうながし、西廂で湯漬けなどの食事を出そうとします。しかし、当人はことわりました。

「いや、近くにいて看病してさしあげたい」

南廂は僧たちの座になるので、東面のもう少し病床の近くに屏風を立て、中に招き入れました。病人に付き添う中の君は見苦しいと考えますが、女房たちはみな、薫中納言と大君の関係をすでに他人ではないと思い、遠ざけて隠そうとしないのでした。

読経を初夜から始め、法華経を不断に読み上げます。声のよい僧十二人が唱え、たいそう尊いものでした。

灯火はこの南廂に点し、内部は暗くなっています。薫中納言は几帳の帷子を引き上げ、少し体をすべらせて入りました。人影を見やれば、老いた女房が二、三人控えています。

中の君はそっと隠れたので、病人のそばには人が少なく、心細い様子で寝ていました。

「どうしてお声だけでも聞かせてくださらないのです」

大君の手を取って気づかせると、息の下にかすかに答えました。

「心で思いながらも、ものを言うのが苦しくて。このごろ訪ねてくださらなかったので、気がかりなまま世を去るかと、残念に思っていました」

「これほど待ってくださるまでご無沙汰したとは」

薫中納言はしゃくり上げ、声を上げて泣きます。大君の髪は少し熱をおびていました。

「何の罪によるご病気なのでしょう。人の心を嘆かせるからこうなるのでは」

耳に顔を寄せ、あれこれと語り聞かせます。大君はうるさく気づまりに思い、袖で顔を覆っていました。

（このかたが亡くなったら、どれほどの思いがするか）

考えるだけで、胸が押しつぶされそうな気がします。中の君に声をかけました。

「ずっと付き添って看病をなさって、さぞお疲れでしょう。今夜だけでも気をゆるめてお休みください。私が宿直人を務めましょう」

中の君は姉が心配になりますが、そうする理由があるのだろうと考え、少し奥に離れました。

直接顔を合わせはしないものの、薫中納言はそばに這い寄って見つめています。大君は苦しく恥ずかしいのですが、こうなる宿縁があるのだろうと思えてきます。この人物のたいそう気長で安心できる心根を、片方の匂宮と比べ、ありがたいとしみじみ思い知るのでした。自分の死後の思い出が、強情で思いやりのない女なのは気が引けます。つれなく遠ざけることはできませんでした。

薫中納言は夜通し女房を指図し、病人に薬湯などを勧めましたが、つゆばかりも口にしません。よくない兆候だ、どうすれば命を引き止められるかと、言いようもない不安を感じながら付き添っていました。

不断経を暁に交代して唱える僧の声が、たいそう尊く響きます。夜居を務めて居眠りしていた阿闍梨も目を覚まし、陀羅尼を読みました。老いた枯れ声であっても、年功のたのもしさがありました。

「今のお加減はいかがでしょうか」

阿闍梨は、御簾の中にたずねるついでに亡き八の宮のことを語り出し、泣いて何度もはなをかみます。

「八の宮は、あの世のどのあたりにおられるのでしょう。きっと極楽へお行きになったと思っておりましたが、先ごろ夢にお姿を見ました。俗人の装いをなさり、『俗世をすっかり厭い離れ、執着もなかったものを、わずかに思いを残したことで往生の念が乱れ、願った浄土としばし隔たったのがたいそう悔しい。供養を行ってほしい』と、たいそうはっきりおっしゃいました。すぐにはどのような追善をするべきかわからず、できる範囲で、修行の僧五、六人に命じて称名念仏を唱えました。その後は思い至ることもあり、常不軽菩薩品を唱える巡礼を出しております」

これを聞く薫中納言もひどく泣きました。

大君は、父の宮の極楽往生を妨げた罪深さを、苦しい心地の中にもさらに絶え入りそうにつらいと思います。どうにかして、まだ定まらない父の宮の居場所へ出向き、同じところにいたいと思いながら横たわっていました。

阿闍梨は言葉少なく下がりました。この常不軽の巡礼は、周辺の多くの里、都を巡り終え、暁の嵐に難渋しながら阿闍梨のもとを訪ねました。山荘の中門の下に座り、尊く額ずきます。唱える最後の句の追善の趣意がしみじみと聞こえました。

薫中納言もこの方面には深いだけに、胸を打たれて聞き入ります。中の君は姉が心配でならず、奥に立てた几帳に寄って様子をうかがいました。その気配に気づいた中納言は、居ずまいを整えて声をかけました。

「常不軽の声をどうお聞きになりましたか。重々しい法事には用いませんが、尊いものですね。

〝霜の冴えるみぎわの千鳥が、こらえきれずに鳴く音の悲しい朝ぼらけだ〟」

歌ではなく話の続きのように詠みます。つれない匂宮の洗練されたふるまいに通じ、中の君は思わず像を重ねますが、直接返歌はしにくく、弁を通して言わせました。

「〝あかつきの霜を打ち払い鳴く千鳥、ものを思う人の心を知っているかのようだ〟」

似合わない代役の声ですが、それでも奥ゆかしく上品に聞けました。

(こうした他愛のないやりとりも、大君は、慎み深い態度ながら優しく、言った甲斐のある形で応じてくれたのに。最期の別れが来たら、どれほどの思いがするか)

考えては動揺します。

亡き八の宮を思いやっても、こうも気がかりな姫君たちの有様を、天翔りながらどう見ているかと推し量り、念仏会をした山寺で誦経を行わせました。さらに、あちらこちらに平癒祈禱の依頼を出し、公的にも私的にも休暇のことわりを出します。祀り、祓い、すべて手を尽くして回復を念じましたが、何かの罪による病ではないので、何の効験もありませんでした。

大君がみずから、平癒するよう仏に念じるなら別かもしれません。しかし、そうではないのでした。

(やはり、このついでに何とか死んでしまいたい。中納言どのがこれほど付き添い、すべてを見られて、今となっては他人として遠ざける方法もない。だからといって妻になり、これほど思いやり深く見えるお心が、後に期待はずれと自分にも相手にも思えるのであれば、気も休まらないし情けない。

もし、無理にも命をつなぎ止めることがあったら、病気を口実に尼になろう。それでこそ、長く変わらぬ心をお互いに見届けることができるというものだろう)

そう決意して、生きようと死のうとにかく出家を遂げたいと考えます。けれども、薫中納言に利口ぶった要望は出せず、中の君に言いました。

「いよいよ長くはもたない心地がするの。受戒（じゅかい）をすれば、その効験で命が延びると聞いたから、そのように阿闍梨にお伝えして」

　これを聞いた女房たちは泣き騒ぎます。

「とんでもないことです。これほど気をもんでおられる中納言の君も、どれほどがっかりなさることか」

　ふさわしくないと考え、薫中納言への取り次ぎもしないので、大君は悔（くや）しく思いました。

　薫中納言が宇治に籠（こ）もっていると伝え聞き、わざわざ見舞いに訪れる者もいます。通常になく思い入れた女人（にょにん）なのだと見て取り、都の屋敷の仕え人や親しい家司（けいし）などは、それぞれで平癒の祈禱を行わせ、嘆いていました。

　豊明（とよのあかり）の節会（せちえ）（五節（ごせち）の最終日）は今日だと、薫中納言（かおるちゅうなごん）は都に思いをはせます。風が強く、降る雪はせわしく荒れ狂ったので、都はこうではないだろうと、みずからの意志とはいえ心細く思えました。
(大君と、他人のままで終わってしまう宿縁はつらいが、恨むこともできない。優しく愛らしく受け答えするあのかたを、ただしばらくでも取りもどし、思っていたことを語りたい)

　などと思いにふけります。光も射さないままその日は暮れました。

「〝かきくもり日射しも見えない奥山で、悲しみに心をくもらせて暮らす日々だ〟」

　山荘の人々は、薫中納言がこうして滞在することだけを頼みにしていました。例の病床近くの座席に座っていると、風が几帳の帷子を吹き上げ、中があらわになったので、中の君は奥へ入ります。老いて見苦しげな女房たちも恥じて隠れました。

　この隙に、薫中納言は大君の間近に寄りました。

「お加減はいかがですか。思いつく限りの手を打って神仏に念じた甲斐もなく、お声も聞かなくなったとは淋しくてなりません。私を残して去られてはどんなにつらいか」

　泣く泣く語りかけます。大君は、すでに意識も薄れたようになっていますが、それでも顔は見られないよう隠していました。

「少しよくなれば、お話ししたいこともあったのに。ただ消え入るようになるばかりで、とても残念です」

　優しい言葉に、ますます涙を止めることができません。泣くのは縁起が悪い、こうも心が弱いと思われたくないと念じますが、泣き声も抑えられませんでした。

　どのような前世の因縁があって、心からの思慕を寄せながら、つらいことばかりで別れなければならないのか。少しは嫌いなところを見て気持ちを冷ます種にしようと、大君を見つめます。けれども、ますます痛々しくもったいなく美しいとばかり見えました。

　腕などもたいそう細くなり、影のように弱々しいながら、白く可憐でなよやかです。上掛けの夜具は押しやってあり、柔らかな白い衣をまとった下は、中身のない人形を伏せたような様子でした。髪は、それほど多すぎない量で枕もとに流してありますが、枕から落ちかかった部分がつややかに美しく、愛らしいものです。

　どうなってしまうのか、これでは生きられそうにないと見ると、惜しくてたまりません。長く寝こんでつくろうこともできない状態なのに、品位を保って気高く、贅沢に身を飾った女人よりはるかにまさっています。細かに見れば見るほど、魂も抜けてしまいそうでした。

「ついに見捨てて逝ってしまいになるなら、私もこの世に少しも留まりません。寿命に定めがあって死ねなくとも、出家して深い山に籠もります。ただ、たいそうお気の毒な様子で後に残る中の君だけが気がかりです」

返事がほしくて中の君を持ち出すと、大君は、顔を隠していた袖を少し引きのけました。

「こうも短命な私が、あなたに薄情者と思われたのも虚しいので、残していく妹を私と同じに思ってほしいとお勧めしたのです。それに応じてくださっていたら、死後の心配もなかったのに。これだけが恨めしい念として、この世にとどまりそうです」

「私は、憂愁を抱える身として生まれついたようですね。何であれ、あなた以外の人とこの世の生活に関わる気はなかったので、ご希望に添えなかったのです。今でこそ、悔やんで心苦しく思っています。けれども、後の心配はなさらないでください」

薫中納言は大君をなだめ、たいそう苦しげなのを見て、阿闍梨たちを呼び寄せて効験ある限りの加持祈禱を行わせました。本人も仏に加護を祈り続けます。

しかし、俗世を厭い離れよと勧める仏だから、こうまでつらい目に遭わせるのでしょうか。大君は、目の前で何かが枯れるように息を引き取りました。引き止めるすべもなく、じだんだを踏みたく、他人に愚かと見られようと気になりませんでした。臨終をさとった中の君が、自分も死に遅れまいと錯乱するのも無理はありません。正気をなくしたように遺体に取りすがる中の君を、分別顔の女房たちが、今はもう不吉なことだからと引き離しにかかります。

薫中納言は、それらを見ても、こんなことがあるものか、これは夢なのかと思っていました。灯火を近くかかげて大君を見れば、それまで隠していた顔もただ眠っているようで、変わりはてたところもなく、愛らしい姿で横たわっているのでした。このまま、虫の抜け殻を見るようにずっと見ている方法があればと、心も惑います。

臨終の作法をしようと、女房たちが大君の髪をかきやると、さっと香ったのは生前のままの香りでした。懐かしくかぐわしく感じます。

(この世にまたとないおかたなのに、並の女人だと熱を冷ますことなどどうしてできるだろう。このかたが、本当に俗世の執着を捨て去るためのしるべなら、恐ろしく醜く悲しみも忘れるような欠点を、私に見つけさせたまえ)

仏にそう念じますが、ますます思慕をなだめる方法もありません。どうしようもなく、いっそ早く火葬の煙にして終わらせようと、葬送に力を入れたのはあきれたことでした。宙を踏むようによろめき歩き、野辺送りを行います。大君は、荼毘に付された様子まではかなく、煙も多く立たずに消え去ってあっけなく、茫然と帰りました。

喪中の山荘に籠もる人が多いので、心細さは少し紛れます。けれども中の君は、他人がどう見るかも恥ずかしい自分の身の上が情けなく、憂いに沈んで、死んだ人のようになっていました。

匂宮からも弔問の使者がしばしば訪れますが、大君が期待はずれな縁組みと失望しきっていた様子を思い返します。考え直さずに逝ってしまったことを思えば、婿君との縁も情けないのでした。

薫中納言は、これほど世の中をつらく思った契機に、出家の本意を遂げようと考えます。しかし、母の女三の宮がどう思うかをはばかり、中の君の境遇も気の毒なので思い悩むのでした。

（大君がおっしゃったように、形見として中の君を妻にするべきだったのか。あのかたが身を分けたと思っておられても、私は心を移しようもなかったが、中の君をこうも憂愁に浸らせるよりはいい。ただいっしょに語り合って、尽きることのない悲嘆の慰めに、

お世話することができるなら）

などと考えます。わずかも都に出ていかず、そちらを気にすることも絶えて、心を慰める方法もなく籠もっていました。

世間の人も、並々ならず愛情をそそぐ女人だったのだと気づき、宮中をはじめとして多くの弔問がありました。

はかなく日々は過ぎていきます。七日ごとの法要も尊く立派に行いました。追善供養に身を入れますが、結婚した関係ではないので、薫中納言が衣の色を喪に替えることはできません。大君を特に慕っていた女房たちが、濃い鈍色に着替えたのを見て詠みます。

「〝悲しみに紅の涙をこぼしても甲斐もない。亡き人を偲ぶ衣の色を染めないのだから〟」

直衣の許し色（薄紅・薄紫）が凍ったようなつやで光るのを、さらに涙で光らせながら思いにふける様子は、たいそう優美で清らかです。のぞき見た女房たちは泣きながら言い合いました。

「お亡くなりになった残念さを別としても、この君に長年なじみながら、今は疎遠となることがもったいなく悔しい。思いも寄らない宿命でいらしたものだ。これほど情け深いおかたと、お二人どちらも結婚なさらなかったとは」

薫中納言は、中の君に声をかけてみます。

「亡きおかたの形見に、今は何でもあなたに打ち明け、話をお聞きしたいと思っています。よそよそしく遠ざけないでください」

けれども、何ごとも不運な身だと思いつめた中の君は、気づまりで対面などしませんでした。きっぱりした気性が、大君より純真で気高い人ですが、優しく風情を知る心根では姉君に劣ると、薫中納言は何かにつけて思うのでした。

雪のかきくらし降る日、一日中思いにふけって暮らします。

世の人が殺風景なものに挙げる師走（十二月）の月が、くもりなく照らすのを知って、簾を巻き上げて空を眺めました。すると、向かいの山寺の鐘の声が〝枕をそばだてて聞く〟ように悲しげな響きで届きます。

「〝亡き人に遅れまいと空を行く月を慕う。いつまでも住むこの世ではないのだから〟」

風が激しいので蔀戸を下ろさせるとき、四方の山を映す鏡のような汀の氷が、月光にたいそう美しく見えました。都の屋敷を限りなく磨き立てても、こうは光らないと考えます。もし、大君がひとときでも生きてここにいるなら、いっしょにこの話ができたのにと思い続けて、恋しさが胸にあふれました。

「〝恋する苦しさに死ねる薬がほしいので、雪の山に姿をくらましてしまいたい〟」

半分の偈（仏の功徳を称える四句の韻文）を教える鬼が出てくればいい、残りの偈と引き替えに、自分も身を投げるだろうと考えますが、不純な動機の聖心と言えるでしょう。

女房たちを呼び出して物語をさせます。薫中納言のふるまいが理想的に美しく、穏やかで奥ゆかしいので、若い者たちは心からすばらしいと思っています。年老いた者は、ますます悔しく、この君を失うのがつらいと思いました。

「姫様のご容体が重くなったのも、兵部卿の宮のご訪問のなさに失望なさり、もの笑いになるのが苦しいとお考えだったからでしょう。その思いを妹君には知らせまいとして、ただお一人で世を恨んでおられるうち、わずかな果物も召しあがらなくなりました。ひたすら体を弱らせていくばかりで。

うわべには、少しも深刻な心配ごとがあるとお示しにならず、心の内で限りなく苦しむご性分でした。亡き父の宮のご遺言をたがえてしまったと、むやみに妹君の身の上を思い悩んで病気になったのです」

そう言って、大君のその時々の言葉を語り、だれもがいつまでも泣き悲しみました。

薫中納言は、自分のせいで大君を苦しめたことを、取り返したいと悔やみます。世の中すべてが恨めしく、念誦にさらに心をこめて、まどろむこともなく夜を過ごしていました。

まだ深夜、積もる雪がしんしんと寒い中に、大勢の人声がして、馬の音も聞こえました。だれがこんな夜中に雪を分けてやって来たのかと、忌み籠もりの僧たちも驚きます。匂宮が、たいそう身をやつした狩衣姿で、濡れながら入って来ました。

薫中納言は、戸をたたく気配から匂宮の訪問だと察し、隠れた場所に移って身をひそめていました。喪中の期間はまだ日数が残るものの、匂宮は気になってじっとしていられず、夜一夜(よひとよ)雪に難渋(なんじゅう)しながらやって来たのでした。

日ごろの恨みも忘れそうな訪れなのに、中の君は対面したいと思いません。姉を苦しめたことが恥ずかしく、考え直さないまま世を去ってしまったからには、今後に匂宮が心を改めたとしても甲斐もないと思いつめています。女房たちがこぞって道理を言い聞かせ、やっともの越しに対面しました。

匂宮は、長く待たせた謝罪をあれこれ並べ立てますが、中の君はただぼんやり聞き入っています。まるで正気をなくしたようで、大君の後を追うのではと女房たちが懸念(けねん)する状態を、匂宮もまた感じ取り、哀れで心配になりました。

この日は、自分の立場を捨てて山荘に泊まります。もの越しでなく会いたいとしきりに訴えましたが、中の君は応じません。もう少し人心地(ひとごこち)がつくようになったらと、つれなく言うばかりでした。

薫中納言もこの様子を聞き知り、しっかりした女房を呼び寄せて中の君に伝えます。

「あなたがたのお気持ちに反して、薄情な態度を取られた宮のなさり方は、大君の生前も今も情けないことです。この月日の訪問のなさを、恨みに思うは当然です。それでも、責めるにも感じよく接してさしあげないと。他人から冷たくされた経験が一度もないおかたなので、苦しんでおられますよ」

陰からわけ知りぶった助言をするので、中の君は薫中納言にまで恥ずかしく、ますます話すことができませんでした。

匂宮はしきりに嘆(なげ)いて過ごしました。

「あきれるほど情けないおかただ。私が固く約束したこともむげに忘れてしまうとは」

深夜になり、さらに険しい風が吹き荒れます。当人の行いのせいとはいえ、匂宮がため息をつきながら横になっていると、中の君もさすがに相手が哀れになってきて、もの越しに声をかけました。

匂宮は、あらゆる神社にかけて二人の末長い仲を誓います。どうしてこれほど言い慣れているのかと、聞いている中の君は情けなくなりますが、それでも、遠く離れてつれなさを恨んでいたときより心を動かされます。どんな人の心も懐柔(かいじゅう)しそうな匂宮のふるまいであり、一方的に嫌い抜くことはできませんでした。

ぼんやりと聞き入りながら、ほのかに言います。

「〝過去を思っても頼りなかった仲なのに、行く末を何のたのみにできるのだろう〟」

胸に刺さる言われようで、匂宮は焦(あせ)りました。

「〝行く末を短いものと思うならば、目の前の今だけは私に背(そむ)かないでほしい〟

何ごとも見る間に変わってしまう世の中なのだから、罪深いことを思わないで」

いろいろ慰めましたが、中の君は気分が悪くなったと言って奥へ入ってしまいます。女房たちの見る目もきまり悪く、匂宮は嘆き明かしました。

恨まれるのは当然としても、あまりにも愛想がないと涙がこぼれますが、待ちわびた中の君はさらにつらかったのだと考えれば、悲哀を思い知るようでした。

薫中納言が主人顔でここに住み慣れ、女房を気安げに呼び使い、女房たちも大勢で食事の給仕などにいそしむので、匂宮は心が沈む中にも興味を覚えます。当人はひどく痩(や)せて顔色が悪く、気が抜けたように思いにふけっているので、心配になって真面目(まじめ)に声をかけました。

薫中納言は、大君の生前の様子を匂宮に語ってもしかたないと考えながら、それでも知ってほしくなります。しかし、意気地なしの間抜けと思われることにやはり気が引けてしまい、結局言葉少なくなりました。

ここ何日も泣き暮らしたので、すっかり面変わりしている薫中納言ですが、それも見苦しくはなく、ますます美しく清新に見えます。匂宮は、中の君がこれを見たらきっと心を移すだろうと、自分の不届きな性癖に照らして思うのでした。どうにも不安になり、何とか人の非難や恨みを買わない形で、中の君を都へ移したいと考えました。

中の君はよそよそしいままですが、匂宮が宇治にいることを帝や中宮が聞きつけては大問題になるので、この日は帰ります。懸命に言葉を尽くして語りかけましたが、中の君は、すげなく扱われるのは苦しいことだと、その一点を相手にわからせたく、態度を変えませんでした。

年の暮れは、山里でなくても空の景色が淋しいものです。まして宇治では、天候が荒れない日もなく雪が降り積もります。憂愁にふけって明かし暮らす薫中納言の心中は、どこまでも夢の中のようでした。匂宮からは、多すぎるほどの誦経のお布施が届きました。

いつまでも宇治に居続け、新しい年まで嘆いて過ごすわけにはいきません。冷泉院からも母の女三の宮からも、音信もなく閉じ籠もっていることを案じる便りが届きます。
四十九日が明け、今はと帰宅する心境はたとえようもありませんでした。

薫中納言の滞在に慣れ、多くの従者が集まることに慣れたのに、その名残も消えることを女房たちは悲しみます。大君の死の直後の悲しい騒ぎよりも、静まりかえった中で嘆きが深いのでした。

「時々いらして、折にふれて感興のある話をなさった年月よりも、穏やかに過ごされる毎日のご様子に接すれば、本当に優しく情け深い気質でいらっしゃる。趣味のことも生計のことも多方面に気を配ってくださったのに、これ限りでお見送りしようとは」

そう言い合って涙にくれました。

匂宮から、中の君に文があります。

「やはり、宇治まで出向くことはなかなか難しく、あなたが気にかかってならず、私の近くに移っていただくことを計画しました」

明石中宮も宇治の葬儀を聞き知り、薫中納言まで心を寄せて嘆き籠もったというなら、並の扱いはできない女人なのだと、これまでの考えを改めたのでした。匂宮を不憫に思い、その人を二条院の西の対に住まわせて時々通うことにすればと、内々に提案したのです。

匂宮は、明石中宮がゆくゆくは女一の宮の女房にするつもりではと疑いもするのですが、気がねなく会えるようになるのはうれしく、宇治へ言い送ったのでした。

薫中納言もこの話を聞きます。

(三条邸を新築し終えたら、大君に移っていただくつもりでいた。亡くなってしまった今は、中の君をあのかたの身代わりと見てお世話するべきなのに)

以前を思いやって淋しく思います。匂宮が気を回して不安になった筋は、とんでもないこととして気にとめません。ただ、中の君の後見人をつとめる人物は、自分以外にいるものかと思っているのでした。

五　早蕨（さわらび）

春の光は、山里の草藪（くさやぶ）だろうと分（わ）け隔（へだ）てなく照らしますが、新春を迎えた中（なか）の君（きみ）は、なぜ自分はまだ生きているのだろうと、夢のように思うばかりでした。

花の色も鳥の声も姉と同じ心で見聞きして、他愛（たあい）なく歌の本末を言（い）い交（か）わし、心細い暮らしの憂（う）さやつらさを語り合ってこそ、慰（なぐさ）めもあったのです。日々の感興（かんきょう）を分かち合った大君（おおいきみ）が逝（い）ってしまい、内に籠（こ）もって思うばかりなので、父の宮を失ったときよりもいくぶんまさるほど、恋しく淋（さび）しいのでした。

どうすればいいと、明け暮れも知らずに惑（まど）いますが、人の寿命は前世（ぜんせ）に定められたものであり、好きに死ぬこともできないと気づかされるのでした。

山寺の阿闍梨（あじゃり）から、新年の文（ふみ）が届きます。

「年が改まり、いかがお過ごしでしょうか。亡（な）きおかたの祈禱（きとう）はたゆみなく行っています。今は、残されたお一人のことだけが気がかりに思います」

蕨（わらび）やつくしなどをかわいい籠（かご）に入れ、「童（わらわ）が供養（くよう）に摘（つ）んだ初物（はつもの）です」と使者に持たせていました。かなりの悪筆ですが、歌を念入りに離して綴（つづ）っています。

「〝亡き宮のために、春ごとに摘んできた初蕨は、いつまでも思い出を忘れない〟」

最後に「御前で読んでさしあげてほしい」と、ありました。

詠み慣れない歌を懸命に詠んだのだろうと推量すると、中の君は歌の心に打たれます。

匂宮が送ってくる、深く思い入れない言葉を達筆で魅力的に仕上げた文よりも、ずっと目にとまり涙を誘われます。阿闍梨への返事を女房に書かせました。

「〝この春はだれに見せればいいだろう、亡き人の形見に摘まれた嶺の早蕨を〟」

使者に褒美を与えて返しました。

今が盛りの美しさにあふれる中の君が、さまざまな悲嘆に顔立ちも少し痩せてしまい、上品で優美な気配が増しています。亡き大君の容貌に似ています。

姉妹が並んでいたころは、それぞれの特徴が際立ち、仕える女房たちもそれほど似ていると思わなかったのですが、ふと亡くなったことを忘れ、そこに大君がいると思ってしまうほど似かよって見えました。
「中納言（薫）どのは、大君の亡きがらだけでも残しておけたらと、朝夕恋い焦がれておいでだったのに。同じことなら、あのかたと中の君が結ばれる宿命ならばよかったものを」

女房たちはそう言って悔しがるのでした。

薫中納言の従者が、恋人の女房のもとに通ってくるので、双方で相手の近況は聞き及んでいました。薫中納言が今も大君を恋い慕い、新年になっても相変わらず涙ぐんで過ごしていると聞きます。

（たしかに姉上へのお気持ちは、おざなりで軽薄なものではなかったのだ）

中の君も、今はますます薫中納言の情の深さを思い知るのでした。匂宮は、周囲の監視がきつく宇治へ出向けそうにないので、中の君を都へ移す決意を固めていました。

宮中の内宴など、年始の盛大な行事が過ぎたころ、薫中納言は、胸にあまる悲しみはこの人以外に語り合えないと考え、兵部卿の宮（匂宮）の御所に参上しました。

静かな夕暮れどきであり、匂宮はもの思いにふけって御簾ぎわに座っていました。箏の琴を掻き鳴らしながら、例の性分で紅梅の香を愛でています。その梅の下枝を折って、薫中納言が現れました。芳香が華やかにすばらしく、匂宮はこの場にふさわしいと感じて詠みました。

「〝折る人の心に通じる花なのだろうか。色には出さず隠れて香っている〟」

薫中納言も返しました。

「〝見る人が難癖をつけられる花の枝なら、用心して折るべきだった〟
めんどうなことを」

たわむれを言い交わすことのできる、たいそうよい間柄なのでした。
打ち解けた話に入ると、匂宮は真っ先に、かの山里（宇治）はどんな様子かとたずねます。薫中納言も、生前の大君がいつまでも恋しいこと、出会いの初めから今日まで心に思わない日はなかったことを、そのときどきで涙がちにも愉快にも、悲喜こもごもといった形で語りました。

まして色恋に敏感で涙もろい匂宮は、他人の身の上でも袖をしぼるばかりに泣いてしまいます。すっかり同情するようでした。

空の様子もまた、いかにもわけ知り顔に霞んでいます。夜になって激しく吹きはじめた風は、まだ冬めいて寒々とし、灯台の火も消えかけます。〝闇はあやなし〟ではっきり見えなくても、お互いに話を中断しようとせず、打ち明け話は尽きません。気が晴れるまで話し終わらないうちに、夜はたいそう更けてしまいました。

世間にもめずらしい、これほどの親交の深さなのに、匂宮はまだ隠しごとを探るようにたずねます。厄介な性分のようでした。

「さあ、そんなふうに言っても、まったく何ごともなかったわけではないだろう」

とはいえ、物事をよくわきまえた宮であり、相手の嘆きが晴れるほど親身になって慰め、悲しみを和らげてやります。匂宮のさまざまな魅力にほだされて、薫中納言は鬱積した思いを少しずつ打ち明け、だいぶすっきりした気分になりました。

匂宮も、中の君を二条院に移す計画を打ち明けます。これを聞いた薫中納言は言いました。

「たいそうれしいお話です。宇治でお一人で暮らすことを、この私の失態のように感じていました。忘れられない人の思い出を、他に語る人もいないので、一通りのお世話をしてさしあげたいと考えていますが、もしや不都合にお思いでしょうか」

そして、亡き大君が「妹を別人と思わないでほしい」と、自分に譲ろうとしたことも少し言及しました。けれども、心ならずも中の君と朝まで過ごした夜のことは、言わずに終わりました。

（こうも忘れない思い出の形見にも、私が大君の言葉どおり中の君を妻に迎え、都に住まわせてお世話するべきだったのに）

内心にはその思いもあり、次第に後悔がつのってきますが、今は悔やんでもしかたないことです。いつまでも思い続ければ、そのうち中の君に横恋慕する気持ちもわき、だれのためにも無益で愚かなことになると断念しました。

しかし、中の君が都に来るにしても、実質的なお世話をする者は、自分以外にだれがいると考えます。転居に必要なあれこれを手配しました。

宇治でも、お付きにふさわしい若人や童を探し、女房たちが満足そうに準備を急いでいました。

けれども中の君は、これ限りで山荘が荒れ果てるのかと淋しくてならず、悲しみが尽きません。とはいえ、あくまで頑固に閉じ籠もっては、匂宮との夫婦の縁さえなくしそうな住まいであり、匂宮が「何を考えているのだ」と恨んでもおかしくないと思えるのです。どうしたらいいかと思い悩んでいました。

転居は如月（二月）一日ごろになりました。日が近づくにつれ、木々の蕾が膨らむのも名残惜しく、峰の霞を見捨て、安住できない仮住まいに移る自分は、みっともなく人々のもの笑いではと考えます。何もかも気づまりで、そればかり思い続けて過ごしました。

大君の服喪の期間が終わり、衣を脱ぎ変えましたが、喪に服したりない思いです。母君の死去は覚えていないので、恋しくも思いませんが、その代わり姉の喪を親と同格に濃く染めたいと、心に願い口にもしました。けれども、さすがに通例にないことで実行できず、いつまでも残念でした。

薫中納言の手配で、牛車、お供の人々、陰陽博士が到着しました。文が届きます。

「〝はかないことだ。霞の衣（喪服）を裁ったばかりで、花はほころび、その紐を解くときが来た〟」

たしかに花がほころぶように、美しい車や衣装の人々でした。移転の際に配るご祝儀も、大げさでない程度に、身分に応じた品を細かく気づかいながらたくさん用意してあります。女房たちは、中の君にこれを伝えて言いました。

「何かにつけて、以前の親交をお忘れにならないご配慮のたぐいまれなことといったら。ご兄弟だったとしても、こうまでしてもらえないでしょう」

埋もれた古女房たちは、心づかいに感心しきっています。若い女房たちは、ときどき接することのできた薫中納言も、転居を境に無関係になることを淋しく思います。仲間のうちで言い合いました。

「どれほど中納言どのを恋しく思うことになるかしら」

薫中納言自身は、明日には出発するという日の早朝に訪れました。

いつもの西廂に通されましたが、今ではずいぶんなじんだのを感じます。

(私こそ、だれよりも先に、姫君たちを都へ移そうと思い立ったものを)

亡き大君の姿や語った思いやりなどをふり返ります。

(さすがに私を突き放したり、きっぱり冷たく扱ったりしなかったお人なのに、私がみずから変な隔てを置いてしまったのだ)

そう思えば胸が痛みました。のぞき見した襖障子の穴も思い出したので、近寄ってみましたが、向こう側で簾をきっちり下ろしてあり、見る甲斐もありませんでした。

当家の人々も、大君の生前を偲んで泣いていました。中の君はまして涙をこぼし続け、明日の出立も考えられません。ぼんやり追憶にふけって伏していると、薫中納言から伝言が届きました。

「このところのご無沙汰に、積もる話もとりとめないものですが、語らずにいるのも気が晴れません。一部分でもお伝えしてお慰めしたい。以前のように冷たく遠ざけないでください。ますます知らない場所へ来たような心地がします」

中の君は気が進みません。

「よそよそしいと思われたくはないのですが、どうも体調がふつうではなく、気持ちも取り乱しているので、ますます不調法で失礼ではと気がとがめます」

そう返事をさせようとしますが、何人もの女房が「あちら様がお気の毒です」と言い聞かせたため、中の障子の通り口で対面しました。

薫中納言の姿を見れば、気後れするような鮮やかな上品さでした。年を越してまた容姿が冴えたようだと、目を見はるほど艶やかさが際立っています。抜きん出た身のこなしなど、なんと優れた人だろうとばかり見えました。中の君は、面影の去らない大君の姿まで浮かんできて、胸を打たれました。

「尽きない思い出話をして涙を誘っては、明日の門出に不吉なので慎むべきですね」

薫中納言は、少しためらってから続けました。

「あなたがお移りになる二条院の近く、三条に、もうしばらくしたら私も住まいを移す予定です。昼夜を問わず、どんなときでも他人と思わず連絡をくだされば、私が生きている限り応じ、ご用件をうかがうつもりです。どうお考えでしょう、人の考えはさまざまですから出過ぎたまねとお思いかもしれず、一方的に決めてはいません」

中の君は、ところどころで口ごもりながら答えます。

「宇治を離れまいと強く思っておりますのに、ご近所などとおっしゃられても、気が動転するばかりです。お返事のしようがありません」

憂愁が身にしみた気配は、大君にたいそう似ています。この人をみずから他人の妻にしてしまったと思うと、薫中納言は悔やみますが、二人で過ごした夜のことはわずかも表に出しません。忘れ去ったかと見えるほど、何くわぬ態度で通しました。

居間に近い紅梅が、色も香も心を惹きます。鶯も見過ごせないのか、鳴きながら飛び渡るようです。まして〝春やむかしの春ならぬ〟と心を痛める同士の語らいには、折にふさわしく胸にしみました。

風がさっと吹きこむと、梅の香りも客人の香りも、橘ではないけれど大君の生前を偲ぶきっかけになります。

（姉上は、所在なさを紛らすときも、暮らしの憂さの慰めにも、この紅梅を好んで見ていらしたのに）

そう考える中の君は追慕のあまり、言うともなく切れ切れに口にしました。

「〝見る人もいなくなる、嵐のすさぶ山里に、昔を思わせる花の香りがする〟」

薫中納言は、中の君の歌を感じよく口ずさんでくり返しました。それから詠みます。

「〝袖にふれてなじんだ梅は匂いも変わらないのに、根ごとよそに移ってしまうのか〟」

こらえきれない涙を見映えよくぬぐって隠し、多くは言いませんでした。

「今後もこのようにして、何ごともご相談くださると本望です」

そう言っただけで引き取りました。

転居に必要なあれこれを、女房たちに命じます。宇治の山荘の管理には、あの髭づらの宿直人などが残るので、この近くの荘園に支援を言い送り、細かなことまで定めておきました。

年老いた弁は、移転を断念していました。

「思わぬ長生きをつらく思う身なので、都へのお供は、他の者たちも縁起が悪いと思うでしょう。今は、この世にあるとも他人に知られたくありません」

そう言って髪を下ろして出家しています。薫中納言は尼になった弁を無理にも呼び出し、その姿に胸を打たれながら、以前のように昔話をさせました。

「宇治へは、これからもときどき来るようにするよ。暮らしも心細いだろうに、留まって供養（くよう）をしてくれるのは、ずいぶんうれしいことだ」

言い終えることもできず、泣いてしまいます。

弁は言います。

「嫌われるほどますます延びる命がつらく、また、姫様は私にどうしろとお見捨てになったのかと恨めしく、世のすべてに絶望しているので、どれほど罪深いことでしょう」

憂（うれ）う態度は見苦しいのですが、薫中納言は巧（たく）みに慰めました。

たいそうな高齢ですが、かつては美しかった名残（なごり）の髪を削（そ）ぎ捨（す）てたので、額髪（ひたいがみ）の様子が変わり、少し若くなって、それなりに優雅に見えます。

（大君の病状に手をこまねいたころ、どうして尼（あま）にしてさしあげなかったのだろう。出家によって命が延びることもあっただろうに。あの人が尼なら尼で、どんなに深遠な話を語り合うことができただろう）

あれこれ思いやると、尼になった弁さえうらやましく、身を隠している几帳（きちょう）を少し引きのけて、こまごまと話をしました。

悲しみに呆けているような弁ですが、語る態度もたしなみも、それほど悪くありません。かつては上流の女房だったことを思わせるのでした。

「〝先立つ涙の川に身を投げれば、あの人に死に遅れない命だったのに〟」

泣きながら詠みます。薫中納言は言い聞かせました。

「自殺は、たいそう罪深いとされることだよ。彼岸に至ることなどできようか。そこまでして地獄に沈むのは無意味だよ。この世はすべて、虚しい幻とさとるべき世の中なのだから。

〝身を投げて涙の川に沈んでも、あの人を恋する思いを忘れることはできない〟

どこの世界なら少しはこの思いが静まるだろう」

悲しみには際限がないようです。帰る気になれず、もの思いにふけって日が暮れました。特別な用もないのに山荘に泊まり、だれかに不審に思われるのもいやなので、それから都に戻りました。

弁の尼は、中の君に薫中納言の言動を語って、慰める方法がないほど悲嘆にくれました。他の女房たちは、みな心満たされた様子で縫い物などをしつつ、老いてゆがんだ容姿もかまわず身じたくにいそしんでいます。弁だけがよけいにみすぼらしい姿に見えます。

「〝人はみな、旅立ちに急ぐ袖の浦に、一人藻塩の涙に濡れている海人（尼）の私だ〟」

嘆いて詠むと、中の君が応じました。

「〝藻塩の涙に濡れた海人の衣と異なるだろうか、波に浮いたこの身に濡れる私の袖は〟

都に住みつくのも難しいと察せるので、事情によっては戻ってこようと思うの。そうすればまた会えるけれど、短い期間だろうと、心細く後に残るあなたを見捨てて行くのは、ますます気が進まない。尼になった人でも、必ずしも奥地に閉じ籠もってはいないと聞くから、そういう世間にならって、ときどき会いに来てくださいな」

親しみをこめて話しかけます。亡き大君が使った調度品などは、すべて弁の尼のもとに残しました。

「あなたがこうして、他の女房より深く悲しんでいるのを見れば、姉上とは前世に特別な縁があったのではと思う。親身に思えて悲しいことです」

これを聞く弁は、ますます子どもが慕い泣くように泣き、静めようもなく涙にくれるのでした。

屋内をきれいに片づけ、すべて整理し終えて、牛車を軒に寄せます。お供の人には四位五位の宮人が多くいました。匂宮もみずから出向きたかったのですが、大ごとになりすぎました。かえって人聞きの悪いことになると、お忍びの一行にしたことで気をもんでいました。

薫中納言も、個人でかなりの人数を派遣しました。おおまかな運びは匂宮の指示によるものですが、細かな内々のことは、すべてこの人が抜かりなく手配しました。

都への道のりは遙かです。中の君は険しい山道を自分も体験して、薄情と思えた匂宮がなかなか来られないのも当然だったと、多少納得しました。七日の月が冴え、霞む景色の美しさを眺めますが、行き先がたいそう遠いので、慣れない身には苦しいのでした。憂愁にふけって詠みます。

「〝見ていると、山から昇る月も世の中に住みづらく、また山に入っていくではないか〟」

これほど境遇を変え、最後にはどうなってしまう自分なのかと危ぶみます。将来のたよりなさを思うと、今まではもの思いをしたとも思えず、宇治の日々を取りもどしたいと願うのでした。

宵を過ぎたころ、ついに二条院に到着しました。中の君がこれまで見たこともない、目にもまばゆい御殿でした。三つ葉四つ葉といくつも棟を並べた中に牛車を引き入れます。匂宮は、今か今かと待ちかねていたので、車のもとにみずから歩み寄って抱き下ろしました。

屋内の飾りつけは美を尽くし、匂宮自身で女房の局一つ一つまで気を配ったのが明らかです。望ましいばかりの住まいでした。

どれほどの人なら妻にするのかと思われていた匂宮が、突然女人を屋敷に迎えたと知り、世間の人々は、並はずれた寵愛を受ける人だと驚きました。

薫中納言は、この月の二十日あまりに三条邸へ移る予定で、この時期は毎日のように工事の進捗を見に来ていました。二条院も近いので、中の君の到着の様子を知ろうと、夜が更けるまで三条に留まっています。すると、お供に派遣した人々が帰ってきて有様を伝えました。

匂宮がたいそう愛情をこめてもてなしたと聞き、うれしく思う反面、われながら愚かに感じるほど胸が痛みます。過去を取り返せるものならと、何度もつぶやくのでした。

〝鳰の湖（琵琶湖）に漕ぐ舟の真帆、真の契りではなかったが、ともに寝た仲なのに〟

そう告げて難癖をつけたい思いでした。

右大臣（夕霧・源氏の君の長男）は、匂宮と六の君の婚礼をこの月にと心づもりしたのに、先立つ形で思いも寄らぬ女人が大事に迎えられ、六条院に顔を見せなくなったので、ひどく気を悪くします。匂宮もそこは気の毒になり、六の君への文はときどき出し続けました。

六の君の裳着の儀（女子の成人式）を急がせていることが、世間に鳴り響いていたため、延期してはもの笑いだろうと、二十日あまりに挙行します。

右大臣は、親族で目先が変わらずとも、薫中納言を他家の婿にゆずるのは惜しいとつねづね思っていました。

（六の君の婿を中納言にしてもいい。長年密かに思いを寄せていた女人を亡くし、落胆してぼんやり過ごすと聞くではないか）

その気になり、しかるべき仲人を立てて薫中納言に打診しました。しかし、少しも関心がなさそうでした。

「この世の無常を目の当たりにしたので、たいそう気が滅入り、わが身も不吉に思えます。どんな縁談だろうともの憂いのです」

ねんごろに申し出た結婚に、どうしてこの君まで乗り気にならないのかと、右大臣は恨(うら)めしい思いです。しかし、異母弟(いぼてい)とはいえ品格が高く、世間の人々から一目置かれる薫中納言なので、強引に説き伏せることもできずにいました。

花盛りのころ、三条邸から二条院の桜を見やった薫中納言は、主人をなくした宇治(うじ)の山荘の桜を真っ先に思いやります。〝心やすくや風に散るらん〟などと古歌(こか)をつぶやくうちに、匂宮に会いたくなって出かけました。

最近の匂宮は二条院にいることが多く、中(なか)の君(きみ)との暮らしによくなじんだ様子です。理想的だと思いながら、例のあいにくの未練が交じるのはおかしなことでした。けれども、根が真面目(まじめ)な性格なので、中の君のために安心できると考えていました。

あれこれと話に興じ、夕方になりました。匂宮はこれから内裏(だいり)へ行く予定なので、牛車(ぎっしゃ)が用意され、供人(ともびと)が大勢集まります。薫中納言は寝殿(しんでん)を辞して、中の君の住む西の対(たい)へ向かいました。

質素な山里とは一変し、御簾(みす)の内に心がそそられる気品に満ちた暮らしぶりです。かわいい女童(めのわらわ)の透(す)き影(かげ)の前で来訪を告げると、座の敷物が出され、以前を知る女房(にょうぼう)らしき人が挨拶(あいさつ)を取り次ぎました。

薫中納言は言います。

「朝夕の隔てもないと思えるほど近くに住みながら、特別な用もなく訪ねるのはなれなれしいと自重していました。そのあいだに、世の中が様変わりしたような気がしてなりません。わが家からこちらの桜の梢が霞を隔てて見えるので、しみじみ思うことが多いのです」

沈んだ様子が気の毒でした。中の君は考えます。

(たしかに姉上がご存命ならば、このかたのお屋敷との行き来も多く、お互いに、季節の花の色や鳥の声を語り合って、もう少し快適に過ごせたものを)

だれとの交流もなく閉じ籠もった宇治の淋しさより、今の暮らしがいっそう悲しく残念に思えるのでした。

女房たちも言います。

「一般のお客人のように、形式ばったお相手をなさらずとも。この上ないご厚情をいただいたこと、夫の君に迎えられた今だからこそ、胸に刻んでいるとお示しになるべきですよ」

けれども中の君は、じかに言葉を交わすことに気後れしました。ためらっているうち

に、匂宮が出かける前の挨拶に顔を出します。じつに美しくおしゃれに着飾っており、妻として目にする甲斐(かい)のある姿でした。

薫中納言が来ていると知り、匂宮は言いました。

「どうして、むやみに遠ざけて外の席に座らせるんだい。あなたたちにとっては、そこまで親切にと思うほど世話をしてくれる中納言ではないか。私のためには愚(おろ)かしいかもしれないが、過剰(かじょう)によそよそしいのは罪になるよ。近くに呼んで昔の話などをするといい」

言ったそばから、逆のことも口にします。

「とはいえ、あまりに心を許してつきあうのもどうかと思う。あの人物が、内心でどう考えているかは疑わしいのだから」

中の君には、どうにもわずらわしいことです。けれども、深く身にしみた薫中納言の厚意を、今になって粗略(そりゃく)に扱うべきではありませんでした。相手が口にしているように、大君(おおいきみ)の身代わりとして感謝を伝える機会があればいいと思います。しかし、匂宮があれこれ詮索(せんさく)して口出しするのでは、それも実行しにくいのでした。

六　宿木（やどりぎ）

そのころ、当代の帝の後宮で藤壺（飛香舎）を局とする女御は、故左大臣の娘でした。まだ、帝が春宮（皇太子）の時代に、他の妃に先んじて入内した女御でした。帝もこの人になじみ、大切にする気持ちは強かったのですが、深い寵愛があると見えないまま年月が過ぎました。明石中宮（源氏の君の娘）には多くの御子が生まれ、今はつぎつぎ成人しているというのに、御子も少なく、姫宮一人を産んだだけでした。

他の妃に圧されて中宮にもなれず、口惜しい自分の宿命を嘆く代わりに、娘の女二の宮の将来を心の慰めにしようと、一心に養育します。容姿も美しい姫宮なので、帝もかわいがりました。明石中宮の産んだ女一の宮がだれよりも尊重されるので、人々の評判は遠く及ばないものの、父親としての愛情は女一の宮にそう劣りませんでした。

故左大臣の権勢が盛んなころの名残は、それほど衰えないため、特に生活の心配はありません。仕える女房の人柄や装束をはじめ、怠りなく時流に沿って風雅な趣向をこらし、当世風で品格のある暮らしをしていました。

十四歳になる年、裳着の儀（女子の成人式）を行おうと、藤壺の女御は年明けから準備に専念します。他では見ないほど立派な式にしたいと考え、古く伝わる家宝をこのときとばかり取り出し、用意にいそしんでいました。ところが夏ごろ、もののけの病にかかった藤壺の女御は、あっけなく世を去ってしまいます。言いようもなく無念で、帝も嘆きました。

気立ての優しい、親しみのもてる女御だったので、その人柄を知る五位以上の宮人は、淋しくなったと死去を惜しみます。それほど関わりのない下級の女官たちまで、だれもが偲び合いました。

まして女二の宮は、うら若い身で母を亡くして悲しみに沈んでいると聞き、帝は哀れでなりません。四十九日が過ぎるころ、内々に御所へ呼び寄せました。毎日女二の宮の居室へ出向き、対面します。黒い喪服にやつした姿はたいそう愛らしく、気品がまさって見えました。

気質も、ものわかりよく大人びています。落ち着きがあって慎重な面では、母女御に少しまさっているほどです。帝は父として、その点では安心できると考えますが、母方の実家に、女二の宮の後見人とする際立った人物が見当たらないのでした。

わずかに大蔵卿、修理の大夫が、亡き藤壺の女御の異母兄弟ですが、特に世間で重んじられる人物ではありません。身分の低い者を夫にすれば、女の身にはつらいことが多いらしいので不憫です。帝は一人胸の内で思案しますが、心配が絶えないのでした。

御所の白菊が霜にあって紫をおび、見ごろな時分、空も時雨れて哀愁を感じる日です。帝は真っ先に女二の宮の御座所を訪ね、藤壺の女御の思い出話をしました。受け答えはおっとりしていますが、幼稚なところのない返事をする姫宮で、かわいいと思います。

(このような女二の宮の美点を、しっかり見分けることのできる人物が、妻として大事にして、どこに問題があるだろう)

亡き朱雀院が、女三の宮を六条院(源氏の君)に降嫁させた前例を思い起こします。

(当初、感心できないことだ、内親王は独身で通すべきだと言う者もいた。けれども、その息子が抜きん出た人物となり、今もしっかりお世話するから、母宮の威光も衰えずに気品を保って暮らしている。そうでなければ不慮のものごとが起きて、いつしか他人に軽んじられることもあっただろう)

考え続け、自分の在位中に降嫁の相手を見つけようと決意しました。そうなると、女三の宮の事例のまま、息子の薫中納言に降嫁させるより他、ふさわしい男もいません。

（かの人物なら、女二の宮の夫として並べて何一つ不相応なことはあるまい。以前から愛人がいて、外聞の悪い事態を起こしたりしない人柄だ。しかし、この先まで何も起こさないとは限らない。それより先に、私から水を向けよう）

折々そう思うようになりました。

帝が、碁を打った日のことです。暮れゆくにつれて時雨の景色が美しく、花の色も夕映えするのを見やって、人を召してたずねました。

「今、殿上の間にはだれがいるか」

「中務の親王、上野の親王、中納言源の朝臣（薫中納言）が控えております」

その答えを聞くと、命じました。

「中納言の朝臣をこちらへ」

薫中納言が仰せに従って参上します。指名するだけのことはあり、遠くから香り立つ芳香といい、風采といい、群を抜いていました。帝は声をかけます。

「今日の時雨は、いつも以上にのどかだな。ここでは喪中のため、管弦の遊びもできないので退屈なのだ。暇つぶしにはこれがいいぞ」

碁盤を前に出させ、お相手を命じます。帝が近くに召し寄せることには、よく慣れている薫中納言であり、いつものことだと思っていたところ、帝は言いました。

「よい賭けの品があるのだが、そう簡単にわたすわけにはいかないな。他には何があるかな」

そんな帝の顔色に何を見たのか、薫中納言もふだんより気を引き締めて臨みました。

碁を打った結果は、三番勝負で帝が二敗でした。

「憎らしいことだ」

負けを認めた帝は言います。

「まず、今日は、この花一枝を許す」

薫中納言は返答もせずに庭に降り、菊の一枝を折って戻りました。

「〝世の中のふつうの垣根に咲く花ならば、気の向くままに折って愛でるのだが〟」

意向をよく汲(く)み、たしなみのあるふるまいと見えました。帝は歌を返します。

「〝霜(しも)に耐えず、枯れた園の菊ではあるが、残った色は鮮やかに美しい〟」

このように降嫁を匂わせる態度を、帝からたびたび示されますが、薫中納言はいつもの性癖(せいへき)で、急ぐ気にはなれませんでした。

(まあ、自分から望んでいるわけでもない。これまでもいくつもの縁談を、相手に気の毒ながら聞き流して年月がたったのだ。今さら結婚など、世を捨てた聖(ひじり)が還俗(げんぞく)する気分でおかしなくらいだ。女二(おんなに)の宮(みや)が心底ほしい男は他にいるはずなのに)

そう考えながらも、これが明石中宮(あかしのちゅうぐう)の女一(おんないち)の宮(みや)だったらと心にかすめるのは、ずいぶん厚かましい話でした。

こうした件を、右大臣(うだいじん)(夕霧(ゆうぎり))も小耳にはさみます。六(ろく)の君(きみ)の婿君(むこぎみ)を薫中納言にと考え、向こうがしぶしぶであろうと、真剣になって説得すれば拒(こば)みきれないと決意したところでした。思いも寄らぬ縁組みが降ってわいたと不愉快になります。

再び、婿君候補に匂宮(におうみや)を考えました。

（兵部卿の宮は、熱心ではないにしろ、折々に趣味のいい文を絶やさず六の君に送ってくる。それならば、最初はいい加減な恋心でも、何かの機縁で本気に変わるかもしれない。水も漏らさぬ仲の夫婦を望もうと、相手が取るに足りない身分では、やはりみっともなく不満がつのるにちがいない）

「今は、女子の将来もおぼつかない末世の世なのだ。帝であろうと婿探しをなさるご時世に、まして臣下の娘が、美しい盛りを過ぎては台無しだ」

帝をそしり気味に言い、明石中宮を真剣に恨む発言が重なるので、中宮は気に病みました。匂宮に言い聞かせます。

「右大臣もお気の毒に、あれほど熱心に婿に望んで年月がたったのに、意地悪く逃げ続けるのは薄情な仕打ちですよ。親王たる者は、後見人の力量次第で浮き沈みがあるし、帝は、御代も残り少なくなったようにおっしゃるのだから。

一般の臣下は、妻をもった後で他の女人を妻にするのは難しいようです。それでも右大臣は、ああいう堅物なのに、二人の妻のどちらも恨ませず、上手に相手しているではありませんか。ましてあなたなら、私の心づもりどおり次の春宮に決まれば、大勢の妃を迎えて何の障害もないのですよ」

いつになく長々とこうあるべきことを語りました。匂宮自身も、もともと無関心ではなかった六の君であり、むやみに突き放す言葉が出てくるはずもありません。ただ、四角四面な右大臣の婿になり、気ままに慣れきった自分の立場がなく、窮屈(きゅうくつ)な思いをするのが憂鬱(ゆううつ)なのです。

けれども、権勢のある右大臣にあまり恨まれるのもつまらないことだと、だんだん弱気になりました。とはいえ、この年は何ごともなく過ぎました。

女二の宮は服喪が明けました。ますます降嫁を行うことに何の不都合もありません。

薫中納言が名乗り出るならばと、帝が暗に匂わせているため、それを告げにくる人々も現れます。当人も、あまりに片意地に知らん顔なのは失礼だと考え、ときおり御前(ごぜん)でそれらしいことをほのめかしました。

帝が、それを冷淡に受け取るはずもありません。女二の宮の降嫁先を決めたと人づてに聞き、じかに帝の様子からも推察(すいさつ)します。けれども心の内では、大君(おおいきみ)を亡(な)くした悲しみをどうしても忘れられないのでした。

（情けない、これほど前世(ぜんせ)の縁も深かったお人が、どうして他人のまま亡くなってしまったのだろう）

納得できずに思い続けます。

(身分の低い女人でもいいから、大君の姿かたちに少しでも似ている人がいれば、死者に会わせる反魂香の煙の中、今度こそあの人と結婚するつもりになれるのに)

そんなことばかり考えます。高貴な姫宮との婚礼を、待ち遠しいとも感じないのでした。


右大臣は、匂宮と六の君の婚礼を急ぎ、八月にはと申し送りました。

これを噂に聞いて、中の君は考えます。

(やっぱりこんなことになる。取るに足りない身の上の私など、必ず世間のもの笑いになって苦しい目を見ると、ずっと思いながら暮らしていた。

浮気なご性分と聞き知っていたから、あてにできないと思いながらも、見える範囲では特に移り気なご様子もなく、優しく愛情を誓うばかりのおかただった。それなのに、今度のご結婚で急に態度を変えてしまわれたら、私は平気でいられるだろうか。並の夫婦のように、すっかりお見限りになることはないとしても、どんなにつらい日々だろう。

いっそうみじめな身の上となって、最後は宇治へ逃げ帰るのだろう）

山里に埋もれて終わる以上に、待ち受ける宇治の住人のもの笑いだと考えます。かえすがえすも、父の宮の訓戒を破って山荘を離れた自分の浅はかさを、恥ずかしく思い知るのでした。

（姉上は、何ごともはっきりおっしゃらない弱々しげなおかただったけれど、心の底が静かで動じないところは優れていらした。中納言どのが、今も忘れずに嘆き続けておられるそうだけど、もしも姉上があのかたと結婚していたら、私のような目に遭うことになったかもしれない。

それを賢明に見越して、手を尽くして求婚を遠ざけ、髪を下ろして尼になろうとなさったのだ。生きておられたら、必ず出家をはたしておられただろう。今思えば、なんと思慮深いご決意だろう。亡き人たちは、私をどれほど軽率者と見ていらっしゃるだろう）

けれども、どうにもならないことです。こうした思いを匂宮には気づかせまいと胸に秘め、知らないように装って過ごしました。

匂宮は、いつも以上に優しく寄り添って寝起きをともにし、現世ばかりでなく来世も夫婦でいようと約束します。この五月ごろから、中の君は体調が普通ではなくなっていました。ひどく苦しむことはないのですが、以前より食事をとらなくなり、横になっていることが多いのです。

匂宮は、一度も懐妊の様子を見たことがなかったので、ただ夏の暑さのせいだろうと思っています。それでもさすがに変だと気づき、中の君に言うことがあります。

「これはどうなんだろう。子が生まれる人は、このように具合が悪くなるのでは」

けれども、中の君は恥じらうばかりで、さりげなく話をそらしてしまうのでした。女房にも進んで告げる者がいなかったので、匂宮ははっきり知らないままでした。

八月になり、中の君は、六の君の婚礼の日取りをよそから伝え聞きます。匂宮も隠し立てをする気はないのですが、言うのは気まずくかわいそうで、あえて口にしなかったのでした。

中の君には、それもつらく感じました。忍んで行う婚礼ではないのです。世間のだれもが承知している日です。それなのにいつとも告げないのだから、どうして恨めしく思わずにいられるでしょう。

二条院に中の君が来てから、匂宮は特別な事情がない限り、内裏にも泊まらなくなっていました。よその女人（にょにん）に通って寝床を空けることもありません。急に六の君のもとに泊まるようになったら、中の君がどう感じるかと心苦しいので、うまく紛（まぎ）らそうと、最近はときどき内裏で宿直（とのい）をするようにしています。

こうして慣れる配慮（はいりょ）をしているのですが、中の君のほうは、ただ薄情にしか思えないのでした。

薫中納言（かおるちゅうなごん）も婚礼を聞き知って、何とも中の君が気の毒だと考えます。

（浮気なお心の持ち主だから、中の君を大事に思っても、目新しい女人には必ず心を奪われるだろう。六の君の実家はたいそうな権勢もあり、婿君（むこぎみ）を隙（ひま）なく説得して引き留めるだろう。まだ慣れてもいないのに、夫を待つ夜ばかり多くなるとはかわいそうに。

ああ、つまらないことをした。私はどうして自分の意志で、あの人を宮に譲（ゆず）ったりしたのだろう）

むやみに未練で狂おしく、匂宮を山荘に案内し、いつわって中の君の寝所（しんじょ）に送りこんだ過去を思い返します。なんと不届きな心根（こころね）だったかと、つくづく悔（く）やむのでした。匂宮もあのいきさつを思い出せば、自分の耳に入ることを考慮していくらか遠慮するかと考えます。

（いや、今はあのときのことなど、これっぽっちも口になさらないだろう。こうして多情で心移りしやすい人は、恋人だけでなくだれに対しても、あてにならない浮ついた態度を取るのだろう。憎らしいことだ）

一途に思いつめるたちなので、匂宮の性癖をひどく非難がましく見てしまうようでした。

（大君と死に別れてからこちら、女二の宮を与えようという帝のお心づもりも、うれしくはならない。中の君と結婚していればと日に日に後悔がまさるのも、ただあのかたの血縁を思うからあきらめきれないのだ。

世の姉妹の中でも、この上なく心の通じ合った姉妹だったのに。いまわの際になってさえ、後に残る妹を自分と思えとおっしゃった。他には何も不満はないが、自分の代わりに妹と契ってほしいという願いに背かれたことだけ、悔しく恨めしいとおっしゃったのだ。今の中の君の状態を、死者の霊魂となって空から見下ろし、ますますつらいと感じておられるだろうか）

みずから選んだ独り寝の夜な夜な、わずかな風の音にも目を覚ましながら、過去や未来を思い続けます。中の君の境遇まで味気ない現世だと思いめぐらすのでした。

かりそめに声をかけ、今は女房として仕える女人が何人もいるので、自然と憎からず思う人が出てきそうなものです。しかし、だれとも真剣にならず、あっさりした関係でした。宇治の姫君の身分に劣らぬ女房もいます。時世が変わって家が衰え、心細い暮らしをしているところを引き取った女人は多いのでした。

けれども、自分が出家を遂げて隠棲するとき、この人を残せないという執着を作るまいと、強く念じています。それでいて今の未練は、われながらねじ曲がった根性だと思いました。いつも以上にまどろまないまま夜が明けました。

朝霧の立ちこめる垣根に、花々の色が美しく見わたせます。中に、朝顔の花がはかなげに入り混じっているのが、特に目にとまりました。夜明けに咲く朝顔を無常の世のはかなさのたとえに使うので、痛々しく感じたのでしょう。格子戸を上げたまま、仮寝のように伏して夜を明かしたので、朝顔が開いていく様子もただひとりで見守ったのでした。

従者を呼び、二条院へ行くから派手すぎない車を用意するよう申しつけます。従者は言いました。

「宮様は、昨日から内裏にいらっしゃいます。ゆうべ、人々が御車だけを率いて帰ってきました」

「かまわない、対の御方（中の君）のお加減が悪いので、お見舞いに行く。今日は私も内裏に参上する日だから、日が高くならないうちに」

そう言って、身じたくを調えました。出かけるついでに庭に下ります。花々の中に入りこんだ薫中納言の姿は、特に風流ぶるわけではないのに、不思議と優美で気高く見えました。念入りに装った色好みな男たちとは似てもつかず、本人は意識せずに美しいのでした。

朝顔の花を引き寄せると、露がたいそうこぼれました。

「〝今朝のうちに色を愛でよう。置く露が消えるまでの短い美しさの花だから〟

はかないことだ」

独り言に言い、折って手に持ちます。女郎花は見過ごして出発しました。

明るくなるにつれて、霧の立ち乱れる空の景色に興趣があるのですが、二条院の西の対では、くつろいで朝寝をしているようでした。

格子戸や妻戸を叩き、咳払いして来訪を告げるのも気が引けます。朝早く来すぎたと考えながら従者を呼び、中門の開いた場所から奥をうかがわせました。

「御格子は上げてあるようです。女房が起きている気配もします」

そこで車を降り、霧に紛れて無難に歩み入りました。

女房たちは男の姿に気づき、匂宮がお忍びの場所から朝帰りするのかと見やります。けれども、霧に湿った衣の薫香が、例によってだれにも似ない香りでただよい来るのでした。

「相変わらず、はっとするほど優美なお人だこと。あまりに色恋に淡泊でいらっしゃるのが憎らしい」

若い女房たちが言い合っています。あまり驚いた様子は見せず、適度にざわめいて客人の敷物をさし出すので、感じがいいと思わせました。薫中納言は言います。

「座ることをお許しいただき、いっぱしの者に扱われた気もしますが、やはり御簾の外に遠ざけられているのでは、気が滅入って何度もうかがうことができません」

「それなら、どこにお通しすればいいのでしょう」

「北面の目立たない場所に隠すものでしょうね、私のように古びた者にふさわしい休憩所となると。それもまたご意向ですから、苦情を言うべきではありません」

薫中納言は答え、長押（簀子と廂の段差の横板）に寄りかかっています。以前からの女房たちが、中の君をうながしました。

「やはり、あちらの御簾までお出ましにならないと」

もともと、乱暴で雄々しい気配はもたない薫中納言です。最近はさらにもの静かにふるまっているので、今では中の君も、じかに言葉を交わす気後れが少し薄らぎ、対面することにも慣れてきました。しかし、薫中納言が体はどんな具合かとたずねても、はかばかしい答えが返ってきません。

いつもより沈んでいる中の君であり、その胸の内が気の毒でした。夫婦仲のあるべき姿などを、兄弟ならこう語るだろうという態度でこまごまと語り、教え慰めました。

中の君の声音は、以前はそれほど似ていると思わなかったのに、おかしなほど大君その人に聞こえます。女房たちの目を遠慮しないですむなら、簾を引き上げて差し向かいになりたく、体調の悪さはどんな具合か自分の目で確かめたくなります。やはり、現世にいながら恋わずらいをしない者はいないと実感しました。

「私は、一人前に立派な地位が得られなくとも、心に悩みを持ち、わが身を悲観することなくこの世を過ごせたら十分だと思っていました。それなのに、心底悲しい死別も愚かで残念な行為の後悔も、それぞれ重大に思えるとはつまらないことですね。官位がどうだと騒ぎ、わかりやすい失意で嘆く人よりも、罪の深さで少しまさる気がします」

そんなことを言いながら、折ってきた朝顔を開いた扇に乗せて眺めます。少しずつ赤く色変わりしてきたのも、かえって彩りが美しく思えたので、そっと御簾の中にさし入れました。

「〝形見として契っておくべきだった。白露が私に約束してくれた朝顔の花と〟」

中の君は朝顔を見やり、注意して扱ったわけでもないのに、よく水気を保って持ってきたものだと感じます。けれども露を置いたまま枯れていく様子なので、詠みました。

「〝露が消えないうちに枯れる花ははかないが、消えそびれる露はさらにはかない〟

何を頼りにすれば」

たいそう小声で言葉も続かず、慎ましげに最後まで言わない態度は、やはり大君によく似ていました。そう思っても、まずは悲しくなります。

「秋の空は、他の季節の空より少し嘆きがまさるものですね。所在なさを紛らそうと、先日宇治へ行って来ましたが、山荘の庭も垣根もますます荒れて、悲しさをこらえきれないことが多くありました。

六条院（源氏の君）が世を去られたのちは、亡くなる二、三年前に出家なさった嵯峨野の別邸も、六条院の御殿も、訪れる者の心をかき乱したものでした。草木の色を見るだけで、涙にくれて帰りました。亡き人の身近に仕えた人々で思慕の浅い者など、身分の上下にかかわらず一人もおりません。六条院の各町におられた女人がたは、所々へ去って行き、それぞれ出家してお暮らしだったようです。はかない身分の女房たちは、悲嘆が治まらないまま、あてどもなく山林に分け入るもあり、思わぬ地方の田舎人になるもあり、多くが哀れに散っていったものでした。

そしてすっかり荒れ放題になり、忘れ草を茂らせたのち、右大臣が移り住むようになり、明石中宮の御子たちもいらしたので、昔に返ったようになったのです。この世に例がないほど悲しいものごとも、年月がたてば癒えるときがあり、死別の悲しさには限りがあると感じます。

そうは言っても、六条院を失った悲しみは、まだ幼少のころだったので深く身にしみたとは言えません。最近に出会った死別こそ、夢を覚ますこともできないと思えてならず、同じく無常の世の悲しみでありながら、執着の罪深さはまさるでしょう。それを思うのもつらいことです」

そう言って泣く薫中納言は、この上なく情が深く見えました。

亡き大君をそれほど慕っていなかった人でも、薫中納言の悲嘆を見れば、平気ではいられないでしょう。まして中の君は、匂宮の結婚で心細く悩むにつけても、いつも以上に姉の面影が恋しいのです。さらに涙をもよおされ、言葉も出てきません。悲しみを紛らすこともできず、お互いに悲哀をつのらせるのでした。

中の君は、ようやく言いました。

「山里は淋しくとも〝世の憂きよりは〟住みやすいと古歌にあります。そのように比べる心もないまま、長年暮らしておりました。比べられる今こそ、やはり静かな土地で過ごしたいと願うのですが、望むままにもならず、弁の尼をうらやましく思います。
八月二十日あまり（八の宮の命日）には、山寺の鐘の声も聞いていたいので、私をこっそり宇治に帰らせてくださいませんか。そうお願いしようと思っていたのです」

「山荘を荒らしたくないとお思いでしょうが、無理があるのでは。身軽な男にとっても、宇治の行き来は道のり険しく、行こうと思い立っても月日が空くものです。ご命日については、阿闍梨にしかるべき法要を言いおいてあります。

あちらの寝殿は、やはり寺にして寄進なさるのがよろしいでしょう。私もときどき行っては、心を乱してやまないのが無益なので、執着の罪を寄進の功徳で消せたらと願っています。あなたはどうお考えでしょう。お決めになることに従うまでですが、どのようにしたいかお話しください。何ごとも他人行儀でなく言っていただけたら、私の本意もかないます」

薫中納言は真面目な態度で言います。経典や仏像を、法事の供養でこれまで以上に寄進するつもりのようでした。中の君が法事を口実にして、このまま宇治に籠もりたいと匂わせるので、相手をさとしもしました。

「そのような行動は賢明ではありません。何ごとも長い目で見るお心にならなくては」

日が高くなり、屋敷の人々が集まってきたので、あまり長居してもわけあり顔に見えるだろうと、辞することにします。

「どのお屋敷でも御簾の外に座るのは慣れていないので、きまり悪く感じます。また近日中に、このようにうかがいましょう」

そう言って立ち去りました。

匂宮に、なぜ不在をねらって来たのかと思われるのも厄介（やっかい）なので、侍所（さむらいどころ）の別当（べっとう）である右京大夫（うきょうのかみ）を呼び寄せて言います。

「昨夜、内裏（だいり）を退出なさったと聞いてうかがったのだが、まだお帰りではなかったので残念だ。内裏へ参上するべきだろうか」

「今日はお帰りになるはずです」

「それなら、夕方にでも」

そう言って帰宅しました。

中の君の声や気配を知れば知るほど、どうして大君の望みにそむいて愚（おろ）かなまねをしたのだと、悔（く）いる気持ちばかりつのります。気にかかってならず、なぜみずから求めて苦しむのだと反省もします。亡き大君の仏前供養をさらに精進（しょうじん）して行い、日々勤行（ごんぎょう）に明かしました。

母の女三の宮は、今でも幼女のようにおっとりと他愛ない性質ですが、精進する息子の様子を危うく不吉だと思いました。

「私はこの先長くないけれど、こうして会えるあいだは、あなたも見る甲斐のある姿でいてください。出家して世間を捨てることを、尼の私が妨げるべきではないけれど、この世に生きるはりあいをなくす悲しみで、ますます罪を得てしまいそうです」

薫中納言は、母宮の気持ちがもったいなく気の毒なので、自分の悲しみは押し殺し、御前では悩みがないようにふるまいました。


右大臣は、六条院の東の御殿（夏の町）を豪華に飾り立て、準備万端に整えて、匂宮が来るのを待ち望みました。

十六日の月が次第に昇るころまで気をもみますが、婿君がさほど乗り気でない結婚だから、どうなってしまうかと不安になり、人をやって匂宮の様子を探らせます。

「この夕方、内裏を退出なさって、今は二条院にいらっしゃいます」

報告を聞き、寵愛する女人のもとかと不愉快ですが、今晩を見送っては世間のもの笑いだと考え、息子の頭中将を二条院へ遣わしました。

「〃大空の月さえ宿るわが宿に、待つ宵が過ぎても君の姿が見えない〃」

匂宮は、今日が婚礼とは中の君に気づかせまいと、気の毒で宮中にいました。そして、二条院には文を送りましたが、返事の文に何が書いてあったのやら、ますますかわいそうになって、こっそり会いにきたのでした。

可憐な姿を目にしては、見捨てて出かける気にもなれません。いじらしくてならず、あれこれ約束して慰め、いっしょに月を眺めていたところでした。

中の君は、日々さまざま思い悩むものの、匂宮の前では態度に出すまいとくり返し念じます。何ごともなく装って心を静め、婚礼の日など聞いたことがないように、おっとりと応じる様子はけなげでした。

頭中将の来訪を聞くと、匂宮もさすがに六の君がいたわしくなり、出かけることにします。

「少ししたら、すぐ戻るよ。一人で月を見るのは不吉だからいけないよ。私もあなたを思って上の空だから、出かけるのはつらい」

そう言いおきましたが、まだ気がとがめるので、物陰から寝殿にもどりました。後ろ姿を見送る中の君は、あれこれ恨むわけではなくても、独り寝の枕が涙で浮く思いがします。情けないものは人の心だったと、みずから思い知るのでした。

(幼いころから心細く哀れな姉妹で、現世に未練もないご様子の父の宮お一人を頼みに、山里で長年過ごしてきた。いつも所在なくわびしい暮らしだったけれど、こうまで心にしみてこの世はつらいものと思わなかったのに。

父の宮も姉上も続いて失う目に遭ったときは、片時も生きていられないと考え、あれほど恋しく悲しいことはなかったけれども、寿命のせいで生きてきた。当時人々に思われたよりは、人並みの境遇になっている。これが長く続くと思わなくても、宮様は、接する限り優しい思いやりでもてなしてくださって、やっと悲しみが薄らいできたところだった。それなのに、今回のわが身の情けなさ、言いようもなくつらく、辛抱を超える仕打ちに思える。

二度とお会いできない人々に比べたら、宮様とはときどき会えるだろうけれど、今宵私を見捨ててお出かけになったつらさに、過去も未来もわからなくなる。わびしくてたまらず、自分をなだめる方法もないとは情けない。生きていれば、私たちの仲が戻ることもあるのだろうか)

そう考えて慰めを得ようとしますが、〝我が心慰めかねつ〟の姨捨山の月が澄み昇り、夜が更けるままに思い悩むのでした。松風が吹き寄せる音は、宇治の荒々しい山おろしに比べればたいそう穏やかで、住み心地のいい美しい御殿です。けれども、この夜はそう思えず、山荘の風音に劣ると感じました。

「〝山里の松の陰にもこれほどに、悲しみが身にしみる秋の風はなかった〟」

宇治の山風のわびしさを忘れたかのようです。

老いた女房たちは心配して言いました。

「もう、奥へお入りなさいませ。月を眺めるのは忌むことですのに。困ったこと、わずかな果物すら召しあがらないとは、どうなってしまうのか」

「見ていてつらくなります。以前の大君のご容体が不吉に思い出されて、どうにも不安になってしまう」

　嘆(なげ)きながら、今夜の婚礼に言い及びます。

「それにしても、このたびのこと。こうなっても、宮様があなた様への思いをなくすことはよもやございませんよ。新しいご結婚をなさろうと、もとから深く思い入れた夫婦の結びつきは、名残(なごり)なく消えたりしないものです」

　女房たちがあれこれ言うのも、中の君には聞き苦しい気がします。話題にしてほしくない、黙って見ていればいいと考えるのは、他人に口をはさませず、自分一人で恨もうと思うからでしょう。

　宇治以来の女房たちは言い合います。

「思えば、中納言(ちゅうなごん)どのはあれほど深く愛情をそそぐおかただったのに」

「結局何のご縁もなかったとは、おかしなこと」

　匂宮(におうみや)は、中(なか)の君(きみ)に気が引けながらも、当世風の華(はな)やぎを好む性分から、すばらしい婿(むこ)を迎えたと思われようと気づかいます。衣に最上の薫香(くんこう)を焚(た)きこめ、言いようもなく立派に装いました。

待ち受ける六条院の御殿も、それにふさわしい風情があります。六の君は、小柄でか細い姫君ではなく、ほどよく大人びた体つきをしていました。

（人柄はどうだろう。生意気でわがままで、気性にたおやかさがなく、高慢ちきな姫君かもしれない。それでは願い下げだろう）

匂宮は考えます。けれども、そんなこともなかったのか、相手に愛情を惜しむ気にはなりませんでした。秋の夜長ですが、夜更けて訪れたため、すぐに明けてしまいます。

二条院に帰りましたが、すぐに西の対へ出向こうとはしません。寝殿でしばらく睡眠をとり、目が覚めると、六の君に後朝の文を書き送りました。

「このご様子では、そうとうお心にかなったようね」

側仕えの女房たちは、つつき合ってささやきます。

「対の御方（中の君）もお気の毒に。広く天下に愛情をそそぐ宮様であろうと、向こうが右大臣の姫君では、そのうち圧倒されることになるでしょう」

平気には思えず、不満をこぼす者もいます。匂宮に仕え慣れた女房たちなので、何かと妬ましく思えてのことでした。

匂宮は、後朝の文の返事を寝殿で受け取りたいのですが、留守中の夜も気になり、内裏の宿直と違って気がとがめるので、急いで西の対へ向かいました。

寝起きのしどけない姿をした訪問も、たいそう見映えがする匂宮です。中の君は、寝たまま迎えるのもいやなので少し起き上がりますが、赤らんだ顔の色合いなど、今朝は格別愛らしく見えました。匂宮は思わず涙ぐみ、その顔をしばらく見つめます。恥じらってうつむいた中の君の髪のかかり具合、額髪のかたちは、たぐいまれな美しさでした。

匂宮もばつが悪く、いきなり恋をささやく言葉も出てこないので、照れ隠しに真面目なことを言いました。

「どうしてこんなに具合が悪そうなんだろう。あなたが暑い季節のせいだと言ったから、涼しくなるのを待ちわびたのに、まだすっかりよくならないのは心配だね。いろいろ加持祈禱をさせたのに、効果がないように見える。それでも、修法はさらに延長したほうがいい、効験のある僧がいればいいのだが。なにがしの僧都に、夜居を務めてもらえばよかった」

中の君は、こうしたときまで口達者なのを気に入らないと思いますが、急に返事しなくなるのも変なので、言いました。

「これまでも、人と違って具合が悪いときはあったけれど、いつのまにかすっかり治っていたものですから」

「ずいぶんあっさり考えるんだね」

匂宮は笑い、優しくかわいらしい点では、中の君に並ぶ人はいないと考えます。それでも早く六の君に会いたくなり、じれる気持ちが入り交じるのでした。かの姫君への愛情も並ではないようでした。

けれども、うわべには変化を見せないまま、来世（らいせ）もいっしょになろうと言葉を尽くして誓います。それを聞く中の君は考えています。

（短い一生の終わりを待つまでもなく、つらい薄情さを見ることになるのだろう。それなのに自分は、後の世を約束する宮様の言葉を、懲（こ）りもせず頼みに思い続けるのだろう）

忍びきれなくなり、今朝は泣いてしまいました。

これまで、悲嘆（ひたん）を匂宮に知られまいと、何かと紛（まぎ）らせてきた中の君ですが、積もるばかりの悩みをついに隠しきれません。いったん涙がこぼれるととめどなく流れ、恥ずかしくもやりきれなくも思い、顔をそむけて泣きました。

匂宮は、強引に中の君をこちらへ向かせます。

「私の言うことを聞いてくれて、素直でいとしい人と思ったのに。やはり隠し立てがあったのかな、それとも、昨夜のうちに心変わりしたのか」

自分の袖（そで）で涙をぬぐってやります。中の君は少しだけほほえみました。

「昨夜のうちとおっしゃるところに、ご自身の心変わりが思いやられます」

「まったくあなたときたら、幼いお言葉だな。それでも私には隠し立てなどないから、気にならないよ。夫婦間に心変わりがあれば、どんな正論を説こうとも相手にわかるものだ。世間の道理を少しもご存じないのは、かわいらしいとはいえ困ったものだね。よし、あなた自身のこととして考えてごらん。わが身だろうと自分の思うままにできない、限られた生まれと立場なのだ。もし、本当に思いどおりにできる時が来たら、だれよりもまさるあなたへの愛情を、世間に知らせる一件があるだろう。これは、軽々しく口に出すべきことではないから、私に命があればこそだよ」

そう言っているときでした。六条院に遣（つか）わした文の使者が、もてなしの酒に酔いすぎて、西の対の人々に遠慮することも忘れ、南面（みなみおもて）へまっすぐやって来ました。

肩にかけた褒美の華麗な衣に埋もれるばかりになっているので、女房たちも事情を察します。いつの間に文を書き急いだのかと見るのも、さぞ不愉快だったでしょう。匂宮もこれを知りました。どこまでも隠すことではないとはいえ、いきなり見せつけてはあまりに気の毒です。もっと気をつかえとなじりたく、居心地の悪い思いでしたけれども、すでに取りつくろいようもないので、文を持ってくるよう言いつけました。

こうなったら、あくまで裏のない態度を見せようと、中の君の前で文を広げます。筆跡は継母の宮（落葉の宮）のようでした。少しだけ安心して下に置きます。しかし、代筆だろうとはらはらすることではありました。

「わけ知りに代筆するのは気が引けて、当人をうながしたのですが、ずいぶん体調がよくないようなので。

〟おみなえしの花はしおれかえっている。どのような朝露が降りたせいなのだろう〟」

上品に美しく書いてありました。匂宮は言います。

「非難がましい調子とは、わずらわしいな。私の本音はしばらく心安らかにあなたと過ごしていたいのに、思いがけないことになってしまって」

これが一般の身分であれば、夫の浮気の恨(うら)めしさに世間が同情しても、思えば匂宮の立場では難しいことでした。いつかはこうなってしまうものごとです。当代の帝(みかど)の御子(みこ)の中でも次代の春宮(とうぐう)に目される人物であり、何人妻を迎えようと文句など言えません。世間の人々は、中の君を哀れとは見なさないでしょう。

これほど立派な御殿に迎え入れられ、帝の御子(みこ)に並以上の気づかいを尽くされ、何と幸せな女人(にょにん)かと言われています。中の君自身があまりにそのことに慣れてしまい、突如(とつじょ)浮気があらわになったので、これほど嘆(なげ)かわしいのでしょう。

(私は、昔物語を読むにも他人の身の上に聞くにも、世間ではこうした夫婦の悩みをどうして深刻に語るのだろうと、不思議に思っていた。でも、たしかに簡単に収まるものごとではなかったのだ)

わが身にふりかかって、何ごとも思い知るのでした。

匂宮は、いつも以上に優しく睦(むつ)まじくふるまいます。あまりに食事をとらないのはよくないと、めずらしい果物(くだもの)を取り寄せ、腕のいい料理人を呼んで特別に調理させ、中の君に食べるよう勧めました。

けれども、中の君はまったく食欲がわきません。困ったことだと嘆くうちに日も暮れたので、寝殿にもどりました。

風は涼しく、夕空の景色も味わいのある季節です。風流な逢瀬を好む性分であれば、ますます心が華やぎます。もの思いにふける中の君にとっては、何かと忍びきれないことが多いのでした。ひぐらしの鳴く声を聞けば、宇治の山荘が恋しくてなりません。

「〝以前は何ごともなく聞いたひぐらしの声が、恨めしい秋の夕暮れだ〟」

この夜の匂宮は、まだ更けないうちに出て行きました。お供の先払いの声が遠ざかるにつれ、海人が釣りをするほど大量の涙にくれて、われながら憎い心根だと思いながら、中の君はうつ伏して聞き入ります。結婚の当初から、もの思いばかりさせられたと思い返し、匂宮が厭わしくさえなります。

（この妊娠だって、この先どうなるのだろう。たいそう短命な一族だから、私もお産で死ぬのかもしれない）

死んで惜しむ命ではありませんが、悲しくはあります。出産で死ぬのはたいそう罪深いらしいのにと、まどろむこともできずに思い明かしました。

その日は、明石中宮のお加減が悪いとあって、だれもが見舞いに参上しました。しかし、ただの風邪で深刻な病ではないと判明したので、右大臣は昼のうちに退出します。薫中納言を誘い、同じ牛車に乗り合わせて内裏を出ました。

今夜、婿君を迎える趣向はどうしよう、華美を尽くさなければと考えていますが、臣下の身では上限がありました。薫中納言には、婿の打診をした手前の気後れもありますが、それでも兄弟であり、一門にも他に見当たらないほど華やぎをもたらす人物なので、六条院の宴に誘ったのでした。

薫中納言はいつになく早ばやと到着しますが、六の君が他人の妻になったことも少しも残念に思わない様子です。身内の協力を惜しまぬ態度を見せ、右大臣はこっそり小憎らしく思いました。

宵を少し過ぎたころ、匂宮が姿を見せました。

寝殿の南廂、東寄りの場所に宴席をもうけます。御膳の台は八つ、乗せる皿も豪華なものです。さらに小さな台を二つ、脚つきの皿も華やかな品を選んで、結婚成立を祝う三日夜の餅を供えました。

右大臣がやって来て、ずいぶん夜も更けたからと、六の君の寝所に女房をさし向けます。匂宮は、新妻に夢中でなかなか出てきません。右大臣の北の方（雲居雁の君）の兄弟、左衛門督や藤宰相などばかりが席についていました。

ようやく出てきた匂宮の姿は、じつに見映えがしました。接待役の頭中将が杯をささげ、御膳が運ばれます。酒が二巡、三巡とそそがれました。

薫中納言がしきりに杯を勧めるので、匂宮は少しほほえみます。右大臣家は口うるさく、自分に合わないと語ったことを思い出したのでしょう。けれども、薫中納言はそ知らぬ顔でたいそう真面目にふるまっていました。東の対へも出向き、匂宮のお供の人々をもてなします。評判の高い宮人が多く来ていました。

今夜の祝儀に、四位の六人には女装束に細長を添えたものを、五位の十人には三重襲の唐衣を配ります。裳の腰紐の色合いまで身分を考慮してあるようです。六位の四人には、綾の細長、袴などを配りました。右大臣は、祝儀の上限が残念でならないので、染色や仕立てを極上の品にし、雑用をする役人や舎人には、前例が狂うほど盛大に褒美を与えました。

薫中納言の従者の中には、暗闇に紛れてたいして褒美をもらえない者がいたようです。三条邸にもどってため息をつくのでした。

「わが主人は、どうして穏当に、右大臣どのの婿君を承知なさらなかったのだろう。冴えない独り住まいでいらっしゃるものだ」

中門へ来てつぶやくのを聞きつけ、薫中納言はおかしくなります。夜も遅く眠かったので、匂宮の従者が酔って心地よげに眠りこけるのが、うらやましかったのでしょう。

寝床に伏せてから、今夜の宴を思い返しました。

(婿どのはきまり悪いだろうな。結婚の夜に親が仰々しく出てきて、近い親族とはいえ、何だかんだと灯火で明るく照らし出しては。それなのに兵部卿の宮は、勧められる杯をたいそう感じよく受けていらしたものだ)

匂宮の態度を好ましく思います。

(たしかに私であっても、自慢に思う娘をもっていたら、あの宮をさしおいては帝の後宮に入れることさえできないだろう。しかし、兵部卿の宮に娘を献上したいと思う人々のだれもが、または源中納言にと、私を並べて言うのだから、私の評判も捨てたものではないのかな。本当のところは、浮き世離れした年寄りくさい人間なのに）

そんなうぬぼれも感じます。

（帝がそれとなくおっしゃる降嫁の件が、事実になったら、これほど気が進まないのにどうすればいいだろう。名誉なことではあるが、どのような姫宮だろう。もしも亡き大君に似たおかただったら、結婚もさぞうれしいだろうに）

期待して考えるだけ、やはり関心はもっているようでした。

匂宮は、六の君の姿を昼の明るさで見て、ますます心を奪われました。ほどよく背丈のある整った容姿です。髪の下がり具合、額のはえ際がひときわ秀でて美しく、感嘆して見入ります。顔色は美しい色つやに満ち、厳かで高貴な目鼻立ちで、まなざしに気品があって愛らしいのでした。すべてを具えた美貌の姫君と言って過言ではありません。

年齢は二十を一つ二つ超えたところです。すでに幼くはなく、未熟で不備なところのない、鮮やかな盛りの花と見えました。

限りなく大事に育てられた姫君であり、技芸のたしなみにも不足がありません。これでは親が婿選びに懸命になるのもうなずけました。ただ、もの柔らかで愛敬のあるかわいらしさでは、まず中の君を思い浮かべました。六の君の受け答えは恥じらいつつも明晰で、何ごとも利発で才気を感じさせました。

側仕えには、容姿のきれいな若い女房三十人、粒ぞろいの女童六人を用意しています。ただの正装では見慣れているだろうと、装束によそにはない趣向をこらしていました。趣味に走りすぎるほどです。右大臣が、春宮女御になった大姫のとき以上にこの結婚に力を入れるのも、匂宮の評判や人気からでした。

それからのちは、匂宮も二条院へは気楽に出向けなくなりました。

軽々しく出歩ける身分ではないため、思い立つまま昼に出かけることはできません。六条院南の町（春の町）に、かつて住んでいたように住むようになり、日が暮れてからは、六の君の御所を避けて二条院に通うこともできないのでした。中の君には待ち遠しいことがたび重なりました。

（こうなるだろうと思ってはいたけれど、いざ現実となれば、こうまで残りなく心変わ

りをなさるとは。だからこそ賢明な人は、身のほど知らずに結婚して世間に出てきたりしないのだ）

宇治の山里を出てきたことが正気と思えず、かえすがえすも悔しくなります。

（やはり、どうにかしてこっそり帰ることができないだろうか。宮様に完全に背を向けるわけではなくても、しばらく自分の心を慰めたい。嫉妬や不満を態度に出すのは、よくないことだろうから）

思いあまって、恥じらいながらも薫中納言に文を出しました。

「先日の法事の様子、阿闍梨から詳しく承りました。ご厚意の名残が今も続いていなかったら、亡き宮はどれほどお気の毒だったかと思い、感謝のしようもありません。機会があれば、直接にもお礼を申し上げたく」

陸奥紙に、体裁をつくらず真面目に書いてありますが、美しい文字でした。ふだんの中の君は、返事の文にも遠慮して、親しさを示す言葉を書き添えたりしません。それなのに「直接にもお礼を申し上げたく」と書いてあるのがめずらしく、薫中納言はうれしくなります。心がときめくようでした。

匂宮が、派手好きな性分にまかせ、中の君を放っているのを気の毒に思っていたので、憐憫も感じます。何一つ色っぽい文ではないのに、手から放さず何度も読みふけりました。返事に取りかかります。

「拝読いたしました。法事の日は、聖のように身なりをやつしてこっそり参加しました。同行したいと思っていらっしゃることは、心に止めておりました。

名残とおっしゃるのは、私の亡き宮をお慕いする心が浅くなったかのようで、つらいと感じました。詳細は参上してお話しいたしましょう。かしこ」

白い紙で厚手のものに、実直な調子で書きました。

次の日の夕方、二条院へ出向きます。人知れず寄せる思いもあるため、むやみに身づくろいに気を配ります。なよやかな衣にさらに香を焚き重ね、芳香が際立ちすぎるほどです。使い慣れた丁字染めの扇の移り香さえ、たとえようのないすばらしさでした。

中の君も、薫中納言と明かした一夜を思い出さないわけではありません。真面目で誠実な人柄を、他の男には見られないものだったと思い返し、この人と結婚していればと思うこともあったでしょう。

すでに幼い年齢ではないので、恨めしい匂宮の態度と引き比べ、何ごとも薫中納言のほうが秀でて感じられます。そのせいもあり、いつも遠ざけているのでは申し訳なく、わきまえのない女と思われていると、この日は御簾の内側に通すことにしました。母屋の簾に几帳を添え、自分は少し奥に引き入って対面します。

　薫中納言が挨拶を述べました。

「はっきりお招きくださったわけではなくとも、いつになく訪問を許された喜びに、すぐにも参上したい思いでした。けれども、兵部卿の宮がお見えとうかがい、ご都合が悪くてはと今日にしたのです。長年お近づきを願った心が、ようやく通じたのでしょうか。隔てても少し薄らいで、御簾の中にお呼びくださるとは、めずらしいことがあったものです」

　中の君はやはり恥ずかしく、言葉も出ない気がしますが、たいそう慎ましげに言いました。

「法事の様子をうれしく聞いた胸の内を、ただ秘めるだけで過ごしていました。感謝の気持ちを、わずかでもどうにかできないかと悔しくなりまして」

　離れた場所で、絶え絶えにかすかな声で言うため、薫中納言はもどかしくなります。

「たいそう遠いですね。真剣にご相談して、ご意見をうかがいたい用件もありますのに」

それならばと思い、中の君が少しにじり寄る気配でした。薫中納言はそれだけで胸が高鳴りますが、うわべは落ち着きを保ちます。神妙な調子で、匂宮の心根は思った以上に浅かったようだと貶し、一方では慰め、あれこれ語り聞かせました。

中の君は、夫の恨めしさを口に出すべきではないので、世の中の憂いを語るようにつくろいます。言葉少なく言い紛らせながらも、宇治に少しのあいだ滞在したいと、切実な思いをこめて訴えました。

薫中納言は答えます。

「それはどうにも、私の一存では進められない事柄です。やはり、兵部卿の宮にただ素直に申し上げ、ご意向に従うのがよろしいでしょう。そうでないと変な誤解も生じて、軽率な行動とお考えになるかもしれず、たいへん困ったことになります。

宮のお許しが出るなら、道中の送迎を私がみずからご奉仕することに、何の支障もありません。他の男と異なり、安心してまかせられる私の気質を、宮も十分承知しておられます」

そう言っておきながら、中の君と結婚せずに終わらせた後悔も忘れず、ところどころで昔を取りもどしたいとほのめかします。外が暗くなってきても客人が帰ろうとしないので、中の君は次第にわずらわしくなりました。

「それでは、体調もすぐれないので、また具合がよくなったときにでも」

そう言って奥へ入ろうとします。薫中納言は残念でならず、気を引こうと声をかけました。

「では、いつごろ宇治へお発ちになるご予定ですか。生い茂った道の草むらを、少し払わせておかなくては」

中の君は、動きを少し止めました。

「八月は過ぎてしまうでしょう。来月の初めにでもと思っています。ただ、本当にこっそりと行きたいのです。宮様にお許しをいただくのも大げさで」

答える声がたいそう愛らしく、薫中納言はいつも以上にかつての夜を思い出します。我慢できなくなり、寄りかかった柱の簾の下からそっと手を入れて、中の君の袖を捕らえました。

(やっぱり、このような。何と情けない)

中の君は言葉も出ません。無言でひたすら奥に下がろうとします。つかんだ袖に従い、薫中納言はなれなれしく半身を中に入れ、中の君に添い伏してしまいました。

「違いますよ。ないしょで宇治へ行きたいと思っておられるのがうれしく、聞きちがいか確かめたかったのです。知らない仲でもないのに、ずいぶん冷たいお心ですね」

恨まれても、中の君は答える気にもなれません。思わず憎くなりますが、何とか心を静めました。

「思いも寄らないお考えをお持ちです。女房たちがどう思うでしょう、あきれたおふるまいです」

なじって泣きそうになっています。いくらか当然だと、かわいそうにもなりますが、薫中納言は言いました。

「これは責められることでありません。このような対面は、過去にもあったと思い出しませんか。亡き大君（おおいきみ）のお許しまであったのに、不届きだと思っておられるのは、かえって分別のないことですよ。あなたがいやな好色なことをするつもりはありません。安心していただきたい」

穏やかに優しくなだめます。一方で、この数か月悔（く）やみ続け、胸に苦しいほど慕わしさがつのったことを長々と訴えもします。いつまでも放してくれそうになく、中の君は途方に暮れました。ひどい仕打ちと言うにもあまり、見知らぬ男に強制される以上に恥ずかしく、ついに泣き出しました。

「どうしてお泣きになる。なんと幼い」

そう言いながらも、中の君があくまで愛らしいまま、慎み深い気高さは格段にまさったのを知ります。それをみずから他人の妻に仕向け、今になってつらく思うのが悔しく、薫中納言も声を上げて泣くのでした。

女房が二人ほど控えていましたが、無関係な男が侵入したなら急いで近寄っても、前から親密で同意があるのだと考えます。そばで目をこらしては気まずいと、そ知らぬ顔で奥へ下がりました。中の君には気の毒なことでした。

薫中納言は、過去を悔いる思いもこらえきれず、欲望を抑えられない気がしますが、かつても稀に見る自制心を発揮した人物です。やはり、中の君を意のままに扱うことはできませんでした。このようないきさつは、こと細かに続けられるものではありません。会った甲斐のない結果とはいえ、人目を考えて思い留まり、外に出ました。

まだ宵のうちと思ったのに、すでに暁近くになっています。怪しむ人がいるのではと気づかうのも、中の君の評判を案じてのことでした。

（体調が悪いと聞いていたが、もっともな話だ。たいそう恥じる妊婦の帯を見てしまい、気の毒になったことが、何もしなかった理由の大半だ。いつになっても間抜けな性分だな、私は。

とはいえ、むりやり心ないふるまいをするのは、さらに不本意だ。激情から強制して関係を持っても、その後の逢瀬は簡単にはいかないのだ。危険をおかして密会するのも苦労が多く、あの人は、夫と私の双方に苦悩するだろう）

冷静に考えますが、その間も恋しさは紛れようもないので困ったことでした。思いを遂げずに終わらせることはできないと思うのも、まったく矛盾した心です。

以前より少しほっそりし、上品でいじらしかった中の君の姿が心を離れず、今もそばに寄り添っている気がします。他のことが考えられません。

（宇治へ帰りたくてならない様子だったから、つれて行ってあげたいが、兵部卿の宮が許可をくださることはあるまい。内密につれて行くのも不都合だ。どうもっていけば他人の目につかず、思いを遂げられるのだろう）

気もそぞろになって横になり、もの思いにふけりました。

まだ暗い明け方に、中の君への文を出します。例によって、外見は事務的な立文です。

「〝思いがかなわず、虚しくかき分けて帰る道の露が多く、昔を思い出す秋の空だ〟

あなたのお心をつらく感じるのも、冷淡にされる理由を知らないからです。お話ししようもありません」

中の君は、返事なしでは女房たちが見とがめるのが苦しく、ただ書きつけました。

「拝読いたしました。たいそう気分が悪く、お返事が書けません」

あまりにわずかだと、薫中納言はわびしくなります。面影ばかり恋しく思い浮かべました。

中の君も少し男女のことを心得たせいか、あれほど薫中納言をひどいと思っていても、やみくもに嫌い抜いたりせず、洗練された気高さがそなわっていました。自分を優しくなだめて帰したたしなみ深さを思い返し、こしゃくで悲しく、あれこれ思いがつのります。すべての面で、宇治の当時より魅力が増したと思えるのでした。

（いや、なに、兵部卿の宮がすっかりお見限りになれば、私を頼みにするしかなくなるだろう。その場合も、世間をはばからずに会うことはできないだろうが、忍んで通う愛人が他にいない私にとって、最愛の女人になるだろう）

こういつまでも考え続けるとは、おかしな心根でした。あれほど世の中をさとり、賢人ぶった態度をとっていても、男というのは情けないものです。

大君を失った悲しみはどうにも動かせないので、今はこれほど悩んでいません。中の君の今後ばかり思いめぐらします。今日は匂宮が二条院を訪れたと、人が言うのを聞いても、後見人の立場は忘れ去り、胸がつぶれるほどうらやましいのでした。

何日も留守をしてしまった匂宮は、そういう自分自身を憎む思いで、突然二条院へやって来ました。

（不快な態度をお見せしたりするまい。宇治へ逃げ帰ろうにも、頼みにした人物は不届きな心を持っていたのだから）

中の君はそう考えますが、この世のどこにも自分の居場所がないと思えます。

（やはり情けない身の上なのだ。だから、短命な命を終えるまで流れに身をまかせ、せ

めて、人からは温和に見えるように過ごそう）

そう心に決め、可憐で愛らしい態度で夫をもてなしました。匂宮はますますいとしくなり、またうれしく思って、訪問を怠ったことをいつまでも詫びました。中の君は少しお腹が大きくなり、昨日恥じた妊婦の帯が結われた様子もいじらしいのです。匂宮はこのような人を間近に見たことがなかったので、新鮮にさえ思いました。

気の抜けない六条院の御殿で過ごした後なので、二条院のすべてが気楽で居心地よく思えます。その快さのまま、この上ない愛情を尽きることなく誓い続けました。中の君は、男はみなこうして口先ばかり上手なのだろうかと考えます。

ぶしつけなふるまいに出た、薫中納言のことも思い出します。

（長年、情け深い人として親しんではきたけれど、男女の方面では、あのような接し方をしてはならないのに。私をだましだまし、よくも中に入って来たものだ。亡き姉上とは、契りを結ばないまま過ごしたとおっしゃるから、何とも稀なお心がけだと、打ち解けたりしてはいけなかったのだ）

そして、将来を誓う匂宮の言葉に、本当かと疑いながらも心が傾くのでした。

これまで以上に薫中納言に用心しなくてはと考えますが、その点でも、匂宮が長く訪れないのはたいそう不安です。はっきり言わないものの、中の君が以前より離れがたい様子を見せるので、匂宮はさらにいとしさがつのりました。

しかし、そのとき、中の君の衣の移り香に気づきます。ありふれた香を焚きしめたものではなく、その人の薫香とはっきり嗅ぎ分けられる匂いでした。香には敏感な匂宮なので、ただちにおかしいと感じ、薫中納言と何かあったのかと問いただしました。

疑いが的外れでもないため、中の君は、どう説明したらいいか困りはてました。匂宮は胸が騒ぎます。

（やはり、そういうことか。きっとそんなことが起こる、あの中納言に中の君への下心がないはずがないと、ずっと案じていたことだった）

中の君は下に着る単衣まで脱ぎ変えていたのですが、思った以上に体に染みついていたのでした。

「この様子では、残りなく身を許したんだろう」

匂宮があれこれあからさまに言い続けるので、情けなくて身の置きどころもありません。

「私はあなたを特別に思っているのに、自分から先に私を捨てようとは。そんなふうに裏切って平気な、身分の卑しい女人ではないだろう。私は何も、あなたに浮気をされるほど長い留守をしていただろうか。思ってもみない薄情なご気性だ」

ここに再現できないほど気の毒なことを言い続けます。中の君は何一つ弁解しようとしません。匂宮にはそれもしゃくに障ります。

「〝他の男となじんだ袖の移り香を、私は身にしみて恨めしいと思ったものだ〟」

中の君は、あきれることばかり言う匂宮に、どう応じていいかわからないのでした。それでも、返歌だけはと詠みました。

「〝深くなじみあった仲だと頼みにしたのに、移り香程度で見捨てられるのだろうか〟」

泣きながら言う中の君は、どこまでも可憐でした。

これだから薫中納言の心も惹きつけるのだと、匂宮は穏やかならず、自分もはらはらと涙をこぼします。感情豊かな気性のせいでした。中の君が真に過ちを犯したとしても、いきなり嫌い抜いてはいません。美しくいじらしい姿を見れば、どこまでも恨み通すことはできず、恨み言を中断して機嫌を取ったりするのでした。

次の日は、二人でくつろいで朝寝をしました。匂宮の洗面の水や朝の粥も、西の対に運ばせます。

室内の調度は、六の君の御所に飾られた高麗唐土の綾錦と比べれば、よく見慣れた品に思えます。女房たちの装いにも萎えた衣が入り交じり、落ち着いた気持ちで見回せました。

中の君は、なよやかな薄紫の袿に撫子襲（表は紫がかった赤、裏は青か薄紫）の細長を着て、しどけない様子をしています。何もかも端正で非の打ちどころない六の君と引き比べますが、見劣りするとは思えません。

なじみやすく美しいと感じるのは、寵愛が深いからこそでしょう。かわいらしくふくよかだった体つきが、今では少し細身になり、肌はますます色白に冴えて、上品に美しいのでした。

移り香の事件など起こらなくても、中の君の愛敬があって可憐な性質に、他の女人以上の魅力を感じていた匂宮です。兄弟でもない男が親しくつきあい、いろいろな機会にこの人の声や気配になじんでは、何ごともなく過ごすものではない、必ず恋心を抱くだろうと、自分の多情な心に照らして考えています。

そのため用心を怠（おこた）らず、薫中納言の文（ふみ）にもその兆（きざ）しがないかと、中の君の御座所（ござしょ）の厨子（ずし）、小唐櫃（こからびつ）をさりげなく探してもいました。けれども、これまでは何も見つかりませんでした。そっけなく短い平凡な文が、特別に扱われるでもなく、他のものに入り交じっています。届いた文はこれだけではないと疑っていましたが、今朝はいっそう気になります。無理もないことでした。

（源中納言（げんちゅうなごん）の容姿は、見る目のある女人なら必ず心を奪われるものだ。どうして中の君が無視することがある。似合いの美しい男女なのだから、双方で思い合っているのだろう）

そう思いやれば、気が滅入（めい）って腹立たしく、妬（ねた）ましくなりました。まだまだ気が収まらないので、その日は出かけられません。六条院には、文だけを二度三度と届けさせました。

「短いあいだに、それほどお言葉が積もるものかしら」

老いた女房の中には、こぼす者もいました。

薫中納言は、匂宮が二条院にずっと籠もっていると聞き、心やましく思います。

(どうしようもない。これは私の心が愚かだから悪いのだ。安心して暮らせるようにと、兵部卿の宮との結婚をお勧めしたはずなのに、こうも恋い慕うほうがおかしいのだ)

強いて思い直し、何であれ匂宮が見捨てずにいたことはうれしいと考えます。中の君の女房たちの衣が、体にまといつくほど萎えていたことを思い出し、母の宮の御所に出向きました。

「適当な衣料の持ち合わせがあるでしょうか。ちょっと用立てたいのですが」

「いつもどおり、来月の法事の寄進用に白い品があるでしょう。染めたものは特に置いていませんが、急いで染めさせましょうか」

「それには及びません。たいした用途ではないので、今あるもので」

薫中納言はそう答え、三条邸の御匣殿(衣服の縫製所)に問い合わせて、女房装束の材料を数多くと細長などもそこにあるだけ、染めていない絹や綾の反物もいっしょに添えました。中の君が着るであろう衣料は、自分用に用意されたものから、光沢美しく打った紅の絹や白い綾など、幾重にも重ねます。女人用の袴の材料はないはずなのに、どういうわけか腰紐が一組あったので、結んで文に添えました。

「〝結んだ縁が私とは異なる下紐を、ただ一筋に恨んだりするだろうか〟」


大輔の君という年配の女房と以前から親しくしていたので、送り先にしました。

「とりあえずの見苦しい品なので、ふさわしくつくろってください」

などと言い送ります。ひっそり届けられた品物とはいえ、中の君の御料は箱入りで、包み飾りも見事なものでした。

中の君には見せませんが、こうした薫中納言の心づかいは毎度のことであり、大輔の君も慣れています。よけいな気を回して返すものではなく、何も考えずに女房たちに配りました。それぞれに衣装を仕立てさせます。若い女房で女主人の側近く仕える者は、とりわけ身なりを整えさせるべきです。下仕えの中で着古したものを着ている者にも、白い袷など派手にならない品を着せたので、かえって感じがよくなりました。

薫中納言以外のだれが、こうした生活面まで気づかうかと思われました。

匂宮は、深い愛情をもって不都合がないようにと思っても、細かな暮らし向きまで、どうして思いやることができるでしょう。この上なく人々にかしずかれて当然な身分で、生計が貧しいことのわびしさなど、この世にあるとも知らないのです。無理もないことではありました。

風流な美に感動の寒気を覚え、花の露をもて遊んで暮らすのが世の中と思っています。そのわりには、愛する人のため、時には実生活を考慮することを覚えました。しかし、それすらもったいなく稀なことであり、匂宮の乳母には、そこまでしなくてもと非難する者もいます。

中の君は、女童などに見苦しい衣装を着た者が交じるので、恥ずかしく思っていました。かえって気苦労の多い住まいだと、人知れず思わなくもないのです。とりわけ最近は、世間に鳴り響く六の君の華麗な暮らしぶりに比べ、元から二条院に仕える女房の目にもみじめに映るだろうと悩み、嘆かわしいのでした。

薫中納言は、その心をしっかり推し量っています。

（なじみのない家への進物には、ありあわせのこまごました品を送るのはみっともない

だろうが、中の君を軽んじるわけではない。あつらえて仕立てた大げさな贈り物では、かえって不審に思う者が出るからだ）

その後に、改めていつものように立派な女房の装束や、中の君のための小袿を織らせ、綾の布などを送るのでした。

薫中納言とて、匂宮に劣らないほど何一つ不自由なく育てられています。極端なほど気位高く、俗世を問題にせず、高貴な人の心根をもっています。けれども、亡き八の宮の宇治の住まいを見知ってからは、生計が立たないわびしさは格別なものだと胸にしみ、深く思いやることを知ったのでした。薫中納言ほどの貴公子には、不憫でさえある感化と言えました。

こうして、中の君が安心できる後見役でいようと努めますが、面影は心を去りません。文にこれまでより熱を入れ、ともすれば隠しきれない恋心を匂わせました。ますます悩みの増える身だと、中の君は嘆くのでした。

（これがまったく知らない男ならば、正気の沙汰でないと軽蔑して突き放せる。けれども、宇治にいたころから身内でもないのに頼ってばかりいたお人と、今になって不仲になるのは外聞だって悪いだろう。

あのかたの、表だって見せないご厚意とご援助には、この私だって感じ入っている。けれども、心の通じた仲のように交際するのは気が引ける。どうすればいいのだろう）などと、さまざまに思い乱れるのでした。

そばに仕える女房で、多少話のわかりそうな若い者は、みな新参の女房です。気心の知れた者といえば、宇治から出て来た年寄りだけです。同じ立場で同じに考え、親しく相談できる人がいないまま、亡き大君を思い出さない日はありませんでした。

（姉上が生きておられたら、中納言どのもこのような気を起こさなかっただろうに）

思えば悲しく、匂宮のつらい態度以上にこのことを苦しく思いました。

薫中納言は、どうしてもこらえきれず、匂宮が留守のひっそりした夕方に二条院を訪ねました。中の君は、外の簀子に客人の敷物を置かせました。女房を通して伝えます。

「体の調子がひどく悪いので、お話ができません」

あまりにつらくて涙がこぼれそうになります。薫中納言は人目をはばかって涙を紛らせ、伝えました。

「ご病気の折には、見知らぬ僧でもおそば近くに仕えるものを。せめて医師(くすし)の扱いにでも、御簾(みす)の中に控えることができないでしょうか。こうした人づての挨拶(あいさつ)では、来た甲斐(かい)もない思いです」

客人の不愉快そうな様子を見て、前回の親密さを知っている女房たちは、たしかに簀子の座席は失礼だと考えました。内側の母屋(もや)の簾(すだれ)を下ろし、夜居(よい)の僧の座席となる廂(ひさし)の間に、薫中納言を入れてしまいます。

中の君は、本当に気分も悪かったのですが、事を荒立てて女房に逆らうのもよくないと考えました。しぶしぶながら少し膝をすべらせて前に出、薫中納言と御簾越しに対面します。

かすかな声で、ときおり話す中の君の気配は、病(やまい)が初期のころの大君(おおいきみ)を真っ先に思い出させました。薫中納言は不吉に感じて悲しく、目の前が暗くなる思いでした。すんなり語ることもできず、心を静め静め話しますが、中の君がたいそう奥のほうに座っていることも、ずいぶんつらく思えました。

中の君は、薫中納言が御簾の下から手を入れ、几帳(きちょう)を少し押しやるのに気づき、この前のようになれなれしく近寄るつもりだと察します。苦しく迷惑なので、少将(しょうしょう)という女房を呼び寄せて言いました。

「胸が痛むの。しばらく押さえていて」

それを聞いた薫中納言は、ため息をつきます。

「胸を押さえていては、息苦しいものを」

言いながら居ずまいを正すのだから、実際油断がならないのでした。

「どういうわけで、これほどいつもお体の調子が悪いのでしょう。人に聞いたところ、おめでたで具合が悪くなるのはしばらくの間で、時期を過ぎれば気分のいいときもあると教えられました。あまりに子どもっぽく気にしていらっしゃるのでは」

薫中納言の言葉に、中の君は恥ずかしくなります。

「胸は始終こんな具合に痛むのです。亡き姉君も同じでいらっしゃいました。長く生きられない人はこういう症状を見せると、人も言っているようです」

(たしかに、だれ一人千年の松にはなれない世の中だ)

切なく思った薫中納言は、少将の君が聞いているのもかまわず、昔から慕っていたことを語り続けました。しかし、中の君の耳にだけそれとわかるよう工夫し、他人が聞いて体裁の悪いことは口にしません。聞こえよく感じのいい言い方で通したので、少将の君は、何とすばらしい女主人への心づかいだと聞き入っていました。

何ごとにつけても、亡き大君を思い出してばかりなので、薫中納言は言います。

「幼少のころから、俗世を捨てて出家したいとばかり思う習性でした。けれども、前世の宿縁があったのか、そう親しく接しないながら大君をお慕いし始めて、この一事だけは、本望だった聖の心得に反してしまったようでした。

あのかたを亡くした心の慰めに、あちらこちらの女人とかりそめの関係を持ち、人柄を知って、気が紛れることもあろうと思っていたのですが、やはり大君の他には心にかなう人がいません。

あれこれ思いあまると、心惹かれるあなたへの気持ちに毅然としてもいられず、好色な態度と誤解しておられるかと気後れがします。けれども、不届きな心根があるなら失礼なことでしょうが、ただ、このように、ときどき思うことを語ったりお聞きしたりして、隔てなく言葉を交わすことを、だれがとがめるでしょう。

世間の男とは違う私の性分は、すべて他人に非難されるものではありません。だから、安心してくださらないと」

途中で恨み言になったり泣いたりするのでした。中の君は言います。

「安心できなく思う私でしたら、他人の目には変だと映るほど、こうして親しくお話しするでしょうか。長年、何かにつけてのご厚意を見知っているからこそ、兄弟でもないのに頼みにするお人として、今では進んでお手紙までさしあげるのです」

「そのようなことがあったとも思えないのに、たいそうにおっしゃるのですね。では、このたびの宇治行きには、かろうじて私をお使いになるのですね。それも、たしかに私の厚意をご存じだからこそと思い、おろそかにしないつもりです」

薫中納言は言い、まだ恨めしげでしたが、そばで聞く女房もいるので、思うようには言葉にできませんでした。

ぼんやり外をながめれば、だんだん暗くなってきて、虫の声ばかりよく響きます。山のほうはやや暗く、ものの見分けがつきません。そんな中、しんみりと柱にもたれて座り続ける人も厄介だと、中の君は内心思っています。

薫中納言は「〝恋しさの限りだにある世なりせば〟」と、古歌をひっそり口ずさんでから言いました。

「思いあぐねています。亡き人を慕って泣ける〝音無しの里〟を求めたいものです。宇治の里あたりに、寺を建てるほどではなくとも、大君に似せた人形を作り、絵にも描き表して、供養を行いたいと思うようになりました」

中の君が答えます。

「心打たれるご発願ですが、御手洗川の禊ぎに、穢れを移して流し捨てる人形が思いやられて、亡き人がおかわいそうです。似姿の美醜を黄金の賄賂で左右する絵師のいた、唐土の故事も不安になりますし」

薫中納言も同意しました。

「そうですね。人形の匠も絵師も、私が満足する品を作れたりするでしょうか。近世には、仏像のあまりの見事さに、天から花を降らせた匠もいると聞きますが、そのくらい超人的な技をもつ匠がいればいいものを」

さまざまな形でどうしても大君が忘れられないことを示し、ため息をつく薫中納言でした。その思いの深さに、中の君も気の毒になります。少しばかり近くへにじり寄りました。

「人形の話のついでに、おかしな、いつもなら思い出さないことが浮かびました」

その気配がいくらか親密だったので、薫中納言はうれしくなります。

「どんなことでしょう」

言いながら几帳の下に手を入れ、中の君の手を捕らえました。わずらわしいものの、中の君は、相手のこうした心をなだめて無難な関係を築こうと考えます。少将の君が思うことも気になるので、何ごともないように通しました。

「長年、この世にいるとも知らなかった人が、この夏ごろ、遠い田舎から上京したためにいるとわかったのです。疎遠には思わなくても、急にぶしつけに親しめるものではないと考えていたのですが、先ごろ訪ねてきて。すると、不思議なほど亡き姉君のお姿に似た人だったので、思わず心を打たれました。

中納言どのは私を姉君の形見とお考えになり、おっしゃることもありますが、女房たちは姉と妹で何ごともまったくかけ離れていると、見る人見る人申します。なのに、そこまで近くない人が、どうしてあれほど似ていたのやら」

薫中納言は、夢の話を聞く思いでこれを聞きました。

「わざわざあなたを頼ってきたのは、そうする理由があったからでしょう。どうして今まで一言もふれてくださらなかったのです」

「それが、理由もどういうことなのか、私にもよくわからないのです。亡き父の宮は、私たち姉妹があてもなくこの世に残され、さすらうことばかり心残りに思っておられたと、今は一人残った身で心にしみて思っております。その上、都合の悪いことが加わって世間の耳に入っては、父の宮があまりにお気の毒です」

その言い方で薫中納言も、八の宮が生前密かに通じた女人がいて、忘れ形見を生んでいたのではと推察しました。大君に似ていたという血のつながりが気になります。

「そこまでおっしゃったなら、最後まで打ち明けてください」

せがみますが、中の君も気がとがめて細かく言いませんでした。

「探すおつもりがあるなら、だいたいの居場所をお話しすることもできますが、詳しくは知らないのです。それに、あまり細かにお話ししてしまっては、失望なさることになるかもしれません」

「たとえ海の中だろうと、大君の魂のありかを探すためなら、私は一心に進むでしょう。その人のことは、そこまで思いつめる必要はなくとも、心を慰める方法もないよりはと思い立った人形の願いです。よく似たお人であれば、どうして宇治のご本尊に見なさずにいられるでしょう。もっとはっきりおっしゃってください」

性急に責め立てられ、中の君は言いました。

「どうでしょう。父の宮がお認めにならなかった人のことを、これほど漏らすのも口の軽いふるまいですのに。超人的な技の匠をお求めになるおいたわしさに、つい、このように。

たいそう辺鄙な土地で長年過ごしたことを、母親である人が嘆かわしく思い、強引に連絡をよこしたのです。そっけない返事はできずにいたところ、訪ねてきたのでした。ちらりと見ただけのせいか、思った以上に何ごとも見苦しくないお人のようでした。

母親は、娘の将来をどうしたらいいか悩む様子でしたが、宇治の仏に見立てられるのであれば、この上ないことでしょう。けれども、そうまでお考えになるのもどうかと」

薫中納言には、中の君がさりげなくこんな話を聞かせ、しつこく自分に言い寄るのをやめさせようと考えているのがわかります。恨めしいとはいえ、さすがに心が痛みます。しかし、一線を許すまいと強く念じながらも、あからさまな拒絶を示さないのは、自分の真情を理解するからかと胸がときめきました。

夜がたいそう更けゆくので、御簾の中にいる中の君は、女房の目もいたたまれなくなります。薫中納言が油断した隙に、奥へ入ってしまいました。

当然のことだと思っても、どうしても恨めしく、やり場のない思いでした。涙がこぼれるのがみっともないので思い乱れますが、ここで激情にかられるのも見苦しいことです。中の君ばかりか自分のためにもつまらないので、思い直し、いつも以上にため息がちにその場を去りました。

（こうも中の君を思い続けては、この先私たちはどうなってしまうのだ。なんとつらいのだろう。どうもっていけば、世間に非難されない形で、この苦しい胸の内を癒やすことができるのだろう）

薫中納言は悩み続けます。これまで切実な恋の場数を踏んでいないため、自分にも相手にも都合の悪いことをむやみに空想して夜を明かしました。

（大君によく似ていたという女人だが、事実を確かめることができるだろうか。八の宮に認知されない程度の身分なら、私が言い寄るのも難しくないだろう。だが、望みどおりの人でなかった場合は、わずらわしい目を見ることになる）

そう考えるので、探し求める決心はつきませんでした。

宇治の山荘を長らく訪れないと、ますます大君の思い出が遠ざかる気がして、どこかわびしくなります。九月二十日あまりに宇治へ出かけました。

ますます風が吹きすさび、荒々しく冷たい水音だけを宿守にして、人影も見えない山荘の有様でした。見れば胸がふさがり、悲しさが尽きません。弁の尼を呼び出すと、襖の入り口に青鈍色の几帳を立てて応対しました。

「恐縮ながら、人前に出せる姿ではありませんので」

そう言ってじかに会おうとしません。薫中納言は、目に涙をいっぱいにためて言いました。

「どれほど淋しく追憶にふけるかと思いやり、同情してくれる人のいない昔話をしにきたよ。年月ははかなく過ぎていくものだ」

老いた弁は、ましてこらえきれずに泣きました。

「この季節は、亡きおかたが妹君のご結婚に悩まれ、憂いにふけっていらした時期と思い出します。追憶はいつだろうと悲しいけれども、秋風はことさら身にしみて悲しく思えるようです。姫様が悲観なさったとおりになったと、兵部卿の宮のご結婚をほのかに伝え聞いても、思うことはさまざまで」

「どんなことも、長生きしていれば好転する面もあるのに、あのかたが失望して思い沈んだまま亡くなったことが、自分の過ちのように悲しいよ。兵部卿の宮と右大臣の姫君の件は、お立場から当然のなりゆきだ。けれども、中の君(なかのきみ)への愛情に心配はないと見えるし、人の噂(うわさ)も聞かないよ。

何度も言うが、だれもが死んで煙になるのを逃れられない現世(げんせ)とはいえ、大事な人に先立たれるのは、何と甲斐(かい)のないことだろう」

そう言って、薫中納言もまた泣くのでした。

阿闍梨(あじゃり)を呼んで、法事(ほうじ)の折に寄進(きしん)した経典(きょうてん)や仏像の話をします。そのついでに言いました。

「この山荘を訪れても、益もない悲しみに心を乱すばかりなので、八の宮の寝殿(しんでん)を解体し、山寺のかたわらに御堂(みどう)を建てようと思う。同じことならすぐにも始めたい」

堂の数はいくつ、廊(ろう)や僧坊(そうぼう)などはこのようにと書き出し、示しました。

「じつに尊いことです」

阿闍梨も同意しました。薫中納言は続けます。

「亡き宮が風雅(ふうが)なお住まいに造り上げたものを、取り壊すのは非情に思われるかもしれない。だが、あのかたのご意向は功徳(くどく)を積むほうに傾きながら、残された姫君たちを案じるあまりに、寄進をお決めになれなかったのではと思う。

今は兵部卿の宮の北の方（中の君）が残っておられるので、山荘の地所は宮の所領と言うべきものだろう。ここにそのまま寺を建てるわけにはいかない、私の一存ではできないことだ。それに、場所柄も川筋に近く、人目が多くふさわしくない。やはり寝殿を取り壊して、よそに造り替えるのが良策だ」

阿闍梨は言いました。

「何から何まで、たいそう賢明で尊い御発案です。昔、死に別れた妻を恋するあまり、遺骨を包んで長年首にかけていた男も、仏の御方便によって骨の袋を捨て、最後は聖の道に入ったと言います。この寝殿をごらんになるたびお心を揺さぶるのでは、仏道の怠りに通じましょう。また、御堂の建設は、あなた様の後世の善根にもなるでしょう。急いで工事にかかります。暦博士に問い合わせて吉日をうかがい、心得のある匠を二、三人呼んでいただければ、細かな部分まで経典の教えどおりに行わせます」

あれこれ相談を終え、荘園の人々を集めて、阿闍梨の言葉に従うよう言い置きます。あっという間に日が暮れてしまったので、その夜は泊まることにしました。

山荘も今回で見納めになると、薫中納言は内部を見て回ります。仏像はすべて山寺に移した後なので、弁の尼の仏具だけが置いてありました。いかにもわびしい住まいなので、どうやって暮らしているのかと哀れになります。

「この寝殿は、建て替えることになる。御堂が完成するまで、あちらの廊で暮らしなさい。都にいる中の君にわたすべき品があれば、荘園の者を呼んで届けさせなさい」

などと、弁の尼に実務的なことを語ります。薫中納言も他の場所では、これほどの年寄りをひいきにしないものですが、夜も自分のそばに寝かせ、昔話をさせました。他には聞く人もなく安全なので、弁の尼は、故権大納言（薫の実の父、柏木）の思い出をこと細かに語りました。

「ご臨終の間際に、初めてのお子がお生まれになったと知り、ひと目見たいと思っていらしたご様子が思い出されます。思いも寄らぬ晩年になって、こうしてお目にかかることができ、生前に親しくお仕えした果報が現れたのかと、うれしくも悲しくも思えます。情けない寿命の長さで、さまざまなことを見聞きし、思い知ることが多いのも恥ずかしくつらいことです。

　中の君からも、私にときどき都に出てくるよう、様子も知らせず閉じ籠もるのは、ずいぶん疎遠な態度に思えると、ときどき伝言をいただきます。けれども、出家した縁起の悪い身では、阿弥陀仏の他に会いたいと思うおかたもいなくなりました」

亡き大君の思い出話は、さらに尽きることがありません。生前の過ごし方、どんなときにどんなことを言ったか、花や紅葉(もみじ)を見てさりげなく詠(よ)んだ歌なども、ふさわしい口ぶりで語りました。

年寄りの震(ふる)え声ではありますが、薫中納言は、少女めいて口数少ない大君も、風流で情感の濃(こま)やかな一面があったと聞き入ります。ますます偲(しの)ばれるのでした。

（中の君は、もう少し当世風に華(はな)やかな女人だが、心を許さない相手にはそっけなくする性分のようだ。私に対して心をこめて親切にもてなしはするものの、これ以上関係を深める気はないらしい）

心の内で、姉妹を比べてみるのでした。

話のついでに、例の大君によく似た人を持ち出します。すると、弁の尼は言いました。

「その人が、最近も都に留まっているかどうかは、私も存じませんが。人づてに聞いた話ですと、亡き八の宮がまだ宇治にお住まいになる前、北の方がお亡くなりになった時分のことだそうです。中将(ちゅうじょう)の君(きみ)という身分の高い女房(にょうぼう)で、気立ても悪くない者が仕えていて、宮様はたいそう内密(ないみつ)に、かりそめの関係をもたれたのだそうで。

それを知る人はいなかったのですが、中将の君が女の子を出産すると、覚えがおありだった宮様は、わずらわしく厄介にお思いになって、その後は二度とお召しにならなかったそうです。そして、色恋にはすっかり懲りてしまわれ、ほとんど聖のようにおなりだったので、中将の君は気づまりになって女房を下がりました。

その後、陸奥守の妻になっていましたが、ある年上京して、そのときの赤子が健やかに大きくなったことを、こちらにもそれとなく伝えてきたのです。お聞きになった宮様は、このような消息を知る必要はないとおっしゃり、かえりみもしなかったので、甲斐もなく嘆いたことでした。

それから、夫が常陸介となって再び地方に下って行き、ここ何年も音沙汰がありませんでした。この春ごろ上京して二条院を訪ねてきたとは、ほのかに聞いておりました。かの娘御は、二十歳ほどになったと思います。たいそう愛らしく生まれついたことが悲しいと、ひところは文にも書きつらねてありました」

詳しい事情を聞き知った薫中納言は、どうやら八の宮の御子なのは事実らしい、会ってみたいと思うようになりました。

「大君のお姿に少しでも似ている人なら、知らない国だろうと探しに行きたいと思う。八の宮はお認めにならなかったが、異母妹ではあるのだね。ことさらでなくても、その人が宇治に便りを寄こすことでもあったら、私がこう言っていたと伝えてほしい」

薫中納言が言うのを聞き、弁の尼は言いました。

「母親の中将の君は、亡き北の方の姪御にあたる人です。この弁とも遠くない血縁があるはずですが、かつては別々の家に仕えていたので、親しく見知ってはいません。

先日、都から大輔が伝えてきたところでは、かの娘御が、せめて亡き宮の墓参りをしたいとお考えだったそうで、その心づもりをしろとありました。けれども、まだ特に便りはありません。もしも連絡があったら、そのとき仰せ言を伝えましょう」

夜が明けると、帰る前に、昨夜遅れて届いた絹や綿などを阿闍梨に送りました。弁の尼にも与えます。法師たちや、弁の尼の使いをする下々の者にまで、麻布などを取り寄せて与えました。生計の不安な住まいですが、こうして薫中納言が訪問して世話をするおかげで、それなりにきちんと暮らし、心静かに勤行を続けているのでした。

木枯らしが耐えがたいほど吹き抜け、梢に残る葉もないほど紅葉が散り敷いて、踏み分ける道も見えないほどです。景色をながめ、薫中納言はすぐにも出発しようとしません。枝ぶりの見事な深山木にからんだ蔦が、まだ紅葉を残しているのを見つけ、少し引き取らせて、中の君に送ろうと持ち帰らせます。

「〝宿り木（宿りき＝かつて泊まった）と思い出すこともなければ、木のもとの旅寝はどんなに淋しいだろう〟」

独り言に詠むのを聞いて、弁の尼が応じます。

「〝荒れ果てた朽ち木のもとを、宿り木と忘れずにいてくれることも悲しい〟」

あくまで古めかしい詠みぶりですが、風情にふさわしい歌ではあるので、わずかに慰めに思いました。

中の君に蔦が届いたのは、匂宮がいっしょにいるときでした。

「南の宮（三条邸）からです」と、女房は何も気にせずに持ってきます。中の君は、またわずらわしい恋文が来たかと気まずく思いますが、隠しようもありません。

「きれいな蔦の紅葉だな」

匂宮は意味ありげに言い、女房を呼び寄せて手に取りました。蔦に添えられた文があります。

「近頃はいかがお過ごしでしょうか。宇治を訪ね、ますます朝霧に迷うこの世の憂さを感じました。いずれうかがってお話ししましょう。

山荘の寝殿を、山寺のそばの御堂に建て替えるよう、阿闍梨に依頼してきました。あなたのお許しを得てから、移築を始めるつもりです。弁の尼に、しかるべき指示をお言いつけください」

などと、書いてありました。

「よくまあ、無難な文を書くものだな。私が来ていると知っているんだろう」

匂宮は言いますが、いくぶん当たっているでしょう。中の君は、恋文ではなかったことにほっとしますが、やたらに勘ぐる発言が迷惑で、拗ねた顔で座っています。その様子には、すべての罪が許されそうな魅力がありました。

「返事をお書きなさいよ。見ないでいるから」

匂宮は端へ向きなおります。その言葉に甘えずにいるのも変なので、中の君は書きました。

「宇治をお訪ねになったとは、うらやましいことです。寝殿は、そのように建て替えるのがいいと私も思っておりました。改めて他の山奥に住みかを求めるより、あの山荘を荒らし果てずにおくつもりでした。お考えどおりに取り計らっていただけたら、たいへん助かります」

（こうして見ると、腹立たしい関係とは言えない交流のようでもあるが）

匂宮は思います。それでも、自分の性分に照らし合わすとただごとに思えず、安心できないのでした。

枯れゆく庭の植えこみに、尾花（ススキ）の穂が目立ち、手招きするように揺れて興趣がありました。まだ穂が開ききらないものも、露をつらぬく玉の緒のようです。はかなくなびく様子をながめれば、いつもながら夕風が心にしみる季節であり、匂宮は詠みました。

「〝穂のうわべに出さないもの思いがあるらしい。尾花が招く袖のたもとに露が多いのだから〟」

身になじむ程度に着慣らした衣に直衣だけを着て、琵琶を弾いています。黄鐘調の掻き合わせを情感豊かに弾きこなしたので、中の君は、心得のある楽器だけに拗ねていられず、脇息に寄りかかって小さな几帳の端から少し顔をのぞかせました。見とれるほど愛らしい様子です。

「〝秋（飽き）果てる野辺の景色に見る尾花の穂。ほのめかす風でその心が知られる〟

〝わが身ひとつの〟」

返歌して涙ぐみ、泣き顔も気まずいので扇で紛らせようとしました。その胸の内をいじらしく推量できますが、匂宮は、こうまで魅力的だから薫中納言もあきらめないのだろうと、恨めしいのでした。

菊の花々は、まだ白から紫に色変わりしていません。手入れの行き届いた庭のため、かえって進行が遅いのです。しかし、どういうわけか一本だけ美しく色変わりした花があり、匂宮は、命じてその菊を折って来させました。

「花の中にひとえに菊を愛するにあらず」

古い詩を吟じて言いました。

「昔、嵯峨帝の親王が花を愛でた夕べだったな。天人が舞い降りて、親王に琵琶の秘曲を授けたというのは。何ごとも浅くなってしまった今の世はつまらないものだよ」

匂宮が琵琶を弾くのをやめてしまったので、中の君は残念に思いました。

「心がけは浅くても、昔の技を伝えることにおいては、今の世も浅くはないのでは」

知らない曲を聞きたく思う様子に、匂宮は言いました。

「それなら、一人で弾くのは淋しいから伴奏してくれないか」

女房を呼び、箏の琴を取り寄せて弾かせようとしますが、中の君は遠慮して、楽器にさわろうとしません。

「以前はお手本とする人もいましたが、ものになるほど習得していませんから」

「この程度のことまで、隠し立てするのがいやだな。最近行くところ（六の君）は、まだあまり打ち解ける間柄ではないが、未熟な初心者なのに隠さず弾いてくれるよ。何であれ、女人は柔らかで素直なのが一番だと、あの中納言（薫）も言ったよ。彼にはこれほど遠慮しないのだろう、親しくつきあう仲らしいから」

真剣に恨み出すので、中の君はため息をつき、箏の琴を少し鳴らしました。弦がゆるんでいたので、盤渉調に調律します。掻き合わせをすると、爪音も美しく聞こえました。催馬楽の「伊勢の海」を歌う匂宮の声が上品に美しいので、女房たちは近い物陰に寄り集まり、ほおをゆるめて座っていました。

「二心あるおかたなのが恨めしいけれど、ご身分から無理もないのだから、やはりわが主人は幸運な女人と言える。このような待遇は考えられない山奥にお住みだったのだから。それなのに、再び宇治に帰りたいとおっしゃるとは困ったこと」

言いたいように言うので、若い女房たちが「お静かに」と止めるのでした。

琴の教授などをして三、四日籠もりきり、匂宮がもの忌みを口実に来ないので、右大臣家では不満に思います。内裏を退出した右大臣は、そのまま二条院を訪ねました。

「仰々しい格好で、いったい何をしに来たんだ」

匂宮は機嫌を悪くしますが、寝殿に戻って右大臣と対面しました。

「たいした用事もなかったのですが、二条院へ来ることも久しくなかったため、つい懐かしくなりました」

右大臣は昔の思い出を少し語り、そのまま匂宮をつれて屋敷を出ました。立派な子息たちや高位の宮人を多く従えています。権勢の大きさを見せつけられ、同等に並べるはずもないと、中の君は打ちのめされました。

のぞき見した女房たちは言います。

「なんと見目よい大殿様でいらっしゃるのか。ご子息も若い盛りでどなたも麗しいのに、そのだれもが及ばないお美しさとは、本当にすばらしい」

ため息をつく者もいます。

「これほど格の高いご様子で、わざとお迎えにいらっしゃるのが憎らしい。安心できないご夫婦だこと」

中の君自身もこれまでを思い返し、華やかな六の君との仲に加わることもできないと、身の上のつたなさがいっそう心細くなります。心の安らぐ宇治に引き籠もったほうが世間体もいいと、ますます思いました。こうして年も暮れました。

一月末日、中の君は陣痛に苦しみ出しました。

匂宮は経験がないため、どうなるのかと嘆き、あちらこちらの寺にさせていた安産の祈禱(きとう)をさらに増やしました。難産のようなので、明石中宮(あかしのちゅうぐう)も見舞いの使者を遣(つか)わします。

二条院に迎えられて三年目を迎えましたが、匂宮自身は寵愛(ちょうあい)が深くても、世間の人々は重く見ていませんでした。けれどもこの事態を聞き、急に多くの見舞い客が訪れるようになりました。

薫中納言(かおるちゅうなごん)も、取り乱す匂宮に劣(おと)らず出産を心配します。世間的な見舞いしかできず、たびたび訪ねるわけにいかないので、こっそり寺に安産の祈禱をさせていました。

ちょうどそのころ、帝(みかど)の女二(おんなに)の宮(みや)は裳着(もぎ)の儀式が近づいていました。評判は天下に鳴り響いています。

万事、帝の意向のままに運ばれたので、主だった後見人(こうけんにん)がいないせいで、かえって盛大な式になったと見えました。亡(な)き母女御(ははにょうご)が用意した品も豪華ですが、さらに作物所(つくもどころ)、諸国の受領(ずりょう)（地方長官）などの奉仕献上も、際限がない有様(ありさま)でした。

儀式のその夜に参内(さんだい)するよう、帝の仰(おお)せがあったので、薫中納言も心の準備をしましたが、例によって降嫁(こうか)には身が入らず、中の君の苦痛ばかりを嘆(なげ)くのでした。

如月(きさらぎ)（二月）一日ごろ、直物(なおしもの)といって一月の除目(じもく)（宮人(みやびと)の任官儀式）の追加があり、薫中納言は権大納言に昇格し、右大将を兼任することになりました。右大臣が左大将を辞任し、それまでの右大将が左大将を継いだため、役職が空いたのでした。

昇官の挨拶回りにあちらこちらの屋敷を訪ね、二条院にも参上します。中の君がたいそう苦しみ、匂宮もそばにいるときだったので、そのまま西の対へ向かいました。匂宮は、祈禱の僧が立てこんで手狭な場所へと驚きました。

けれども、麗しい直衣と下襲で身じたくを整え、階段を下ります。薫大将の拝礼の舞に応じる答礼の舞を舞いました。それぞれが見とれるほどに美しい姿でした。

「今夜、任官の饗宴の席にいらっしゃいませんか」

匂宮を招待しましたが、中の君の状態を思ってためらう様子でした。薫大将は、右大臣の前例にならって六条院に宴席を用意したのでした。

六条院には、饗宴の相伴をする親王たち高官たちが、大臣任官の大饗に劣らず、騒がしいほど集まりました。匂宮も臨席はしたものの、気になって落ち着かないので宴が果てる前に帰ります。

「納得できない、あきれたことだ」

右大臣家の人々は言い合いました。中の君とて劣る身分とは言えないのに、時の権勢の華やかさにまかせて思い上がり、押しのける気があるようでした。

中の君はお産に苦しんだあげく、その明け方に男の子が生まれました。

匂宮は甲斐があったとうれしく思います。薫大将も、自分の昇官に加えての喜びと考えました。昨夜のお礼と誕生祝いを兼ね、屋敷に上がらないまでも出向きます。匂宮が籠もりきりのため、二条院に参上しない者はいませんでした。

誕生祝いの宴席（生後三、五、七、九夜に行う）は、三日の夜を匂宮の身内の宴としましたが、五日の夜は薫大将が後見役として、従者の弁当五十、碁手の銭（碁の勝負の賭け物）、宴席の料理などを通例のように出します。さらに、産婦の御前に檜盆の料理三十、赤子の衣の五重襲、むつきなどを贈呈しました。目立たないようひっそり贈りますが、注意して見れば、ことさら入念に選んだ品とわかりました。

匂宮の御前にも、浅香の角盆に高坏を据え、粉熟（米粉の餅に甘葛をかけた菓子）などを贈ります。女房たちには、檜盆の料理はもちろん籠入りの料理三十など、あれこれ届けました。けれども、特に人目を集めることは行いませんでした。

七日の夜は、明石中宮が主催する宴であり、出席者もぎっしりでした。中宮大夫をはじめ、高位の宮人も数知らず参席します。帝もこれを聞き及びました。

「兵部卿の宮が初めて父親となるのに、どうして放っておけよう」

そう言って、赤子の守り刀の太刀を授けました。

九日の夜は、右大臣が開きました。中の君には好意がもてないながら、匂宮の心を思いやり、右大臣の子息たちも参席して、何一つ不足のない立派な祝宴です。ここ数か月悲観して悩み続け、心細く思った中の君でしたが、これほど晴れがましく華やかなことが多ければ、少しは慰められたでしょう。

薫大将は考えます。

(こうして一児の母にもなり、ますます私との関係は疎くなるだろう。兵部卿の宮も、この人を大切になさるお気持ちが強まっただろう)

残念ではありますが、結婚を勧めた当初の思惑からすれば、これもうれしいなりゆきでした。

二月の二十日あまり、今は藤壺に住まう女二の宮の裳着の儀式が行われました。

翌日から、薫大将は婿として宮中に参内します。夜の祝言はひそやかに行われました。

天下に鳴り響いて帝がいつくしむ姫宮が、ただの臣下を婿君にしたことは、やはり不釣り合いで気の毒に見えるのでした。

「薫大将にお許しが下ったとはいえ、今すぐ急いで婚礼を挙げる必要があっただろうか」

非難がましく言う人もいます。けれども帝は、心に決めたことを残りなく実行する性格でした。婿に決めるからには、過去にも例がないほどの待遇にしようと考えていたようです。帝の婿君になる人は今も昔も多いとはいえ、これほど御代の盛りに、帝が一般の男親のように婿取りを急いだ例は少ないでしょう。

右大臣は、妻の落葉の宮（朱雀院の女二の宮）に言いました。

「世にも稀な帝のご信任と、大将の君（薫）の強運だな。故院（源氏の君）でさえ、朱雀院が晩年に出家なさる間際になって、女三の宮の降嫁を得たものを。ましてこの私など、だれも許さない人を拾い取ったというのに」

落葉の宮も確かにと考えますが、気恥ずかしいので答えませんでした。

帝は大蔵卿の他、女二の宮の後見を言いつかった人々や家司に命じて、三日夜の祝い（結婚成立の祝い）に、ひっそりとながら、薫大将の従者や車副、舎人に至るまで祝儀を配りました。まるで一般の父親のようでした。

その後の薫大将は、人目を忍びながら女二の宮の藤壺にかよいます。心の内では、いまだに忘れられない大君のことばかり考え、昼間は三条邸で思いにふけり、夜になれば気が進まないまま急いで参内しました。慣れないふるまいがわずらわしく苦しく、女二の宮を三条邸に迎え入れたいと考えます。

母の女三の宮は、この考えをうれしく思いました。自分が御所にしている寝殿を、女二の宮にゆずりたいと提案しました。しかし、それではあまりに畏れ多いので、薫大将は念誦堂と寝殿の間に廊を増築します。母宮には西面に移ってもらうようです。焼けて新築したばかりであり、何も手を加えなくても麗しい三条邸ですが、東の対などもさらに磨きたて、細部まで美しく整えました。

この配慮を帝にも伝えましたが、帝は、結婚早々に気を許して移り住むことには懸念を感じます。帝の地位にある人といえども、子を思う心の闇は同じなのでした。母の女三の宮に届ける文にも、その心配ばかりを書き送りました。

帝は、亡き朱雀院がとりわけ女三の宮を頼むと言い残したので、出家して尼になってからも以前と変わりなく、願いがあれば必ず聞き入れようと心がけています。高貴な義父と母親に両方から大事にされ、薫大将は誇ってもいいはずですが、どういうわけか、さしてうれしいとも感じないのでした。ともすれば憂愁にふけり、宇治に御堂を造ることばかり急ぎました。

中の君の若君が五十日の祝いを迎える日を数え、薫大将は餅の準備をします。籠や檜の入れ物まで吟味し、当たり前の品にはするまいと心に決めて、沈香、紫檀、銀、黄金など、それぞれの細工師をたくさん呼び寄せました。細工師たちは、我こそはとさまざまな技巧をこらすのでした。

いつものように、匂宮の留守中に二条院の西の対を訪れます。心なしか中の君は以前より風格を増し、気高さがそなわったように思えました。

中の君のほうでは、薫大将も女二の宮を妻とした今、わずらわしい懸想など紛れてしまっただろうと思い、安心して対面します。けれども薫大将は、以前と同じ態度でまず涙ぐむのでした。

「本意ではない結婚をして、自分の思うようにならないものだと、世の中を思い悩むことばかり増えました」

遠慮なく嘆くので、中の君は言います。

「驚くようなお言葉です。聞かせては不都合な人が、知らない間に耳にすることもあるでしょうに」

けれども、これほどすばらしい結婚に心変わりせず、亡き大君を慕う心の深さには胸を打たれました。姉が生きているならと、残念に思います。

（けれども、そうなれば姉上も私と同じく、身分のつたなさを嘆くはこびになっていただろう。数にも入らない身では、世間並みの幸せを望めるはずもないのだから）

そう考えると、夫をもたずに終えようとした大君の意志の固さは、冷静で賢明だったとますます思い返すのでした。

薫大将は若君を見たがります。中の君は恥じらいながらも、どうして他人顔ができるだろう、ここで恨まれるよりは、相手の希望のままにと考えます。直接返事をしないものの、乳母に命じて赤子を御簾の外にさし出させました。

匂宮と中の君の御子なのだから、不器量な赤子のはずがありません。神が魅入りそうに色白で愛らしく、何か言うように声を出して相手に笑いかけます。その顔を見守り、自分の子にしたいほどうらやましいのも、現世への執着が生まれたということでしょうか。

けれども、この世を去った大君が、このような赤子を残してくれたらと考えてしまいます。最近の名誉ある結婚相手に、この先産んでくれるかと思い及ばないのは、どうにも手のつけようのない心根と言えました。

薫大将をこれほど女々しく屈折した人物に語り置くのも、気の毒ではあります。欠陥のある未熟な人物ならば、当代の帝が特別に目をかけて親しむはずがないのです。朝廷でのふるまいは人より有能だったと察します。

生後間もない赤子を見せてくれたことに感激し、薫大将は、中の君といつも以上に親しく語らいました。そのうち日が暮れたので、気楽に遅くまでいられない身をつらく思いながら、何度もため息をついて退出しました。

「何ときわだつ香りでしょう。〝折りつれば〟の古歌のように、鶯が慕い寄ってきそうだこと」

若い女房には、訪問を隠せない芳香の高さに困って言う者もいました。

夏が来れば、三条邸が内裏から忌む方角になるので、四月一日ごろ、立夏になる前に女二の宮の移転を行うことにしました。出発が明日という日、帝は、藤壺に出向いて藤の花の宴を開きます。

南廂の御簾を上げ、帝の御座所となる倚子を据えました。これは帝が主催する公の宴であり、姫宮が開くものではありません。高位の宮人たちの酒食は、内蔵寮が奉仕しました。右大臣（夕霧）、按察使大納言、藤中納言、左兵衛督、親王は匂宮、常陸の宮などが集まりました。

南の庭の藤の花の下に、四位五位の宮人の席があります。後涼殿の東に楽所の人々を召し、暮れかかるころに双調（春の調子）に吹き立てました。帝の管弦の遊びに、女二の宮からも琴や笛を提供したので、右大臣をはじめとする参加者が取り次ぎ、帝の御前に置きます。

故六条院（源氏の君）がみずから書き、女三の宮に送った琴の琴の譜面二巻を、五葉の松の枝につけ、右大臣がさし出して由来を語りました。箏の琴、琵琶、和琴など、次々にお披露目する楽器は、亡き朱雀院が所有した名品でした。

横笛は、かつて柏木が右大臣（夕霧）の夢に告げた形見の品です。二つとない音色を帝が愛でたので、薫大将は、これほど栄えある宴以外に披露の場はないと考え、取り出してきたのでした。右大臣は和琴、匂宮は琵琶と、とりどりに演奏を拝命します。薫大将は横笛をこの上なく美しい音色で吹き立てました。

宮人の中でも唱歌の上手な者を呼びよせ、すばらしい管弦の宴となりました。

女二の宮から、粉熟のもてなしがあります。沈香の角盆四つに、紫檀の高坏、中敷きは藤色の村濃に藤の折枝を刺繍したものでした。銀の容器、瑠璃の杯、瓶子は紺瑠璃です。兵衛督が給仕を務めました。右大臣は、自分ばかりが帝の杯を受けるのはよくないと考えます。親王たちに杯をわたすときでもないので、薫大将に譲りました。

最初は遠慮していた薫大将でしたが、帝の仰せもあり、杯を捧げて「をし」と応えます。公式に定まった作法であっても、声音も身のこなしも格別に見えたのは、帝の婿君という身分のせいでしょうか。庭で拝礼の舞を舞う姿も、似る者もいないすばらしさでした。親王や大臣が杯を拝受してもすばらしいのに、これはまして、婿君に選ばれた信任の厚さは世にも稀な人物です。臣下の身分に限りがあり、庭からもどって下座につくのがもったいないほどでした。

按察使大納言は、女二の宮を獲得するのは自分だったのにと、嫉妬して考えます。昔、母の藤壺女御に思いを寄せており、後宮に入内してからも、あきらめきれずに文を送り続けていたのでした。あげくに姫宮を得たいと望み、後見人に名乗り出たのですが、帝の耳に届くことなく終わってしまいました。無念でなりません。

「右大将（うだいしょう）はたしかに別格の人物だが、時の帝ともあろうおかたが、仰々（ぎょうぎょう）しく婿君扱いなさる必要がどこにある。ふつうあり得ないのでは。内裏（だいり）でも、特に帝の御所（ごしょ）近くにある藤壺へ、ただの臣下がぶしつけに訪問し、さらに宴やら何やらともて騒がれているとは」

そんなふうに、手ひどく非難して陰口をきいていましたが、さすがに藤の宴に心惹（ひ）かれて参加しています。そして、内心は腹を立てているのでした。

紙燭（しそく）の明かりを点（とも）し、和歌を作ります。文台（ぶんだい）のもとに寄ってできあがった作品を提出する様子は、だれもが自信ありげでした。

一つ二つ取りあげておくと、薫大将が、庭に下りて帝のために折った藤の花を献上（けんじょう）した歌は、

〝帝の冠（かんむり）のかざしに飾る藤の花を、本来許されない枝に袖（そで）をかけて折ったものだ〟

いかにも誇らしげな調子が憎らしいところです。

帝の御製は、

〝末長く美しく映える花だから、今日もこうして見飽きないほど色美しい〟

次の歌は、例の腹を立てた按察使大納言の作と思われます。

〝この世にある色とも見えない。雲の上（宮中）まで立ち上る藤浪の花だ〟

夜が更けるまま、管弦の遊びは佳境に入りました。薫大将が催馬楽「あな尊」を歌う声は、じつに美しく響きました。按察使大納言も、昔は美声で鳴らした名残があり、厳かに声を合わせます。

右大臣の七番目の息子が、まだ童ながら笙の笛を吹き、たいそう愛くるしかったので、帝が褒美（ほうび）の衣を脱ぎ与えました。返礼の舞は右大臣が舞いました。

暁（あかつき）近くなり、帝が清涼殿（せいりょうでん）へ帰ります。高位の宮人や親王への報奨品（ほうしょうひん）は、帝から出されました。その下の宮人、楽所の人々には、女二の宮がそれぞれに出しました。

この日の夜、女二の宮が藤壺を退出します。

退出の儀式も立派でした。帝に仕える女房（にょうぼう）が付き添って、三条邸まで送って行きます。姫宮は廂（ひさし）のある糸毛（いとげ）の車に乗り、さらに廂のない糸毛車三台、黄金造り六台、黄金造りでない檳榔毛（びろうげ）の車二十台、網代車（あじろぐるま）二台、童と下仕えが八人ずつ従います。さらに、迎える側の車に薫大将の女房たちが乗っており、送りに付き添う高位の宮人たち、四位五位の宮人、六位の者なども、限りなく美麗（びれい）な装束（しょうぞく）でした。

こうして女二の宮は三条邸に落ち着き、薫大将も、くつろいだ気持ちで妻に会えるようになりました。

たいそう愛らしい姫宮でした。きゃしゃでもの静かで、気になる欠点はどこにも見当たりません。自分の宿命も悪くないと誇らしく思う薫大将ですが、そのまま亡き大君を忘れればいいものを、やはり忘れられずに恋しいのでした。

（この世では、この胸の痛みを癒（い）やす方法がないのだろう。成仏（じょうぶつ）して初めて、奇妙で恨

めしいあの人との因縁を、前世の報いとあきらめて未練を断ち切れるのだろう）

そう考えながら、御堂の建設ばかりに思い入れました。

賀茂の祭りなどの気ぜわしい時期を過ごし、四月二十日あまりに宇治へ出向きました。御堂の工事の進捗を視察し、するべきことを指示します。このまま弁の尼に会わずに帰るのは気の毒なので、山荘へ向かいました。

そのとき、特に見どころもない女車が一台、腰に矢筒をつけた猛々しい東男をたくさん従え、従者が多く頼もしげな様子で宇治橋をわたって来るのが見えました。

田舎びた一行だなと思いながら、そのまま山荘に入ります。車の先払いの者たちがまだ騒いでいる最中に、例の女車も山荘を目指して来たのがわかりました。薫大将は、従者がざわめくのを制し、相手に何者かたずねに行かせます。なまりのある口ぶりで答えが返ってきました。

「常陸の前司（常陸介）どのの姫君が、初瀬の寺詣でからお帰りになったのです。行きにもここで宿を取りました」

（おや、それでは、聞いていた女人ではないか）

思い当たった薫大将は、お付きの人々を目につかない場所へ移動させ、従者に言わせました。

「それでは車をお入れなさい。山荘には他にも客人がおられるが、北面を使うので」

薫大将のお供は、みな狩衣を着て平凡に見えますが、それでも主人の格の高さはにじみ出るのでしょう。常陸の人々は気づかわしげで、馬を遠ざけ、かしこまった面もちでした。女車を敷地に入れ、廊の西の端に寄せます。

新しく建てた寝殿はまだ整わず、簾もかけていません。格子戸をすべて下ろした中、二間の仕切りに立てた襖障子の穴から、薫大将はそっとのぞき見ました。

衣ずれの音がするのを気にして下襲を脱ぎ、直衣と指貫だけの姿になります。女車の乗り手はなかなか降りて来ず、まず弁の尼に挨拶を送り、高貴そうな人物が来ているがだれなのかと問い合わせる様子でした。

話に聞いた人と気づいてから、薫大将は、けっして相手に自分の素性を知らせるなと口止めしてあります。山荘の人々も心得て、女人側に伝えました。

「早く中にお入りください。お客人がいらっしゃいますが、異なる場所で迎えますから」

若い女房（にょうぼう）が最初に降り、主人のために車の簾をかかげます。車の外の東男たちよりは、心得のある感じのいい女房です。年配の女房がもう一人降りて来て、車の中に「お早く」と声をかけました。

「何だか、人に見られている気がする」

そう応じた声は、かすかですが品よく聞こえました。

「いつも同じことを。この屋敷は前にも泊まり、格子戸を全部閉め切ってあったではありませんか。これでどうして見られることがあるでしょう」

年配の女房は安心しきって言っています。

慎（つつ）ましげに降りてくる女主人（のちの通称、浮舟（うきふね））は、頭の形やほっそりした体つきの上品さが、まず大君（おおいきみ）を思い出させました。さっと扇（おうぎ）をかざして顔を隠したので、目鼻立ちが見えないのが気になり、胸を高鳴らせて見守ります。

車高が高く、降りる場所は低いのですが、女房たちはいとも簡単に降りてきました。けれども、この人は怖そうに尻込みして、ずいぶん時間をかけて降り、中に這（は）い入（い）りました。濃い紅（くれない）の袿（うちき）に撫子襲（なでしこがさね）（表は紫がかった紅、裏は青か薄紫（うすむらさき））と見える細長（ほそなが）、若苗（わかなえ）

色の小袿を着ています。四尺の屏風を障子の前に立ててありますが、その上に空いた穴なので、残りなく見ることができました。

娘は障子の側を不安に思うらしく、反対側を向いて脇息に添い伏しています。

「ずいぶん苦行とお思いなのですね。泉川（木津川）の舟渡りも、たしかに今日は恐ろしかったけれども。前回如月（二月）に来たときは、水も少なくてよかったのですが」

「それでもまあ、東路を越える旅に比べたら、どこも難所ではありませんよ」

女房二人は、大変だとも思わずに言っています。女主人は、声もなく突っ伏していました。さし出した腕がまろやかで美しいのも、地方長官の娘とは見えず、じつに上品でした。

薫大将は、だんだん腰が痛んでくるまでのぞき続けましたが、人の気配をさせるまいと、それでも身じろぎしません。そのうち、若い女房が言いました。

「なんといい匂い。見事な薫香ですね。尼君が焚いていらっしゃるのかしら」

老いた女房も褒めます。

「本当にすばらしい香だこと。都の人はやはり、こんなにも洗練されて華やかなのですね。常陸どのは、ご自分の香を天下一品の焚き物と思っておられるけれど、東国ではこのような香を調合することはできないでしょう。

こちらの尼君は、お住まいこそ質素でいらっしゃるけれど、お召し物も立派で、鈍色や青色であってもたいそう上等ですよ」

向こうの簀子から女童が入って来て、白湯などを勧め、角盆をさし出します。

「いただきものですよ、どうぞ」

果物などを引き寄せ、女主人を起こそうとしますが、起きようとしませんでした。二人の女房は、栗などの木の実をぽりぽり音を立てて食べています。薫大将には聞き慣れず、居心地悪くなって障子を離れましたが、やはり気になって再びのぞくのでした。

この娘より身分の高い女房を、明石中宮の御所をはじめとして、美貌の人も優雅な人も見飽きるほど見てきました。けれども、たいして目にも心にもとまらず、他人から堅物とけなされる薫大将です。それなのに、たいして身分のない女人を前にこれほど立ち去りがたいとは、本人も不思議に思う心境でした。

弁の尼は、薫大将にも挨拶を送りましたが、お供の者が気を利かせ、体調が悪いのでしばらく休んでいると告げます。

(常陸の娘御に会いたそうにおっしゃっていたから、このついでに言葉を交わそうと、

日が暮れるのを待っていらっしゃるのだろう）

弁の尼はそう考え、のぞき見しているとは知りません。荘園（しょうえん）の人々が献上（けんじょう）した折り詰めの食事をさし入れ、外の東男たちにもふるまって接待を終えてから、身なりを整えて常陸の客人の座敷を訪れました。

女房が褒めた装束（しょうぞく）はたしかに小ぎれいで、見目（みめ）かたちも風雅（ふうが）で品よく見えました。

「昨日お帰りとうかがってお待ちしましたのに、どうして今日、このように日が高くなってから」

弁の尼がたずねると、老いた女房が答えます。

「どういうわけか、姫様がたいそう気分を悪くなさって、昨日は泉川の渡りに留まり、今朝も長い間お体の様子を見ていたのです」

娘を起こすと、やっと起きて座りました。弁の尼の目を恥じらってそむけた横顔が、襖障子の側からよく見えました。

じつに品のある目もとや額（ひたい）のはえ際（ぎわ）です。大君の顔立ちも隅々までじっくりながめたわけではありませんが、この人を見れば、ただ大君がそこにいると感じます。いつものように亡（な）き人を恋（こ）い慕（した）う涙がこぼれました。弁の尼に答える声やふんいきは、中の君（なかのきみ）にもよく似ています。

（なんとすてきな女人だ。これほど大君と似ているのに、今まで探しもせずにいたとは。もっと身分の劣った遠い血縁でも、ここまでそっくりな女人を手に入れたら、おろそかになどできないのに。ましてこの人は、認知されなかったとはいえ、亡き八の宮の実のお子なのだ）

感動して心がおどり、今すぐ這い寄って、まだこの世におられたかと声をかけたくなります。「長恨歌」の帝が、死んだ楊貴妃を蓬莱まで探しに遣り、かんざしだけを証拠に見たときは、どんなにもの足りなかったでしょう。別人であろうと、かんざしよりずっと心の慰めになると思うのは、この女人と前世の縁があるからでしょうか。

弁の尼は、少し話をしてすぐに帰りました。女房も気にした薫香のせいで、薫大将が近くでのぞいていると察し、打ち解けた話をしなかったのでしょう。

日が暮れてきたので、薫大将もそっとのぞき見から退き、衣を整えて、弁の尼をいつもの障子口に呼び出しました。最近の様子をたずねます。

「たまたま立ち寄ったのに、うれしく鉢合わせしたものだ。以前にたのんだことは、あちらに伝えてあるのかい」

弁の尼は答えました。

「仰せ言をいただいたのち、機会があればと待っていたところ、去年は過ぎてこの二月、初瀬詣での折に対面しました。かの母君に、あなた様の仰せをそれとなく告げたところ、たいそう恐縮して、身代わりなど畏れ多いことだと申しておりました。けれども、そのころはご多忙（女二の宮との婚礼）と聞き及んだので、ご遠慮して報告しなかったのです。

　この月、再び初瀬詣でに見えて、今日帰る予定でした。行き帰りの中宿りにここを好まれるのも、ただ亡き八の宮に思いを寄せるからでしょう。母君は今回都合が悪く、娘御お一人で見えたので、あなた様がいらっしゃったことは、伝える必要もあるまいと考えました」

　薫大将は言いました。

「田舎びた人たちに、身なりをやつした忍び歩きを知られまいと口止めしたが、どうだろう、下仕えの者まで隠してはおけないだろう。さて、どうしようかな。お一人で見えたとは、かえって気がねがいらない。前世の縁が深いからここで出会ったのだと、向こうに伝えてくれないか」

「いきなり、いつの間に縁が生じたのでしょう」

弁の尼は笑顔になって奥へ入ります。

「それでは、今のお言葉を伝えましょう」

薫大将は、独り言（ひとりごと）に口ずさむように言いました。

「〃かお鳥の声は、以前聞いた声に似ているかと、今日茂みをかき分けて探しに来た〃」

弁の尼は、これを常陸介の継子娘（ままこむすめ）に語り聞かせました。

下巻につづく

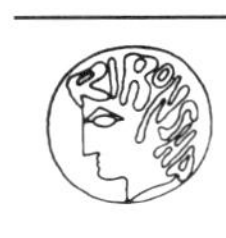

源氏物語
宇治の結び 上

荻原規子(おぎわら・のりこ)
東京に生まれる。早稲田大学教育学部国語国文学科卒。著書に勾玉三部作『空色勾玉』『白鳥異伝』『薄紅天女』(以上徳間書店)。2006年『風神秘抄』(徳間書店)で、産経児童出版文化賞・JR賞、日本児童文学者協会賞、小学館児童出版文化賞を受賞。他に「西の善き魔女」シリーズ(中央公論新社)「RDGレッドデータガール」シリーズ(角川書店)「エチュード春一番」シリーズ(講談社)『これは王国のかぎ』『樹上のゆりかご』(理論社)などがある。東京都在住。

訳者　荻原規子
発行者　内田克幸
編集　芳本律子
発行所　株式会社 理論社
〒103-0001　東京都中央区日本橋小伝馬町9-10
電話　営業 03-6264-8890　編集 03-6264-8891
URL　http://www.rironsha.com

2017年4月初版
2017年4月第1刷発行

【参考文献】「新日本古典文学大系　源氏物語」(岩波書店)

本文組　アジュール
印刷・製本　図書印刷

ISBN978-4-652-20195-4　NDC913　四六判　20cm　366P